ENQUÊTES & SUSPENSE

Aux Éditions Alain Bargain

Dans la collection

ENQUÊTES ET SUSPENSE :

Rémi Devallière
- L'esprit d'Hoëdic
- Calculs sévères à Saint-Nazaire
- Sacré bidule à Pornichet
- "Pari" au mois d'août
- Piriac et son caillou mystérieux
- Vol 744 pour Le Pouliguen
- Pornic, Poste restante
- Nantes, le passager du Jules Verne
- Contre-courants au Croisic
- Quiproquo en Brière

Jean-Michel Arnaud
- Cavale à Brest
- Blues en Rafale à Landivisiau
- Le bagad bombarde à Quimper
- Loto létal dans le Léon
- Fresque de sang sur le Ponant
- Lettres mortes à Lannilis
- Lame scélérate à Morgat
- À bout de souffle à Landerneau
- Brest, scène de crimes
- Allers simples pour Ouessant
- Peur bleue à Portsall
- Intox à Carhaix
- Marché noir à Brest

Stéphane Jaffrézic
- Chili-Concarneau
- Ville bleue et beaux dégâts
- Disparitions en Pays Fouesnantais
- Tri Yann Tro Breizh
- Vengeances croisées à Nantes
- Escale forcée à Brest
- Dolmens sanglants en Bigoudénie
- Escapade à Landerneau *(épuisé)*
- Le mauvais fils de Guidel
- Murder party à Quimper
- Rendez-vous raté à Quimperlé
- La Korrigane de Concarneau
- Coup de chaud à Bénodet
- Trafic en Finistère
- Sirènes au Guilvinec
- Été torride à Névez
- Vendetta à Auray

Bernard Larhant
- Quimper sur le gril
- Douarnenez, piège à Mouettes
- Les Galets de Tréguennec
- Les bas-fonds de Quimper
- Pas de pardon à Locronan
- Un pavé dans La Loire
- Psychose sur Bénodet
- Sang d'encre au Mans
- La Torche entre deux eaux
- Du Pastis dans l'Odet
- Les Ombres du Rennes-Quimper
- La Madone du Faouët
- Effet domino à Concarneau
- Le Môme de Foucsnant
- Hors la loi à Groix
- Omerta Bigoudène
- Alliance explosive à Audierne
- Jeux pervers à Quimper
- Chasse à l'homme au Ménez-Hom
- Dans les frissons de Nantes, *tome 1*
- Manhattan-Tréboul
- Diabolo Nantes, *tome 2*
- Tragédie à l'Île-Tudy
- Loire c'est noir, *tome 3*
- Stress de Brest à Trévarez
- Mort sur Erdre, *tome 4*
- Ricochets sur l'Odet

Bernard Enjolras
- Îlot mortel à Trégastel
- 3 petits singes en Côtes-d'Armor
- Mauvais sorts dans Le Trégor
- Micmac à Ploumanac'h
- Sale temps sur Penvénan
- Jeu d'échecs à Perros-Guirec
- Guêpier à Tréguier
- Jackpot dans le Léon
- Requiem à Paimpol
- Escale à Cancale
- L'inconnue de Saint-Thégonnec
- Code assassin à Trébeurden
- Les merlettes de Granit rose
- Liens de sang à Guingamp
- Treize gastel

Aux Éditions Alain Bargain

Dans la collection
ENQUÊTES ET SUSPENSE :

Jacques Minier
- Traque mafieuse à Saint-Malo
- Double peine à Rennes
- Saint-Brieuc de mille feux
- Celtitude en Argoat
- Erquy on the rocks
- Noir dessein à Rostrenen

Serge Le Gall
- La secte de l'Aven *(épuisé)*
- Sables mouvants à Bénodet *(épuisé)*
- La Douarneniste et le Commissaire *(épuisé)*
- Corps-mort à l'Île-de-Batz *(épuisé)*
- Traque noire à Audierne *(épuisé)*
- Fugue mortelle en RÉ *(épuisé)*
- Le moine rouge de Carantec *(épuisé)*
- La Sirène de Port Haliguen *(épuisé)*
- Coup fourré dans les Monts d'Arrée
- Vagues à lames à Noirmoutier *(épuisé)*
- Dépression sur les Glénan
- Belle-Île "Amère" *(épuisé)*
- Calvaire à Plougastel-Daoulas *(épuisé)*
- Course-poursuite sur l'Aven *(épuisé)*
- Cible ultime dans les Montagnes Noires
- Rouge baiser de Crozon *(épuisé)*
- Sac de nœuds à Trévignon
- Retour coupable à Pont-l'Abbé *(épuisé)*
- Quiberon Enrage *(épuisé)*
- Secrets salés à Fouesnant
- Fausses notes à Larmor-Plage
- Jeux de drames à Douarnenez
- Nature morte à Pont-Aven
- Châtiment à Port-Launay
- La belle endormie de Port-Manech
- Matin blême à Rosporden
- Coup de balai à Carnac
- Mortes-eaux à Riantec
- Héritage de sang à Concarneau
- Vengeance d'automne à Quimper
- Bain tragique au Pouldu
- Retour de bâton à Plogoff
- Le malin de Trégunc
- Le Loup gris de Scaër
- Trésor maudit à Piriac

Michel Courat
- Ça meurt sec à Locquirec
- Marée rouge à Plestin-Les-Grèves
- Coup de grisou à Pleumeur-Bodou
- Mort en vrac à Morlaix
- Sauvage farandole à Paimpol *(épuisé)*
- Mise à mort en Bretagne nord *(épuisé)*
- Masques de Terreur à Lanmeur
- Été meurtrier à Tréguier
- Le raisin coule à Lesneven
- Le Diable s'invite à Locquirec
- Morts à gogo à Plouguerneau
- Morlaix, TERminus !
- Les dessous de Plougasnou
- Granite écarlate
- Dernier tango à Plouescat
- Semaine noire en Pays léonard
- Vent de panique à Lannion
- L'Ange maudit de St-Michel-en-Grève
- Week-end de folie à Bégard
- Les secrets de Camaret
- Double jeu à Étables-sur-Mer

Michèle Corfdir
- Le Crabe
- Mortel Hiver sur le Trieux *(épuisé)*
- Chasse à corps à Bréhat
- Larmes de fond *(épuisé)*
- Vent contraire à Loguivy-de-la-Mer
- Herbes amères à Belle-Isle-en-Terre *(épuisé)*
- Il court, il court, le furet des Abers *(épuisé)*
- Fest-Noz sur le Nil *(épuisé)*
- Eau dormante en Trégor *(épuisé)*
- Nuits assassines à Paimpol
- Crime à l'Armoricaine
- Vendredi noir sur l'Arcouest *(épuisé)*
- Sueurs froides sur le Goëlo
- Baignade clandestine à Bonaparte
- La route s'arrête à Loguivy-de-la-Mer
- Brest, bombes sur les murs
- Vent de terreur sur Bréhat
- Paimpol, portée disparue

Séverine Le Corre-Mongin
- Drame en Morbihan
- Dernière note à Pontivy

Aux Éditions Alain Bargain

Dans la collection
® *ENQUÊTES ET SUSPENSE :*

Gisèle Guillo
- Dernier rendez-vous à Vannes
- Du Léman au Morbihan *(épuisé)*
- Tempête à Quiberon
- La Belle de Carnac *(épuisé)*
- Le Saigneur de Quimper *(épuisé)*
- Vol de pigeons à Arradon *(épuisé)*
- Cash-cash au Crouesty *(épuisé)*
- Le Diable noir de Saint-Cado
- Clair-obscur à l'Île-aux-Moines *(épuisé)*
- Port-Louis, les ombres de la citadelle
- La Maison au bord du Golfe *(épuisé)*
- Les Amants Terribles de La Trinité
- Étel coupable ?
- Danger à Saint-Goustan

Martine Le Pensec
- Onde de choc sur Fermanville *(épuisé)*
- Angoisse sur Penmarc'h
- Lumière noire sur la Penfeld *(épuisé)*
- Printemps funeste à Brest
- 13e lune à Concarneau *(épuisé)*
- 32 octobre à Roscoff *(épuisé)*
- Terminus à Lannilis
- L'Enfer de Plogoff
- Alerte rouge à Brest *(épuisé)*
- Bad Trip à Lorient
- Le Cobra de Brest
- Le Mouton noir de Roscoff
- Sang pour sang à Recouvrance
- Amnésie sur Quimper
- Chat noir à Brest
- Bain acide à Douarnenez
- Noces de feu à Plouzané
- Pot aux roses au Cap Coz
- Enquête corsée à Crozon

Christophe Chaplais
- Pâté de Corbeau aux amandes amères *(épuisé)*
- Le calisson jusqu'à la lie
- Farz aux herbes de Portsall
- Addition salée au Croisic
- Salade russe aux noix de Grenoble *(épuisé)*
- Fourchette mortelle à Chinon *(épuisé)*
- Soupe de Crabes à Brest
- La face cachée des Étoiles *(épuisé)*
- Mélodie gourmande à Guérande
- Le trésor de la côte des Légendes
- Bouillon de minuit au Conquet

Simone Ansquer
- Téviec, le Secret *(épuisé)*
- Aux tours de La Rochelle
- Grain de sable à Saint-Pierre-Quiberon
- Le mystère de la Cathédrale de Vannes *(épuisé)*
- Carnac, les menhirs disparus
- Bons baisers de l'île de Houat
- Nuit d'Enfer à Quiberon
- Belle-Île ne répond pas
- La captive de la ria d'Étel
- Dérive sur la Presqu'île
- Bruits de Vannes
- Les frères de l'île aux Moines

Gérard Croguennec
- Voile épais au Conquet *(épuisé)*
- Brest, Abri 668
- Morlaix en eaux profondes
- La martyre du Conquet
- Le silencieux du Conquet
- Effet papillon sur le Brest-Lyon
- Pleins phares sur Ouessant

Catherine Schubert
- Odeur de sang à Penvénan
- Le vilain de la Vilaine
- Sacré moine à Dinard
- Lucifer à Saint-Philibert

Pierre Engélibert
- L'Ours du Finistère
- Drôle d'oiseau à Brest
- Lavandières rouges à Daoulas
- Complot en Cap-Sizun

Jean-Jacques Égron
- Marais mouvant dans le Golfe
- Tracto Breizh
- Embruns toxiques sur Lorient
- Les Privés du Croisic
- Vannes à l'encre rouge
- Les oubliettes de la Presqu'île
- Engrenages sur la Côte Sauvage
- Gros plan sur La Gacilly
- Plein les fouilles à Gavrinis

QUIPROQUO
en
BRIÈRE

Rémi DEVALLIÈRE

QUIPROQUO en BRIÈRE

Collection

ENQUÊTES & SUSPENSE

Quadri Signe - Editions Alain Bargain
125, Vieille Route de Rosporden - 29000 Quimper
E-mail : contact@editionsalainbargain.fr
Site Internet : www.editionsalainbargain.fr
Facebook : https://www.facebook.com/editionsalainbargain

Le blog de l'auteur : http://devalliere.wix.com/remi-devalliere

Cet ouvrage de pure fiction n'a d'autre ambition que de distraire le lecteur. Les événements relatés ainsi que les propos, les sentiments et les comportements des divers protagonistes n'ont aucun lien, ni de près ni de loin, avec la réalité et ont été imaginés de toutes pièces pour les besoins de l'intrigue. Toute ressemblance avec des personnes ou des situations existant ou ayant existé serait pure coïncidence.

« C'était bien elle : dix mille hectares de silence et de nudité, un immense lotus bleu épanoui au milieu du cirque de l'atmosphère. »

Notes de voyage, découverte de la Brière, 1923

Alphonse de Chateaubriand

REMERCIEMENTS

À Nicole pour sa patience, ses conseils de relecture, ses encouragements, son soutien infaillible,

À Isabelle et Jean-Noël, “Au Tour du Morta”, pour leurs précieux renseignements,

À l’association “Le pas de Saint-Malo” pour ses documents historiques remarquables,

À Gilbert Corbillé, de l’association “La Pierre Chaude”, pour ses indications précises et ses photographies des commerces de l’époque,

Aux Tontons, pour leur lecture attentive.

I

La place de l'église était presque déserte lorsqu'il y parvint. L'inspecteur Lefebvre crut un bref instant qu'il s'était trompé de jour. Pourtant les cloches sonnaient encore les dernières volées du glas. Quelques silhouettes sombres se hâtèrent sur le parvis, s'engouffrèrent sous le porche en courbant la tête. Son regard découvrit bientôt le corbillard, garé à distance et à peine dissimulé par les arbres. Deux hommes en costume noir se tenaient à l'intérieur, portes ouvertes. L'un d'eux fumait.

De l'autre côté de l'édifice, le poilu du monument aux morts semblait surveiller le parking, mains posées sur le canon de son fusil.

Lefebvre revit le faire-part qu'il avait reçu deux jours auparavant au quai des Orfèvres. Un bristol de petite taille, bordé d'un liseré noir, ce simple texte :

« *Les obsèques de Claude Janval seront célébrées*
le 30 juin 1988 à 11 heures
en l'église de Saint-Joachim.
Pas de condoléances. »

Rien d'autre. L'expéditeur ne se signalait en aucune façon sur le carton. Quant au tampon de la poste, il avait vainement tenté de le déchiffrer. Il n'avait jamais entendu parler de cette commune.

Janval ? Janval. Le nom l'avait transporté progressivement dans un passé lointain. Claude ? L'image du copain d'enfance s'afficha dans sa mémoire, un gringalet qui s'écorchait sans cesse les genoux dans la cour de récréation de l'établissement Jules-Ferry, à Fécamp. Son meilleur camarade durant tout le primaire et le secondaire. Claude Janval !

Après le bac, les études les avaient séparés. Son ami, né d'un père terre-neuvas, avait choisi la construction navale. Rien d'étonnant, lui qui dessinait toujours des coques de bateaux sur ses tables de classe. De son côté, il avait intégré l'école de police de Vincennes avant de passer le concours d'inspecteur.

La disparition de Claude l'affecta profondément.

Et quelle était donc cette commune de Saint-Joachim ? Il n'en découvrit pas la mention dans son dictionnaire Larousse. Le guide Michelin de l'année la situait en Loire-Atlantique, abritant 4 260 habitants. Elle appartenait au Canton de Pont-Château, lui-même inclus dans l'arrondissement de Saint-Nazaire. Dans ses quatre lignes consacrées à la localité, le célèbre ouvrage rouge attribuait deux étoiles à “Promenade en chaland”, « *curiosité méritant le détour* ». “L'Auberge du Parc” y était recommandée, deux “fourchettes” lui étaient allouées.

Sans ambages, il avait décidé de se rendre aux obsèques. Il fouilla et dénicha des photos de classe, revit la maigre silhouette du gamin de Fécamp.

« Qui avait pu lui adresser ce funeste avis ? »

L'inspecteur Lefebvre, de nature très ordonnée, retrouva la correspondance de son ami, les échanges de vœux traditionnels, les cartes postales de vacances. Il mit la main sur le cliché d'un chalutier construit aux Ateliers et Chantiers de la Manche de Dieppe, le *Croix de Lorraine* : un navire offert par le général de Gaulle, le 14 mai 1970, à Saint-Pierre-et-Miquelon. Derrière l'épreuve en noir et blanc, quelques mots d'une écriture ronde et fière : « *C'est moi qui l'ai dessiné ! Amitiés. Claude.* » Vivait-il toujours là-bas ?

Lefebvre sollicita un congé auprès de son patron, le commissaire Anconi de la police judiciaire du Quai des Orfèvres, afin de se rendre aux obsèques d'un copain d'enfance.

— Dieu garde ! Toutes mes condoléances, Petit.

— Merci, Patron. Je ne serai absent qu'un jour ou deux, assura-t-il.

— Ne t'inquiète pas. De quoi est-il mort, ton ami ?

— Je l'ignore. J'ai seulement reçu cet avis, sans précision, répondit-il en lui montrant le faire-part.

— Où est-ce, Saint-Joachim ?

— Près de Saint-Nazaire, d'après mes recherches.

— Ah ? Je connais le taulier de cette ville, Blanchard.

— C'était mon meilleur camarade de classe à Fécamp il y a si longtemps. Nous nous étions un peu perdus de vue. Je le pensais encore à Dieppe, dans la construction navale.

Le commissaire tournait et retournait entre ses doigts le carton anonyme encadré de noir.

— Sais-tu qu'il existe également ce type de chantiers à Saint-Nazaire ?

— Euh là, non.

Anconi signa la feuille de congé, souhaita bon courage à son subordonné. Lefebvre partit l'après-midi même par le train. Il avait retenu une chambre à l'Hôtel du Berry à Saint-Nazaire, l'adresse des pages jaunes de l'annuaire situant l'établissement place de la gare. Il aviserait là-bas de quelle façon se rendre à Saint-Joachim.

Il venait dans cette région pour la première fois. Lorsque le convoi ralentit dans ses derniers kilomètres, il fut frappé par le contraste des paysages. Le train, à faible vitesse, se faufila d'abord entre deux raffineries aux tuyaux entremêlés dont les torchères crachaient de hautes flammes. Des effluves entêtants de gaz et de pétrole s'insinuèrent même dans le wagon. Puis la vue se dégagea très brièvement. Il découvrit à droite des voies, des herbages sillonnés de minces canaux. Un clocher dépassait au loin. « Celui de Saint-Joachim ? » se demanda-t-il en se remémorant le plan. Rapidement, les industries envahirent entièrement l'espace dominé par de gigantesques grues dressées comme des girafes de métal. Sur l'horizon se découpèrent les flèches rouges et blanches d'un grand pont suspendu. La présence de l'océan tout proche se devinait à ces nombreux oiseaux de mer posés au sol, au vent qui chassait vigoureusement les fumées des cheminées d'usines et courbait les peupliers.

Par habitude, l'inspecteur avait emporté son célèbre carnet rouge. Il y consignait scrupuleusement les détails de ses enquêtes, ce à quoi souriaient ses collègues du Quai des Orfèvres. Pourtant, ces notes se révélaient fort utiles à son patron de nature méditerranéenne plutôt brouillonne. Pendant le voyage, il écrivit comme un titre sur une page vierge : « *Décès Claude Janval.* » Le rituel du policier le conduisit à ajouter deux lignes :

« *Que faisait-il à Saint-Joachim ?*

Qui lui avait adressé le faire-part ? »

Avant de refermer son calepin, il écrivit, en bon flic appliqué : « *Cause(s) de la mort ?* »

À peine descendu sur le quai, il avait allumé une Gitanes. Malgré un vent sensible, il faisait plutôt chaud ; mais on sentait que le temps allait changer. Sans se l'avouer totalement, il était profondément troublé de se retrouver là, dans une ville inconnue. Ces immeubles au béton sévère et uniforme fermant la place n'étaient pas sans lui rappeler Le Havre, sa région. L'hôtel qu'il avait choisi se dressait juste en face. Il traversa la vaste esplanade, un autobus le klaxonna, il pressa le pas et entra dans l'établissement. Il salua le tenancier.

— Bonsoir, Monsieur. Avez-vous réservé ? se renseigna aussitôt ce dernier.

— Oui. Au nom de Lefebvre.

L'employé feuilleta un étroit registre à couverture noire.

— En effet. Chambre 37, elle se situe au troisième étage. Prendrez-vous le petit-déjeuner ?

Il précisa les horaires du service et le tarif.

— Je dois me rendre demain à Saint-Joachim, dévoila l'inspecteur après avoir accepté. Est-ce loin ?

— Oh non ! Une vingtaine de kilomètres. À gauche en partant vers Nantes. Vous êtes en voiture, Monsieur ?

— J'ai voyagé en chemin de fer.

— Ah ! Alors tout dépend…

L'hôtelier le regardait maintenant en coin. On le sentait hésitant. Quelle raison appelait un étranger ici ? Avec sa petite valise et son costume légèrement froissé, il ne ressemblait ni à un touriste ni à un de ces cadres d'entreprise tirés à quatre épingles.

— Vous avez de la chance, hasarda-t-il, il y a une liaison d'autobus qui part à proximité de l'établissement. Tout dépend… répéta-t-il, circonspect. Le parc naturel de la Brière est magnifique, en cette saison. Et Saint-Joachim en apparaît comme sa capitale.

— La Brière ?

— Un grand marais, parsemé d'îles. Une zone protégée. Les iris sont encore fleuris, c'est superbe. Si vous disposez d'un peu de temps, une promenade en chaland…

Il parlait comme le fameux guide rouge.

— Malheureusement, je viens pour un enterrement.

— Oh ! Pardonnez-moi. J'ignorais. Dans ce cas, évidemment… s'excusa-t-il, confus. Vous avez possibilité de louer une voiture près d'ici, poursuivit-il en lui tendant le carton d'une firme bien connue. C'est juste à côté de la gare.

Il décrocha au tableau la clef du 37, la glissa sur le comptoir vers l'inspecteur.

— Si vous le souhaitez, nous servons à dîner dès 19 h 30. Le menu est affiché à l'entrée du restaurant.

Lefebvre remercia, monta dans sa chambre et ressortit aussitôt sans même ouvrir son bagage. Suivant le conseil de l'hôtelier, il partit réserver une voiture. Il choisit un modèle discret, une Renault 5 de couleur blanche. Dans la boîte à gants, une carte Michelin n° 63 usagée lui permit de situer Saint-Joachim.

Il était 19 heures lorsqu'il quitta le parking. Il roula au hasard dans la ville, découvrant des rues déjà désertées par ses habitants. De rares passants se pressaient, les autobus circulaient presque à vide. Il se perdit dans des avenues qui lui parurent toutes semblables, se croisant à angle droit. Était-ce seulement la monotonie des immeubles uniformes ou ses propres états d'âme qui lui renvoyèrent une impression de tristesse ?

Par hasard, il parvint à l'écluse d'entrée du port. L'ambiance lui plut, lui rappelant brusquement celle qu'il avait connue à Fécamp. Il gara la voiture, découvrit trois gros remorqueurs qui attendaient à quai, cachant leur puissance de colosse sous leur immobilité. Il marcha jusqu'au phare. Derrière les pêcheries alignées, la Loire s'étendait, large et parcourue de petites vagues courtes coiffées d'un sourcil d'écume. Au loin, le grand pont de Saint-Nazaire barrait le paysage en laissant entrevoir entre ses piles les installations portuaires.

Il rentra dîner à l'hôtel.

Sa nuit fut agitée, mêlant des souvenirs d'enfance, des bagarres de cour d'école, des bateaux qui sombraient à peine livrés à la mer, des visages moqueurs qui ricanaient en le montrant du doigt.

Quittant Saint-Nazaire vers 10 h 15, il pensait avoir largement le temps de parcourir le faible kilométrage qui le séparait de sa destination. Il franchit les voies de chemin de fer, fut frappé par l'impressionnante silhouette d'un paquebot en construction* qui paraissait posé sur la ville. Il sut qu'il abordait un marais lorsqu'il dépassa la grande enseigne “Auchan” entourée d'un vaste et morne paysage manifestement très humide. D'étroits canaux rectilignes quadrillaient la zone d'où émergeaient quelques touffes de roseaux, parfois une rangée de peupliers. La voie express coupait la localité de

* Nous sommes en 1988, il s'agit vraisemblablement du *Star Princess*.

Trignac, dont il n'aperçut que des toits de tuiles alignés de part et d'autre. S'attendant à voir indiquée la direction de Saint-Joachim, il loupa la sortie de Montoir-de-Bretagne et dut poursuivre pendant plusieurs kilomètres avant de trouver une nouvelle bretelle pour revenir sur ses pas. Finalement, il était 11 heures passées lorsqu'il stationna devant l'église dont il avait repéré la stature bien disproportionnée pour une si modeste bourgade.

Il s'interrogeait encore lorsqu'un couple se hâta vers le porche et se faufila dans l'obscurité de l'édifice, laissant filtrer les premiers accords d'un orgue.

Curieusement, dans son sommeil, il avait rêvé être l'objet d'un canular. Il ne s'était donc pas trompé.

Il s'approcha, pénétra dans l'église. Le grincement de la lourde porte résonna sous la voûte, faisant se retourner quelques visages, qu'il ne reconnut pas. La cinquantaine de personnes présentes n'occupaient que les premiers rangs. Il remarqua l'absence d'enfant. Loin en arrière, une femme seule s'était assise derrière un pilier, la tête tournée vers le cercueil dressé dans l'allée centrale. Des toussotements parcoururent l'assemblée. Il prit place dans une travée latérale, s'arrangeant pour observer sans être vu.

La voix du prêtre monta, d'abord couverte par les crissements des pieds de chaise de l'assistance qui se levait.

Lefebvre écouta attentivement l'évocation de la vie du défunt. Il apprit que Claude Janval avait été « accueilli dans la commune quelques années auparavant » et travaillait aux Chantiers de l'Atlantique « comme beaucoup d'entre vous ». Sa mort brutale fut qualifiée par l'officiant de « malheureuse et violente, dans sa quarante-deuxième année », sans précision supplémentaire. L'inspecteur se demanda s'il s'agissait d'une maladie ou d'un accident, aucune allusion ne le conduisit à trancher, au point même qu'il imagina que cette retenue cachait un suicide.

Pendant la cérémonie, il tenta d'identifier les personnes présentes. Les regards, les attentions, l'attitude du prêtre lui permirent de cerner au premier rang, à droite de l'autel, le cercle des proches de son ami défunt. Il y avait là une femme d'apparence plutôt jeune qui soutenait le bras d'une très vieille dame toute pliée. Deux couples d'âge moyen se tenaient de part et d'autre. Derrière, de nombreux hommes seuls avaient pris place. Lefebvre supposa qu'il s'agissait de collègues de travail. Beaucoup trituraient une casquette et tous ne portaient pas un costume. Quelques pompiers en tenue se tenaient en arrière.

La silhouette à l'écart, derrière son pilier, qui était-elle ? Sans se cacher réellement, son attitude suggérait qu'elle avait souhaité s'isoler, comme si elle n'appartenait pas au groupe, en était rejetée ou comme si elle craignait de s'y associer.

Qui, dans cette assistance, avait bien pu lui adresser le faire-part ?

Le prêtre, avant l'absoute, fixa les participants, sollicitant de sa main tendue le témoignage des proches. La femme du premier rang qui donnait le bras à sa voisine âgée se tourna, ébaucha un signe. L'inspecteur put deviner un visage rond et très pâle en partie caché par le mouchoir qu'elle appliquait sur ses paupières.

Un homme se détacha du petit groupe, provoquant des craquements de chaises et des piétinements qui résonnèrent dans l'église. Vêtu d'une veste noire, passée sur une chemise à grand col ouvert, il prit place derrière le pupitre, visiblement intimidé et ému. Il déplia en tremblant légèrement une feuille qu'il sortit de sa poche et toussota avant de commencer sa lecture. Il rendit hommage au "camarade" en termes amicaux, soulignant son savoir-faire, sa bonne humeur et sa rapide intégration dans le bureau d'études aux Chantiers. Apprécié dans sa commune, pour laquelle il s'était engagé comme pompier bénévole et auprès des jeunes footballeurs de la commune. Il termina en rappelant la passion du disparu pour la recherche des mortas* qu'il travaillait avec habileté « sous l'aile d'un des nôtres. Tout cela en avait rapidement fait un vrai Briéron ». Il acheva son récit avec peine, s'interrompant par saccades pour réprimer un sanglot.

Après l'absoute, l'invitation du prêtre à rendre un dernier hommage à Claude Janval permit à Lefebvre de détailler chacun des participants. Lui-même s'approcha, s'appliquant à fermer la marche. La procession

* Bois fossilisé protégé par la tourbe.

quitta l'édifice, en file indienne, tandis que l'*Hallelujah* de Léonard Cohen résonnait lentement.

Sur le parvis, les conversations avaient repris par petits groupes. Lefebvre chercha vainement la dame en noir, celle placée derrière le pilier. Le corbillard attendait, des hommes, costume et souliers sombres, y glissaient le cercueil avant de le recouvrir de gerbes de fleurs.

L'inspecteur, bouleversé, hésitait. Pouvait-il se permettre d'approcher le cercle familial qui se tenait à distance ? Il n'osa pas, aborda l'intervenant qui avait évoqué le disparu pendant la cérémonie. À le voir de près, l'émotion de son témoignage en partie effacée, son visage de beau gosse au sourire séducteur lui rappela le chanteur Alain Barrière.

— Pardonnez-moi, Monsieur, je suis un ami d'enfance de Claude. Je… nous… nous nous étions un peu perdus de vue, mais… J'ai cru comprendre que vous étiez des collègues de travail ? balbutia-t-il péniblement.

— Nous sommes très liés. Notez, je ne parviens pas à parler de lui au passé. Un type bien. Vous venez de Dieppe aussi ?

— Presque. De Fécamp. Des copains d'école.

« Que dire d'autre ? » L'inspecteur possédait une grande délicatesse, il craignait à tout instant de froisser par une curiosité déplacée. Dans son métier, il gardait une réputation de policier courtois. Gêné par le silence qui s'installait déjà entre eux, il se lança tout de même :

— Je n'ose pas aborder sa famille en de tels moments. Depuis le temps, ils ne me reconnaîtront pas. Que… comment cela… comment est-ce arrivé ? Maladie ?

— Oh, vous ne savez pas ? Un stupide accident… commença-t-il.

Claude Janval avait succombé à une chute de vélomoteur. Il rentrait de sa journée de travail. Sans doute avait-il fait un détour, car on l'avait retrouvé sur un petit chemin, un peu à l'écart de la piste cyclable qui relie les Chantiers à la Brière. Il était tombé, pour une raison inconnue, sa tête avait porté sur le mur d'un ancien blockhaus. Tué sur le coup.

— Les accidents sont toujours absurdes, conclut-il.

Voilà qui éliminait le suicide.

— Un malaise, vous pensez ?

— On ne le saura jamais. Aucun témoin. Des gamins à vélo ont donné l'alarme, mais trop tard. Quand le médecin de garde sollicité l'a examiné, Claude ne respirait plus.

— Mon Dieu ! soupira Lefebvre.

Le corbillard s'ébranla, roula au pas, entraînant derrière lui une douzaine de personnes endimanchées. Le reste de l'assistance se dispersa vers le parking.

— Vous nous accompagnez ? Je vous emmène dans ma voiture, le cimetière est assez loin. Autrefois il entourait l'église. Il a été déménagé vers le marais, maintenant « les morts ont les pieds dans l'eau », comme disent les anciens.

La vieille dame du premier rang, pendue au bras de la femme jeune, avançait péniblement en s'appuyant sur sa canne. Il fallut l'aider pour prendre place dans une Simca 1100.

— Il m'a semblé reconnaître la maman de Claude, remarqua l'inspecteur en la désignant du menton.

— En effet. Elle s'accroche à Jeannine, l'épouse de…

Il n'acheva pas sa phrase, comme s'il évitait de prononcer le nom de son camarade.

— Ils habitaient la commune ?

— Claude était tombé amoureux de la Brière. Depuis son arrivée dans la région, il vivait à Errand mais il souhaitait acquérir une vieille chaumière, à Fédrun d'où est originaire toute la famille de son épouse. Il s'était mis en tête de la restaurer.

— Où est-ce ?

Lefebvre apprit que le marais briéron était parsemé d'îles autrefois accessibles seulement en chaland. Errand se trouvait être l'une d'entre elles, moins renommée que celle de Fédrun. Devant la mine surprise de son interlocuteur, le collègue de Claude releva :

— Vous ne connaissez pas la région, je me trompe ?

— Non, en effet. Oh ! Pardonnez-moi, j'aurais dû me présenter : Lefebvre, je suis policier à Paris.

Par modestie, il ne précisa pas son appartenance au Quai des Orfèvres.

— Oh ! s'étonna l'autre, un policier ? Moi, je travaille au bureau d'études des Chantiers navals de Saint-Nazaire, reprit-il. Comme Claude.

Il tendit sa main à l'inspecteur :

— Alain Méan, enchanté. Malgré les circonstances, ajouta-t-il tristement.

Le cortège suivit à faible allure la rue principale, tandis que s'épuisaient les derniers tintements du glas. Le corbillard bifurqua sur la gauche, enjamba un canal et franchit les grilles du cimetière.

Ils se turent, restèrent à distance, par respect.

Midi avait sonné depuis longtemps quand chacun quitta les lieux. La famille proche fermait la marche, lorsque Lefebvre se pencha :

— Par sympathie, j'aimerais saluer madame Janval. Pensez-vous que…

— Je comprends. Je vous présente, si vous voulez.

Alain partit au-devant d'elle. Elle s'effondra dans ses bras et fondit en larmes, son mouchoir tomba sur le sol.

— Merci des paroles que tu as prononcées. Claude aurait été content.

L'inspecteur les laissa s'épancher.

— Jeannine, tu ne connais pas monsieur Lefebvre. Il est venu de loin pour accompagner Claude. Un ami d'enfance de Fécamp.

En entendant le nom de la ville, la vieille dame pendue à son bras se redressa d'un bloc, ébaucha aussitôt un sourire perdu.

— Vous êtes de Fécamp ?

— Oui. J'ai fréquenté la même école que votre fils, je vous reconnais, maintenant. Le jeudi, vous nous prépariez pour le goûter des crêpes et de la confiture de lait.

L'air égaré, elle parut ne pas comprendre.

— Pardonnez-lui, Monsieur. Tant d'émotions…

Lefebvre réalisa qu'elle n'avait plus toute sa tête.

— Toutes mes condoléances, madame Janval. Me permettrez-vous de vous rendre visite, avant de repartir ?

— Oh ! Vous êtes l'inspecteur de Paris ? Mon mari m'a souvent parlé de vous, soupira-t-elle. Bien sûr, venez cet après-midi, si vous voulez, avec Alain ? Il vous guidera ? s'assura-t-elle, sans doute par timidité.

Attrapant la main de ce dernier, elle s'inquiéta subitement :

— J'étais si troublée, je n'ai pas remarqué Frédéric, à l'église. L'as-tu vu ?

— C'est vrai, maintenant que tu le dis. Moi non plus.

— J'ai peur qu'il ne se sente coupable. S'il n'avait pas prêté sa mobylette à Claude, ce ne serait pas arrivé.

À cette évocation, elle ne put réprimer un sanglot, sortit un autre mouchoir plié de son sac, se tamponna les yeux.

— C'est curieux, poursuivit-elle en hoquetant, je ne l'ai pas vu depuis l'accident. J'espère qu'il ne nous en veut pas, pour la mobylette…

— Mais non, Jeannine, que vas-tu imaginer ? Cesse de te tracasser.

— Tout de même, son absence, c'est étonnant de sa part.

— Tu sais, nous sommes tous sous le choc.

Elle haussa lentement les épaules, une mimique de doute sur les lèvres. « À cet après-midi », souffla-t-elle tristement.

Les deux femmes s'éloignèrent, la plus jeune s'accordant au pas hésitant de la plus âgée. Les deux hommes quittèrent le cimetière en dernier.

— Quel malheur, soupira Alain Méan en se coiffant d'une casquette. Vous avez vu, en plus elle s'inquiète pour un rien.

Lefebvre espérait des explications de son compagnon. Dans cette attente, il lui offrit une Gitanes, approcha la flamme de son briquet.

— Le vélomoteur dont elle parlait, c'est celui de l'accident ? demanda-t-il, en rejetant la première bouffée de fumée.

— Oui. Ce Frédéric qu'elle a évoqué se trouve être un collègue et un ancien voisin de Claude. Frédéric Le Corre. La voiture de votre ami l'avait laissé tomber brutalement pendant le week-end. Joint de culasse. Il avait prêté sa vieille Motobécane à Claude pour rentrer à Errand lundi dernier. Comme il faisait le piquet de grève et occupait les Chantiers, cela ne le dérangeait pas.

— L'accident est donc survenu lundi soir. Il ne devait pas avoir l'habitude de s'en servir, supposa l'inspecteur, qui crut percevoir le même doute chez Méan. Selon vous, pourquoi Frédéric n'a-t-il pas assisté aux obsèques de son camarade ?

— C'est un responsable syndical très engagé. Ça chauffe là-bas en ce moment avec les menaces de licenciements.

— En somme, un accident bête, soupira Lefebvre.

— C'est toujours comme ça.

— Et maintenant, vous pensez que Le Corre se reproche de lui avoir prêté son engin ? suggéra Lefebvre.

— Je le comprends. À sa place, je ne me sentirais pas à l'aise non plus.

— Il imagine peut-être une défaillance mécanique de la bécane. Au moins l'enquête le rassurera sur ce point.

Malgré les circonstances, Alain Méan pouffa.

— Nous sommes en Brière, Inspecteur Lefebvre. Pourquoi voulez-vous lancer une enquête ?

— Un accident mortel ! La gendarmerie doit…

— La gendarmerie ? Dans quel but ?

— C'est la loi ! Supposez qu'il ait été bousculé par une automobile, par exemple, s'insurgea l'inspecteur. Des marques de peinture seraient éventuellement détectables sur la carrosserie, des traces de freinage. Le conducteur aurait des comptes à rendre.

— Nous ne sommes pas à Paris !

— Tout de même. Et où est-elle donc, cette Motobécane ?

— Bah ! Chez son propriétaire, je suppose.

— Ainsi, vous êtes certain qu'aucune enquête n'a été diligentée ?

— Pour cela, il aurait fallu que quelqu'un prévienne les bleus. Il est tombé de sa machine, voilà tout.

— …

— Vous savez ce qui se dit en Brière ?

— Euh, non…

— Briéron, maître chez soi !

II

Lefebvre n'en crut pas ses oreilles. Dans quelle contrée se trouvait-il ? Un ami perdait la vie, chacun le pleurait, mais nul ne cherchait à connaître les circonstances de son accident ?

La réplique d'Alain Méan le tarabustait. Il la traduisit par : « La Brière obéit à sa propre loi. » Un désagréable sentiment d'exclusion l'avait d'abord envahi. Pourtant son auteur l'avait accueilli avec sympathie et n'avait à aucun moment tenté de le rejeter. Au contraire, il l'avait gentiment accompagné au cimetière, présenté à la famille, puis ramené à sa voiture. Aucune hostilité.

Il se demanda si la réflexion ne cachait pas autre chose. D'ailleurs, l'épouse de son copain d'enfance ne s'était-elle pas étonnée de l'absence de celui qui avait proposé sa Motobécane, un certain Frédéric Le Corre ? À moins que ce dernier ne fût pas en si bons termes avec Claude ? Mais alors, comment expliquer le prêt de la machine ? Un piège ourdi contre son collègue ?

Comment retrouver ce Le Corre ? Occupait-il toujours les Chantiers ?

Avant de rentrer à Saint-Nazaire, l'inspecteur

déplia la carte, y chercha « *Errand* », parvint difficilement à le localiser. Il quitta la place, prit la route principale, au hasard. Les maisons particulières se succédaient de chaque côté. Finalement il sortit du bourg et, à un carrefour, découvrit l'enseigne du “Café du Pont”. Il gara sa R5 à distance, entra dans l'établissement. L'endroit sentait le vin et le tabac froid. Seule une table était occupée par deux hommes âgés, assis devant un ballon de rouge, casquette vissée sur le crâne. Une jeune femme, derrière le bar, essuyait des verres. Les têtes se tournèrent vers l'inspecteur.

— Bonjour ! commença-t-il, je crains de m'être perdu.

Les deux vieux rigolèrent. Puis le plus grand, qui portait des bottes et un bleu, frappa plusieurs fois le sol de sa canne, sans se retourner :

— Tu nous remets ça, Sylvie ? ronchonna-t-il dans sa moustache grise.

Elle attrapa la bouteille posée sur le comptoir. Elle versa un godet aux deux compères qui reluquaient l'intrus, le regard en biais.

— Que cherchez-vous ? demanda la jeune femme.

— Je ne suis pas d'ici… commença Lefebvre.

Les deux clients ricanèrent en se poussant du coude. Sylvie haussa les épaules, arbora un sourire réprobateur à leur intention.

— Ne prêtez pas attention, Monsieur. Où souhaitez-vous aller ?

— Connaissez-vous Frédéric Le Corre ? J'ai cru comprendre qu'il habitait Errand, ajouta-t-il au hasard. En suis-je encore très éloigné ?

Avant que la serveuse n'eût le temps de répondre, le client en bleu de travail éructa dans son coin, en se gaussant :

— Qu'est-ce que tu lui veux, au "Têtard" ?

L'inspecteur tressaillit. Sylvie admonesta les deux vieux :

— Vous n'avez pas honte ?

La voix reprit.

— Si c'est Frédéric Le Corre que tu cherches, tu repasseras.

La serveuse, sans prêter attention à la remarque, indiqua le chemin pour se rendre à Errand.

Lefebvre remercia avant de s'approcher de la table des consommateurs.

— Permettez ? Pourquoi l'appelez-vous Têtard ?

Pour toute réponse, les deux clients se regardèrent d'un air entendu et se murèrent dans un silence hostile.

— Tu ferais mieux d'aller relever tes bosselles*, Aoustin-Boiteux ! gronda Sylvie.

— Si tes grands-parents étaient encore de ce monde, ils me comprendraient, eux, grogna l'interpellé.

L'autre vieux, qui avait jusqu'à maintenant laissé parler son compagnon, enchérit en réajustant sa

* Nasse utilisée pour la pêche aux anguilles.

gâpette. Puis, rallumant avec précaution un mégot fatigué, la tête penchée de côté, il ajouta, l'air important :

— Têtard, vous le trouverez plus à Errand, il est rendu à Mazin.

— À Mazin ?

La serveuse précisa que l'endroit se situait dans la commune de Saint-Joachim.

— Suivez la route principale, expliqua-t-elle. Arrivé au centre du bourg, vous prendrez à droite, direction Pont-Château. Après, ce sera indiqué. À gauche, franchissez le pont.

— Merci beaucoup, Mademoiselle, vous êtes très aimable.

Alors qu'il gagnait la sortie du café, Lefebvre entendit Aoustin-Boiteux qui grommelait, sans s'adresser à quiconque :

— Qu'est-ce qu'un gars de la ville comme lui peut bien vouloir à mon Têtard ?

L'inspecteur fut tenté de revenir sur ses pas afin d'en apprendre davantage. L'air goguenard des deux personnages l'en dissuada. Dehors, de chaque côté des marches, une mobylette était appuyée contre le mur. L'une d'elles était munie de deux sacoches dont dépassait une baguette de pain.

Il reprit sa voiture et dut s'éponger le front tant la chaleur y était suffocante. Il abaissa la vitre, qui couina méchamment. Sur sa carte, Saint-Joachim s'allongeait de part et d'autre de la route comme la massette d'un roseau.

« En piste, Petit ! » prononça-t-il à haute voix, comme l'aurait déclamé le commissaire Anconi. « Que penserait-il s'il me voyait errer dans cette campagne perdue ? »

Il trouva en effet facilement le panneau Mazin, s'arrêta à l'entrée du hameau. Avant de sortir, il ouvrit son carnet rouge, nota « *Claude = Errand ± Fedrun / Frédéric Le Corre dit Têtard = Errand puis Mazin* ».

Il frappa à la première maison qu'il rencontra, celle dont la façade s'ornait d'une boîte à lettres jaune. Des aboiements résonnèrent à l'intérieur. Quelques minutes plus tard, il s'apprêtait à toquer de nouveau quand la porte s'ouvrit sur une femme sans âge, vêtue d'une blouse aux couleurs indécises.

— Oh ! cria-t-elle, surprise, en terminant de mastiquer sa bouchée.

Un petit chien blanc et noir de race incertaine se précipita vers lui, montra ses crocs, jappa tout en reculant. Une odeur de popote emplissait le couloir.

— Je suis confus, Madame, j'oubliais l'heure du déjeuner, veuillez me pardonner, bafouilla Lefebvre, ébauchant même un mouvement de retrait.

— Y a pas tracas ! J'ai cru que c'était le facteur, c'est son heure.

Elle jeta un regard circulaire, comme pour vérifier l'absence du préposé attendu.

— Que puis-je faire pour lui ? formula-t-elle curieusement, au point que l'inspecteur se retourna, pensant que quelqu'un d'autre approchait.

Mais la dame s'adressait bien à "lui". Le clébard attaquait sournoisement le bas de son pantalon. Lefebvre tenta de dégager sa cheville.

— Je cherche, monsieur Frédéric Le Corre. Il habite bien Mazin ?

Elle fronça aussitôt les sourcils. Comme pour éviter de répondre ou se donner le temps de réfléchir, elle houspilla sa bête :

— Mirza ! Couché !

— À ce que je vois, votre chien n'apprécie pas les facteurs.

— Mirza ! répéta-t-elle, sage ! C'est que des familles Le Corre, il y en aurait peut-être bien beaucoup par ici.

— Celui que je cherche est surnommé "Têtard"...

— Ah ! Vous voulez parler de Frédéric !

— Oui, en effet. Frédéric Le Corre.

— On l'appelle comme ça parce que le pauvret est né pendant la dernière guerre, avec plus d'un mois d'avance. Il tenait dans une boîte à chaussures ! Nous avons tous un surnom, en Brière, ajouta-t-elle, car de nombreuses familles portent le même nom, Aoustin, Vince, Moyon, Ollivaud... Cela permet de les différencier, grâce à leur profession, leur caractère, leur aspect...

Il n'osa pas lui demander le sien.

— Et il demeure vraiment ici ? insista-t-il.

— Vous ne le trouverez pas. À cette heure-là, il est aux Chantiers.

Elle semblait réticente à fournir des détails. Le

chien grondait toujours, réfugié derrière sa maîtresse, le poil hérissé, ses babines découvrant rageusement de petites dents pointues.

— Je viens de loin, puis-je au moins essayer de frapper à sa porte, au cas où…

La femme hésitait. Il insista.

— Je me suis déplacé pour les obsèques d'un ami d'enfance.

Elle se dérida légèrement.

— Je me disais bien aussi, comme ça…

Lefebvre espéra un instant que la dame, rassurée, le renseignerait. Il n'en fut rien. Ce Frédéric ne semblait pas très apprécié, à moins qu'il ne fût au contraire protégé ?

Devait-il jouer de sa profession de policier pour obtenir une réponse ?

— Comment s'appelait-il, cet ami disparu ? demanda la femme à brûle-pourpoint, piquée par la curiosité ou tentant de savoir si elle pouvait lui faire confiance.

— Justement, il se trouve qu'il s'agissait d'un collègue de celui que je cherche. Il se nommait Claude Janval. Peut-être le connaissiez-vous ?

— Oh ! En ce cas, c'est différent. Vous voulez parler du "Dieppois" ?

Encore un sobriquet ? Pas méchant, celui-là, bien que soulignant l'extraterritorialité du personnage.

La dame s'excusa d'un « je reviens ! », s'enfonça dans la maison. L'inspecteur l'entendit pousser un cri et remuer une gamelle. Le cabot hésita à la suivre, tenta un aboiement rauque et fila vers la cuisine lorsque des effluves de persillade envahirent le couloir. Sa maîtresse revint seule, en s'essuyant les mains sur sa blouse.

— Je suis désolée pour votre ami. L'homme que vous cherchez habite une petite maison blanche qui ne paie pas de mine, en partie couverte de chaume. Sur la droite, un peu plus loin. Mais avec la grève, pas sûr que vous le trouviez chez lui !

Elle expliqua que depuis le milieu du mois de juin, les Chantiers navals de Saint-Nazaire vivaient une contestation dure : les syndicats refusaient le plan de licenciement de la direction.

— Vous savez, sans les Briérons, pas de construction de paquebots ! ajouta-t-elle fièrement.

— Avez-vous croisé Frédéric, ces jours derniers ?

— Non. J'ai idée qu'il reste à dormir sur place avec les autres. Ils ont installé des piquets de grève. Ils occupent les locaux.

— Ah ! Je l'ignorais, mentit-il, je suis arrivé hier seulement. Je vais tenter…

La femme hocha la tête, ébaucha un sourire, posa la main sur l'ouvrant, signifiant que l'entretien était terminé. Lefebvre la remercia, s'excusa d'avoir retardé son repas, espérant qu'il n'ait pas brûlé par sa faute.

Il s'éloigna vers sa voiture, se retourna pour allumer une Gitanes à l'abri du vent. Il vit le rideau bouger.

Il suivit la route indiquée, étroite et bordée de

maisons entourées d'une campagne verdoyante. Les petits murs de pierre, les toitures en chaume, les volets colorés tranchant sur le blanc des crépis et le calme des lieux lui procurèrent l'impression d'un monde à part.

Il s'arrêta près d'un puits, poursuivit à pied. Il lui sembla trouver le bâtiment décrit, une maisonnette en partie recouverte de paille. Une échelle dressée contre la façade évoquait des travaux en cours. Derrière, on apercevait les rangs d'un potager bien entretenu. Il écrasa sa Gitanes. L'endroit était désert et silencieux, hormis le gazouillis des oiseaux et le frou-frou du vent dans les ramées. En ce milieu de journée, cette légère brise n'altérait pas la sensation de chaleur d'été.

Le nom, sur la boîte à lettres, confirma son intuition : « *M. Frédéric Le Corre.* » Il chercha une sonnette, n'en découvrit pas. Un portillon fait de gros tubes métalliques aux angles arrondis interdisait l'accès au jardin. Il cria à plusieurs reprises « Monsieur Le Corre ? », sans résultat. Il déclencha seulement des aboiements, au loin.

L'inspecteur imagina comment agirait son patron à sa place. Il entra résolument.

Il frappa à la vitre. En l'absence de réponse, il entama le tour de la construction. Des rideaux empêchaient toute intrusion du regard. Une baraque en pierre, au toit de tôle affaissé, se dressait au bout du terrain. Un tas de bois de chauffage s'y appuyait dangereusement. Il poussa le battant de la double porte, non verrouillée, y pénétra. Au sol, des traces de roues témoignaient de l'emplacement habituel d'une automobile.

Il y avait là des instruments de jardinage, des arrosoirs et un vieux vélo. Au fond, des pots de peinture s'alignaient en dessous d'un établi couvert d'outils en désordre. Des odeurs d'huile et de moteur flottaient dans le local.

Il sortit, referma sans bruit. Ses appels, puis son intrusion avaient déclenché des jappements en cascade, de-ci de-là. Au-delà de ce garage, le terrain se terminait à pic d'un chenal d'eau calme. Une barque noire aux extrémités pointues y était retenue, sous les saulées.

Lefebvre s'était attendu à découvrir la mobylette accidentée. Qui l'avait ramassée puisque, selon Alain Méan, la gendarmerie n'était pas intervenue ? Il réfléchissait en quittant le jardin, imagina que l'engin avait été mis en réparation chez un professionnel. En bon flic et en mémoire de son ami, il lui paraissait naturel d'éclaircir les circonstances de l'accident.

Il laissa sa carte dans la boîte, y inscrivit ces quelques mots : « *Je suis un copain d'enfance de votre malheureux collègue Claude Janval. J'aimerais vous rencontrer. Vous pouvez me joindre à l'Hôtel Le Berry, à Saint-Nazaire.* »

Il quitta Mazin, reprit la route de Saint-Nazaire. Traversant le bourg étalé de Saint-Joachim, il aperçut, peu après l'église, l'enseigne « *Les cycles briérons* ». Il s'arrêta, franchit la chaussée, poussa la porte du magasin.

Malgré l'heure du repas, un jeune mécano en bleu de travail s'activait sur un Vélosolex. Le moteur démonté pendait au bout d'un treuil. Un transistor braillait dans l'atelier, le gars reprenait à tue-tête les paroles de *I should be so lucky*. Lefebvre dut s'approcher et lui taper sur l'épaule.

— Bonjour, jeune homme, cria-t-il pour être entendu.

Le type sursauta puis éclata de rire.

— 'Jour ! J'ai cru que c'était Kylie Minogue qui venait m'inviter au Vegas* ! Dommage.

— Désolé de vous décevoir. Pardonnez-moi, j'ai l'impression que vous êtes bien occupé.

Il essuya ses mains noires de graisse sur sa salopette maculée, alla tourner le bouton du son, reprit un ton sérieux.

— Ce pu… de Solex m'en a fait voir de toutes les couleurs ! Manque de puissance, qu'il annonçait, le proprio.

Il se lança dans de longues explications, brandit fièrement une pièce en forme de cylindre.

— Voilà le coupable : un galet d'entraînement complètement lisse !

L'inspecteur attendit patiemment la conclusion de l'histoire.

* Boîte de nuit bien connue, à Montoir-de-Bretagne, aujourd'hui disparue.

— Que puis-je pour vous, Monsieur ? demanda finalement le fan de Kylie Minogue.

— Vous a-t-on confié ces jours derniers une mobylette accidentée pour réparation ?

Devant l'air étonné de l'employé, Lefebvre dut livrer quelques détails et même dévoiler sa profession. Le visage de son interlocuteur perdit instantanément sa gaieté.

— La police ? s'exclama-t-il, surpris. Pour quoi faire ?

— Seulement une formalité. La paperasse, vous comprenez ? Pour boucler l'enquête, au cas où il y aurait plainte.

Le jeune mécano se gratta la tête, étonné et soudain méfiant. Il parcourut l'atelier du regard, comme pour montrer sa bonne volonté.

— Le patron ne m'a rien dit.

Il entraîna Lefebvre dans l'arrière-boutique. Dans le local étaient entreposées deux motos, plusieurs vélomoteurs, dont certains neufs, et quelques carcasses désossées à l'écart.

— Tout est là, vous voyez ! Que des machines pour entretien. Pas d'engin accidenté !

— Existe-t-il d'autres garages comme le vôtre, dans le coin ?

— On est seuls, de ce côté du marais.

Lefebvre remercia.

— Bon courage pour le Solex !

Il regagna sa voiture, sous l'œil intrigué du mécano. La silhouette, figée sur le trottoir, s'amenuisa dans le rétroviseur. Lefebvre, contrarié, attrapa une Gitanes sans l'allumer, tout en conduisant. « Drôle de pays ! » constata-t-il à haute voix. Il songea à se rendre sur les lieux de l'accident, mais il ne possédait pas assez d'éléments pour le localiser précisément. « Des blockhaus, il en existe sûrement beaucoup dans la région. » Il se conforta à l'idée que Jeannine, l'épouse de son ami défunt, lui en apprendrait davantage cet après-midi.

Soucieux de rester dans l'univers de son copain d'enfance, il retourna au Café du Pont. On y avait déployé un velum à rayures bleu et blanc ; des couverts étaient dressés en terrasse. Plusieurs tables étaient occupées. Il décida d'y déjeuner. Les deux vieux avaient disparu.

La serveuse le reconnut.

— C'est encore moi. N'est-il pas trop tard pour… ?

— Non ! Non ! Installez-vous dehors, par ce beau temps. Avez-vous trouvé la personne que vous cherchiez ?

— Hélas, non, mais j'ai localisé sa maison, vos indications étaient parfaites.

La jeune femme rougit. Elle s'empressa de changer de sujet.

— Aujourd'hui, nous proposons des pimpenaux* en persillade, cela vous convient-il ?

---

* Anguilles.

Il demanda des explications puis accepta, un peu à contrecœur, car il préférait le hareng aux anguilles.

Les conversations voisines attirèrent son attention. Il y était manifestement question de la grève. Les uns soutenaient l'intransigeance syndicale, les autres craignaient la disparition de l'activité navale à Saint-Nazaire. Le ton montait.

— Ce sont les Chantiers qui nourrissent les Briérons, ne l'oublie pas !

— Les jaunes pourrissent le mouvement ! Restons unis, camarades !

— Sinon ?

Un silence gêné s'abattit sur le groupe. Le dernier qui s'était exprimé reprit la parole.

— Nous ne sommes pas au pays des Soviets !

— Sans nous, qui vous défendrait ?

Pourquoi Lefebvre imagina-t-il subitement qu'un de ces "Soviets" pourrait être le Frédéric qu'il cherchait ? Il repoussa l'idée saugrenue qui le submergea.

Sa commande arriva à point nommé pour chasser sa mauvaise pensée.

— Que souhaitez-vous boire en accompagnement ? lui demanda Sylvie en déposant son assiette.

Il ne répondit pas immédiatement. L'enterrement de son ami ce matin et l'ignorance que chacun se plaisait à entretenir autour de son accident le troublaient. À croire qu'il était le seul à s'en inquiéter. Il imagina même un instant que chacun savait, mais se taisait. Il chassa ses mauvaises pensées, faillit une seconde regretter son déplacement dans la région.

— Que proposez-vous habituellement avec les anguilles ? finit-il par demander.

— Le vin blanc s'accorde bien. Ici, le muscadet…

Il accepta.

— Juste un verre, s'il vous plaît.

À côté, la politique enflammait les conversations en fin de repas. Selon le plus virulent des convives, la disparition des communistes du nouveau gouvernement Rocard « sonnait le glas des espoirs des travailleurs ». Les invectives volaient par-dessus les godets, « apparatchiks ! », « cocos ! », « suppos du capital ! », pour ne citer que les plus corrects.

Lefebvre y trouva un dérivatif. Il tendait l'oreille. Il fut agréablement surpris par le plat qui lui fut servi. Jamais il n'avait goûté à l'anguille.

— Et si vous ne livrez pas la princesse* à temps, cria-t-on dans son dos, tintin pour les prochaines commandes ! Et toi, tu pourras toujours défiler derrière tes bannières rouges, t'auras paumé ton boulot !

— Sans nous, accusa une voix, tu l'aurais déjà perdu depuis belle lurette, ton salaire, Le Gaucher ! Il est vrai que tu n'en as pas besoin. Avec toute “la bricole” que tu as fauchée aux Chantiers. Tous les camarades n'ont pas ta chance ! Y a du bien chez beau-papa. T'es peinard !

---

* Probable allusion au paquebot *Star Princess*, commandé en 1986, finalement livré en mai 1989.

— Sale rouge ! Tu finiras comme le Dieppois ! brailla celui qui était accusé.

L'inspecteur sursauta, se retourna vivement. Un homme d'une soixantaine d'années, petit et sec, visage rouge et mal rasé, l'œil mauvais sous une casquette à visière d'où débordaient des cheveux en désordre, en désignait un autre du doigt, menaçant. L'insulté se leva, brandit son poing, l'abattit sur la table.

La vaisselle s'entrechoqua. Un charivari s'ensuivit, des huées s'élevèrent. La serveuse intervint. Un lourd silence s'installa, non sans quelques grommellements venimeux qui s'éteignirent progressivement.

Lefebvre se tourna alors vers la table des dissensions.

— Le Dieppois, je pense le connaître. Que lui est-il arrivé ?

Tous les regards se braquèrent sur lui. Seul celui qui avait proféré la menace, manifestement éméché, se leva en brandissant son verre et brailla :

— De quoi tu te mêles, l'étranger ? Briéron, maître chez soi ! asséna-t-il en renversant du vin sur son voisin.

Les autres l'obligèrent à s'asseoir, lui remplirent son godet pour le calmer.

— Tais-toi donc, Le Gaucher ! tempéra l'un d'entre eux.

Aucun ne s'excusa ni n'apporta de réponse. Malgré les vives altercations qui avaient agité leur groupe, tous semblaient maintenant faire corps avec l'ivrogne. Craignaient-ils qu'il ne parle trop ?

L'inspecteur, profondément agacé, quitta la terrasse et entra précipitamment dans l'établissement. Il sortit son portefeuille, comme pour régler au plus vite sa note.

— L'homme qui évoquait le Dieppois, vous le connaissez ? demanda-t-il d'un air qu'il voulut détaché.

— Faut pas prêter attention. Il raconte des bêtises lorsqu'il a trop bu.

L'inspecteur hésitait encore à montrer sa carte de police. Il cachait péniblement son émotion.

— C'est grave, tout de même, il l'a menacé de mort, non ?

Elle disparut derrière le bar, fourgonna dans les frigos, en claqua une porte.

— Prendrez-vous un café, Monsieur ? proposa-t-elle pour se donner une contenance.

— Pardonnez-moi, prononça-t-il sans répondre. Ce Dieppois, il se trouve que c'était un ami, voyez-vous ? Alors, j'ai ressenti une désagréable impression.

— Oh ! Je comprends. Je suis désolée.

— Mais vous, vous le connaissiez ?

— Qui cela ?

La serveuse paraissait égarée. Elle chiffonnait maladroitement sa vaisselle, le regard fixé au fond de l'évier du bar.

— Le Dieppois, Mademoiselle, insista doucement Lefebvre.

Un verre ballon lui échappa des mains et s'écrasa à terre. Elle lâcha un petit cri avant de se reprendre.

— Non, je ne suis ici que depuis quelques mois. Auparavant je travaillais à Saint-Nazaire.

Dehors, des bruits de chaise résonnèrent.

— Les gars qui déjeunaient en se querellant, ce sont des ouvriers des Chantiers, n'est-ce pas ?

— Je ne les connais pas tous.

— Celui qui a évoqué le Dieppois, vous prétendiez qu'il proférait des âneries lorsqu'il a abusé. Sans doute un habitué ?

— Il vient souvent. Il dépense l'argent du ménage au café.

— Vous voulez bien me donner son identité ?

La jeune femme regarda fugitivement l'inspecteur puis vérifia que personne ne pouvait l'entendre du dehors.

— Vous êtes de la police, je me trompe ? murmura-t-elle, la voix tremblante.

Lefebvre hocha la tête, sortit sa carte professionnelle, s'excusa pour ses questions et son insistance. Ses collègues admiraient sa délicatesse, surtout son supérieur le commissaire Anconi. Malgré sa condition, il réussissait en toutes circonstances à contenir la colère. Pourtant, méticuleux et obstiné, il n'oubliait aucun détail et ne refermait jamais un dossier resté sans conclusion. Un bon flic.

— C'était une connaissance, ce Normand ? poursuivit-elle timidement.

— Oui, un copain d'enfance. Nous ne nous étions pas revus depuis longtemps, mais j'ai tenu à assister à ses obsèques. Je cherche seulement à rencontrer ses amis de Brière.

— Le petit sec qui a trop bu et s'est énervé, je ne connais que son prénom, Inspecteur : Roger. Aux Chantiers, ils l'ont surnommé Le Gaucher, car il existait deux Roger dans le même atelier. L'autre, je crois que c'est un syndicaliste. Avec cette grève qui dure depuis deux semaines, ils sont tous sur les dents.

— J'ai eu cependant l'impression que la mort de mon ami n'était pas vraiment naturelle. Pas vous ?

III

Dès qu'il eut quitté le Café du Pont, Lefebvre nota dans son carnet rouge :

« *Janval-Le Dieppois : mort naturelle ?*

Frédéric, le Têtard, introuvable, coupable ? Où est passée sa mobylette ?

Claude et Frédéric : amis ou ennemis ?

Interroger "Roger Le Gaucher", alcool (?) et hostile aux syndicats, allusion à la fin tragique de Claude ? »

Assis dans sa petite voiture, il tentait de retrouver son calme en tripotant son paquet de Gitanes. Il différa le moment d'en extraire une, mais finit par céder, persuadé que son humeur en bénéficierait, que sa réflexion en serait améliorée.

Il récapitula. Une cendre tomba sur sa chemise blanche, qu'il chassa sans éviter un minuscule trou brunâtre.

À première vue, son vieux camarade avait succombé des suites d'un banal accident de mobylette. Ce qui avait d'abord étonné l'inspecteur tenait en quelques questions : À quel endroit ? Où se trouvait le cyclo ? Pourquoi Frédéric Le Corre, alias Têtard, le collègue qui avait prêté la machine, n'avait-il pas assisté aux obsèques ? Pourquoi cette absence totale d'enquête ?

De surcroît, n'avait-il pas perçu dans la menace de celui que l'on surnommait Le Gaucher une odeur de crime ? Comme si son ami Janval avait été éliminé et que la chose pouvait se reproduire pour d'autres.

Il ne comprenait décidément pas les gens de cette Brière. Les uns prétendaient ne rien savoir, les autres s'exprimaient par allusion. Et tous ces surnoms !

Il n'avait pas pensé à demander ce matin qui lui avait adressé le faire-part de décès ! Peut-être en apprendrait-il davantage chez l'épouse du défunt ?

Il aurait bien continué à tourner dans le pays, mais il refusait de se rendre à une invitation avec une chemise trouée. Il rentra se changer à son hôtel.

— Toutes mes condoléances, Monsieur, susurra le gardien devant l'air sombre de Lefebvre.

— Merci. Puis-je conserver ma chambre une nuit supplémentaire ?

Il avait pris sa décision sans réfléchir.

Il s'allongea sur son lit, relut ses notes. Brusquement, il se redressa, décrocha le téléphone, composa le numéro du Quai des Orfèvres.

— Allô ? Le “36” ?

— Hopla ! Bonjour, Inspecteur Lefebvre ! Toutes mes condoléances…

Le brigadier Schultz reconnaissait systématiquement les voix et savait distribuer un petit mot amical à chacun, tout en restant dans son rôle. Son accent alsacien vous transportait immédiatement devant une choucroute fumante et une chope de bière.

— Bonjour, Schultz. Merci. Le patron est à la maison ?

— Il vient de rentrer. Je vous le passe.

Après quelques déclics et des grincements gutturaux, la voix d'Anconi jaillit dans l'écouteur.

— Adieu, Petit !

— Je ne vous dérange pas, Patron ?

— Mais non, voyons, tu le sais bien. C'était ce matin, la cérémo… ?

— Elle m'a laissé une drôle d'impression, confia Lefebvre.

— Je comprends. Un ami d'enfance qui déchire son tablier, ça te donne une sacrée embouligue*.

— Ce n'est pas que cela.

— Ta voix me semble curieuse. Tu séjournes encore à Saint-Nazaire ?

— Oui. Je vous appelle de l'Hôtel du Berry. J'ai un fâcheux pressentiment.

— Tè, raconte !

L'inspecteur exposa la situation et ses interrogations, sans omettre le moindre détail. Il insista notamment sur cette menace sous-entendue par Roger Le Gaucher au Café du Pont : « Tu finiras comme le Dieppois. »

— Qui est-ce, ce "Dieppois" ?

* Émotion, en marseillais.

— Mon ami décédé, justement.

— En un mot, tu penses qu'il n'est pas tombé tout seul de sa mobylette ?

Lefebvre acquiesça et rappela que la disparition de l'engin ainsi que l'absence de son propriétaire à l'église renforçaient sa mauvaise impression.

— Nourris-tu des soupçons ?

— Pourquoi pas ce Frédéric Le Corre qui a prêté sa machine, Patron ? s'emballa Lefebvre, livrant aussitôt ses arguments : il demeure aussi introuvable que son cyclo, il n'est pas chez lui, ne se rend pas aux obsèques de son collègue. Il aurait trafiqué l'engin à la suite d'une dissension entre grévistes et non-grévistes ?

— L'épouse de ton ami saura peut-être t'éclairer là-dessus ?

— Que me conseillez-vous ?

— Ce Roger Le Gaucher, tu as pu l'interroger ?

— Je ne connais même pas son nom ni son adresse ! Au café, il m'a envoyé bouler, agressif et aviné. Devant les autres, impossible de le cuisiner.

— Bonne Mère, au moins tu dois mettre la main sur ce Frédéric Le Corre et sa fatche de mobylette ! Fais un tour chez Alsthom, puisque ton ami Janval y travaillait aussi, tu pourrais recueillir des témoignages des collègues concernant leurs relations.

— Mais ils sont en pleine grève !

— C'est vrai, convint Anconi, accordant que même à Paris on parlait de ce mouvement. Les esprits s'échauffent dans ces cas-là ! admit-il, comme pour corroborer un éventuel différend entre ce Le Corre et l'ami disparu. Si tu te rendais également sur les lieux de l'accident, tu y trouverais peut-être un témoin ?

— Ici, c'est pire qu'à la Goutte d'or ! Impossible de délier les langues. Vous imaginez qu'aucune enquête n'a été ouverte à la suite du décès !

— Vaï ! Veux-tu que j'en touche un mot à Blanchard ?

— Oh non ! Surtout, pas de vagues, Patron, pas de vagues !

Anconi s'esclaffa.

— Tu parles comme notre cher Arnaud-Fontaine !

Le commissaire faisait allusion à son directeur, un homme avec qui il ne s'entendait guère. Né avec une petite cuillère d'argent dans la bouche, son supérieur affectait des airs hautains, rigide derrière un bureau Empire qui puait l'encaustique. Seule le motivait l'escalade de la hiérarchie policière, une ambition qui le conduisait à éviter les initiatives et les “vagues”. Son regard se tournait vers les lambris de la place Beauvau plutôt que vers les bureaux exigus du 36, quai des Orfèvres dans lesquels marnaient ses subordonnés. Anconi au contraire, appréciait son métier de flic de terrain, affectionnait ses inspecteurs. Il se plaisait parfois à contrecarrer son directeur et riait sous cape lorsqu'il voyait s'agiter les sourcils de son supérieur, signe d'une contrariété difficilement contenue.

— Petit, je te sens dans la panade. Écoute ! Rappelle-moi après ton entrevue avec l'épouse. Tâche de savoir si elle partage tes doutes.

— Merci, Patron. Je suis désolé de vous…

— Bonne Mère, arrête de te tracasser ! S'il ne s'agissait pas de ton ami, ton affaire me distrairait. Tu ne l'ignores pas, l'atmosphère est poisseuse en ce moment au Quai, depuis l'acharnement de ce juge contre un commissaire de chez nous*. Sais-tu que ce magistrat vient de refuser sa remise en liberté provisoire ? Notre Arnaud-Fontaine ne sort plus de son bureau.

— Raison de plus, je ne veux pas vous importuner avec mes présomptions gratuites. Je me fais sans doute des idées.

Anconi souriait. Malgré l'éloignement, il reconnaissait bien là son inspecteur, dans son extrême prévenance. Il l'imagina triturant son paquet de cigarettes et ne s'étonna pas d'entendre le crissement d'un briquet dans l'écouteur. Il coupa court aux scrupules de son subordonné.

— Je compte sur ton appel, Petit. À plus tard.

Lefebvre n'eut pas le temps de remercier son patron, celui-ci avait déjà raccroché. Assis sur son lit, le combiné égrenant sa tonalité dans le vide, il se prit à regretter sa démarche. « Demain je rentre à Paris, tout cela devient ridicule. »

* Allusion à l'affaire du commissaire Jobic, incarcéré le 21 juin 1988 sur décision du juge Hayat, à la suite d'une accusation de proxénétisme par des prostituées de la rue de Budapest. Il sera plus tard totalement blanchi.

Il écrasa sa Gitanes, retira sa chemise trouée, en enfila une autre et quitta le Berry. Le gardien le salua d'un « Bon après-midi, Monsieur », lui recommanda d'éviter le quartier de l'hôtel de ville où la manifestation des grévistes « dégénérait ».

Il reprit la route de la Brière et suivit les indications que lui avait données Alain Méan. Il laissa sur sa gauche l'église de Saint-Malo-de-Guersac et gagna la campagne. Bientôt les constructions blanches aux couvertures d'ardoise s'espacèrent. Il reconnut le calvaire, poursuivit la petite route qui serpentait entre des haies de verdure. Le paysage se libéra brusquement, faisant place à de larges étendues, roselières et vastes prairies. Il dut s'arrêter pour croiser un tracteur qui s'engageait d'autorité face à lui sur un pont étroit. Le conducteur, en manche de chemise, roula en bringuebalant, sans un signe. Son vieux Massey Ferguson rouge, traînant à grand bruit une remorque surchargée de balles de foin, s'éloigna en crachotant vers le ciel des bouffées de fumée noire.

L'inspecteur avait garé sa voiture pour le laisser passer. Comme il était un peu tôt pour se présenter chez Jeannine Janval, il coupa le contact et sortit. Un panneau indiquait « *Le Brivet* ». Il s'accouda à la rambarde métallique*. Une eau calme et sombre, à l'imperceptible courant, réfléchissait les arbres immobiles et les nuages. Au loin elle se perdait dans

* Au vu de la description, il est vraisemblable que Lefebvre se trouve au pont Boisman sur le Brivet, entre Saint-Malo et l'île d'Errand.

un cordon de roseaux. Il contraria une famille de canards qui s'éloigna en cancanant, dessinant un "V" sur l'onde.

Fasciné par la tranquillité du lieu, l'inspecteur se demanda si son imagination ne l'avait pas égaré. Ses doutes semblaient si dérisoires face à la sérénité de cette nature.

Troublé, il repartit. Une bordure d'arbres, comme dressée pour protéger du vent qui inclinait les roseaux, lui annonça un changement de paysage. Un panneau « *ÎLE D'ERRAND commune de Saint-Malo-de-Guersac* » lui confirma qu'il était arrivé.

Il trouva facilement la demeure de son ami, une maison basse et trapue, allongée sous un toit recouvert de chaume débordant sur les pignons. Quelques ouvertures étroites garnies de géraniums trouaient le crépi blanc. Il reconnut la voiture d'Alain Méan, se gara derrière.

Deux tiges de rose trémière entouraient la porte. Il frappa.

Jeannine Janval lui ouvrit aussitôt. Si ses paupières gonflées témoignaient de son chagrin, elle avait troqué ses vêtements noirs pour une robe moins sévère, ce qui étonna Lefebvre.

— J'espère que je n'arrive pas trop tôt, s'excusa-t-il.

— Non ! Non ! Entrez ! Nous vous attendions.

Il pénétra dans une pièce sombre et sobrement meublée. Alain Méan était attablé. Deux tasses de café vides côtoyaient une bouteille de liqueur.

— Vous nous accompagnerez ? justifia Alain en désignant deux minuscules verres à fond épais.

L'état de Jeannine réclamait un petit remontant. Le fin sourire d'Alain découvrant des dents blanches, les cheveux bruns coiffés sur une raie impeccable lui rappelèrent une pochette de disque du chanteur Alain Barrière. D'ailleurs, n'usaient-ils pas du même prénom ?

L'inspecteur hésita, accepta finalement par correction. Il détaillait la femme de son ami : taille moyenne, un visage rond sous des cheveux bruns coiffés d'un bandeau, une allure de fausse maigre se dit-il. Ses yeux rougis regardaient au-delà de vous, sous un sourire forcé. Pourquoi Lefebvre se sentit-il immédiatement mal à l'aise ? Il ne savait comment engager la conversation, lui qui était arrivé plein de questions. Tiens ? Où donc était passée la mère de son ami ?

— Ma belle-mère a souhaité regagner sa maison de retraite, la cérémonie l'avait épuisée, déclara Jeannine, comme si elle avait deviné les interrogations de son visiteur.

— Je comprends, cela a dû être un grand choc pour elle, assura poliment ce dernier, resté debout.

— Elle avait choisi de suivre son fils lorsque celui-ci s'était installé ici, crut-elle bon de préciser. Avec l'âge, elle ne supportait plus de vivre seule à Fécamp. Claude était enfant unique, comme vous le savez. Mais asseyez-vous donc, je vous en prie.

— Êtes-vous originaire de la région, Madame ?

— De Saint-Joachim, près d'ici.

— Ah ! Je vois.

— J'avais rencontré Claude lorsque j'avais été embauchée chez Bénédictine, à Fécamp, expliqua-t-elle.

Elle réprima un sanglot avant de poursuivre.

— Auparavant, je travaillais dans une conserverie de La Turballe. Les réductions d'effectifs, la disparition de la sardine m'ont obligée à partir comme bien d'autres. J'étais si contente de revenir en Brière lorsque Claude a été engagé aux Chantiers.

Elle hoqueta de nouveau. Alain se taisait. Il se leva, ouvrit le vaisselier, choisit un petit verre à liqueur à culot épais, le posa sur la nappe en toile cirée. Il y versa un liquide jaune : de la Bénédictine !

— Je crois que Claude se plaisait bien, ici, n'est-ce pas ? suggéra l'inspecteur.

C'est "Alain Barrière" qui répondit, en rebouchant le flacon.

— Énormément. Il s'était pris de passion pour la région, ses coutumes. D'ailleurs, regardez cette maison ! Il espérait en acquérir une à Fédrun, un endroit plus typique, disait-il.

Finement, Lefebvre insinua.

— Le connaissant, il s'y était sans doute fait des amis ? Nous nous étions un peu perdus de vue, mentit-il. L'éloignement, les routes qui divergent, le temps qui passe…

Ce n'était pas entièrement vrai, quoique dans

leurs rares conversations téléphoniques, ils évoquaient davantage leur enfance que leurs vies présentes.

Il crut surprendre un regard inquiet échangé entre Jeannine et Alain.

Ce dernier se hâta de hocher la tête en signe d'assentiment.

— C'est sûr, les Briérons l'avaient totalement adopté ! Il s'impliquait même auprès des jeunes dans l'Association sportive briéronne. Le curé ne l'a pas précisé ce matin car il existe aussi le club de foot Sainte-Anne, d'obédience catholique.

— Deux clubs à Saint-Joachim ? s'étonna-t-il.

À la demande polie de Jeannine, il dut raconter Fécamp, sa jeunesse près de Claude, leurs jeux dans la cour de l'école élémentaire du Port. La conversation roula doucement sur l'évocation du disparu. Le policier peina à revenir au sujet qui le préoccupait. La question lui brûlait les lèvres.

— Son ami Frédéric s'est-il manifesté ?

Une fois de plus, Alain s'empressa de répondre, appuyant ses paroles d'un regard charmeur.

— Non. Nous supposons que la gravité de la situation aux Chantiers explique son absence. N'est-ce pas, Jeannine ? Des échauffourées ont éclaté sur le site et en ville. En tant que syndicaliste engagé, il se doit de camper sur place. À moins qu'il ne participe aux négociations ?

La femme de Claude opina de la tête, se tamponna les paupières, ouvrit une boîte de gâteaux secs et les disposa devant Lefebvre.

— La situation semble grave, en effet, on en parle dans la capitale, admit le policier. Cela expliquerait son absence.

— C'est le plus vraisemblable, même si Jeannine a regretté qu'il ne participe pas à la cérémonie, s'empressa de commenter Alain, avec son sourire de travers. Ils avaient des liens d'amitié, très forts.

— Voilà pourquoi Frédéric lui a prêté sa mobylette. Claude appartenait-il également à un syndicat ? demanda-t-il en remerciant pour les biscuits.

— Oh non ! répondirent-ils ensemble, de façon précipitée, comme si le diable venait de s'inviter à la table.

Le silence s'installa. Pourquoi Lefebvre imaginait-il une complicité entre l'homme et la femme ? Lui cachaient-ils quelque chose ? Pourtant tous deux lui demeuraient sympathiques.

— Comment avez-vous su, pour Claude ? questionna-t-elle d'un ton embarrassé après un long silence.

Interloqué, l'inspecteur resta sans voix. Ses hôtes le fixaient. Il sortit son carnet rouge, en extirpa l'avis d'obsèques qu'il avait reçu, le lui tendit.

— Je croyais que vous me…

Elle s'empara du bristol, le lut à plusieurs reprises, le retourna, perplexe. Alain se penchait vers elle pour en prendre connaissance.

— Je n'ai adressé aucun faire-part ! Qui a bien pu ?

Son chagrin laissait place à l'inquiétude.

— Votre belle-mère ? suggéra l'inspecteur.

— Elle en aurait été incapable ! Vous l'avez vue ce matin. J'ai seulement publié un avis dans le journal ! Qu'en penses-tu, Alain, c'est invraisemblable !

Alain Méan demeurait coi.

— Lui connaissiez-vous de la famille, en dehors de sa…

— Mais non ! Son père a disparu il y a plusieurs années. Peut-être en restait-il dans la région de Fécamp. Dans ce cas, il m'en aurait parlé. Et puis comment aurait-elle appris ?

— Celui qui vous a envoyé cet avis connaissait votre amitié pour Claude, ainsi que votre adresse, finit par commenter Alain. *L'Écho de la presqu'île* n'est pas diffusé en Seine-Maritime, que je sache. Faisiez-vous partie d'un cercle commun ? D'une association d'anciens élèves ?

— Non… je suis vraiment très surpris. Je l'ai reçu à l'hôtel de police.

Un long silence suivit. Chacun s'enferma dans ses pensées. Jeannine tourbichonnait son mouchoir ; Méan fixait la fenêtre d'un air vague.

Lefebvre en conclut que hors la famille quelqu'un avait utilisé ce moyen pour l'inciter à venir. Mais qui ? Et pour quelle raison ?

Il se promit de noter dans son carnet rouge : « *Interroger imprimeries locales*. »

— Incroyable, souffla-t-il. Franchement bizarre ! Comme la disparition de la mobylette, insinua-t-il pour relancer la conversation.

Jeannine demeurait prostrée, triturant le faire-part entre ses doigts comme s'il allait lui livrer son mystère. Seul Méan releva l'assertion.

— Que voulez-vous dire ? demanda-t-il.

— Vous savez, glissa Lefebvre d'une voix tranquille, vous m'avez affirmé ce matin que cette machine de malheur avait été ramenée chez son propriétaire…

— Oui. Tout le monde se connaît, ici. Quelqu'un a bien dû lui ramener… Enfin, je le suppose.

— Eh bien, non !

— Non ? réagit Alain, affichant le plus grand étonnement.

Le policier, sur le ton le plus naturel qui soit, ne se hâta pas de répondre, profitant d'un effet de surprise comme le lui avait appris son supérieur Anconi.

— Elle ne s'y trouve pas, finit-il par souffler, une moue dubitative sur le visage, arrondissant excessivement ses yeux.

— Co… comment ?

— Je suis passé chez Frédéric Le Corre, à Mazin. Je voulais voir l'engin. Il n'y était pas.

— Ah ? Vous… vous avez rencontré Frédéric ?

À l'évidence, il n'osait pas demander comment leur visiteur avait si rapidement découvert l'adresse.

Un embarras se lut sur le visage de ses hôtes. Lefebvre crut même y déceler un éclair de crainte.

— Hélas non ! Il était absent, poursuivit-il. Cette mobylette, qui a tué mon ami, m'obsède. Et puis vous m'aviez affirmé qu'aucune enquête ne serait menée. Alors, je me suis fait un devoir…

Il laissa sa phrase en suspens. Alain Méan feignit de ne pas comprendre :

— C'est vrai, vous êtes policier. Au moins, avez-vous réussi à examiner le cyclo ? Il le stationne dans sa cour.

— Je vous le répète : il n'y était pas.

— Ah.

— Vous ne trouvez pas cela surprenant ? insista Lefebvre.

— La machine devait être trop abîmée, elle a probablement été confiée à un réparateur, pour la remettre en état, suggéra Alain.

— Et qui donc s'en est chargé ? demanda Lefebvre.

Devait-il faire part de sa démarche auprès du seul professionnel proche des lieux de l'accident ? Il s'en abstint, préféra ramener la conversation sur l'ami disparu.

— Claude se plaisait-il dans son travail aux Chantiers ?

— Oui, beaucoup. Une chance qu'il ait pu retrouver un emploi dans ses cordes.

— Je suppose que Frédéric et lui s'entendaient bien ?

— Vous savez, tout le monde l'estimait.

L'inspecteur apprécia à sa juste valeur cette réponse évasive sans demander de précision.

— Sa Normandie ne lui manquait pas trop ? reprit-il.

Jeannine, semblant revenir d'une longue absence, raccrocha la conversation.

— Au début, concéda-t-elle. Nous retournions à Fécamp pour les fêtes et les vacances, surtout pour rendre visite à sa mère. Lorsqu'elle est devenue impotente, Claude l'a installée près de chez nous. Dès lors, nous n'y allions plus guère.

— J'ai appris que ses camarades le surnommaient le Dieppois, plaisanta Lefebvre en se tournant vers Jeannine, pour détendre une atmosphère de plus en plus lourde.

Elle sourit faiblement, jeta un regard furtif à Alain, qui badina. L'inspecteur avait-il tort de trouver l'expression discriminante ? Personne au Quai ne l'aurait affublé d'un tel sobriquet. Pourtant, subitement, il en douta. Ses collègues, derrière son dos, comment l'appelaient-ils ? Au Quai des Orfèvres, chacun surnommait l'archiviste "L'Araignée" : un homme sans âge, toujours accoutré d'une blouse grise, lunettes cerclées sur le nez et crayon de bois à l'oreille, qui exerçait son métier derrière un petit bureau encombré. Les innombrables dossiers poussiéreux qui peuplaient son grenier et son extrême agilité à vous découvrir le bon lui avaient valu son qualificatif.

— Vous, vous seriez "Le Parisien", peut-être "Le Parigot" ! plaisanta Alain.

Madame Janval se leva en silence, poussa la porte de la pièce voisine, laissant les deux hommes en tête à tête devant la boîte de gâteaux et la Bénédictine. Alain tenta de diriger la conversation vers la profession de policier, « qu'il imaginait bien pénible à Paris ». Il eut tort d'aborder ce sujet, Lefebvre profita de l'occasion. Après quelques banalités décrivant les activités du “36” et les difficultés du métier, il rappela les secousses engendrées par l'incrimination récente d'un des leurs.

— Cela ne risque pas de se produire en Brière, nous gardons l'habitude de régler seuls nos différends.

— Vous me l'avez déjà dit. Vous savez, je reste abasourdi d'apprendre qu'aucune enquête ne cherche à établir les circonstances de l'accident de Claude.

— À quoi bon ?

— Vous ne souhaitez pas découvrir ce qui est arrivé ?

Méan perdit fugitivement son sourire, son visage se durcit. Sa réponse claqua.

— Il n'y a rien à découvrir.

Pour adoucir ses propos, il tenta aussitôt d'ajouter :

— Notre ami a disparu dans un stupide accident de mobylette, voilà tout. Rien ni personne ne nous le ramènera.

Le retour de Jeannine dispensa l'inspecteur de répondre. Elle posa sur la table une pipe sculptée dans du bois noir.

— Claude se passionnait pour le morta, dit-elle. Il confectionnait de petits objets à ses moments perdus. Vous êtes fumeur, n'est-ce pas ?

Malgré son trouble, elle avait remarqué une odeur de tabac dans les vêtements de son visiteur.

— C'est vrai, je…

— Vous étiez son ami, je vous l'offre. Je suis certain qu'il approuverait mon geste.

Elle poussa délicatement l'objet vers l'inspecteur, pour l'obliger. N'avait-elle pas les larmes aux yeux ?

— Je ne peux pas accepter, Jeannine…

— Si ! Si ! J'y tiens. En souvenir. Je vous en prie.

Du bout des doigts, Lefebvre s'empara de la pipe noire, la tourna, admira le travail. Le fourneau piqueté et mat se prolongcait d'un tuyau veiné entièrement poli et excessivement brillant. L'objet n'avait jamais servi.

— C'est un magnifique cadeau, mais vraiment il m'est impossible de l'accepter.

Jeannine s'essuya les yeux. L'inspecteur se sentit envahi par l'émotion. Il ne savait quelle attitude adopter. Des souvenirs affluèrent dans sa mémoire, son trouble devint extrême.

— La matière ressemble à de l'onyx, réussit-il à articuler.

— C'est du morta, rectifia Alain, dont les lèvres avaient retrouvé son éternel sourire. Du bois fossilisé. Il y a plusieurs milliers d'années, la Brière était plantée d'une futaie de chênes qui s'était installée à la suite d'une baisse du niveau de la mer. Plus tard, une nouvelle invasion marine a fait disparaître la forêt. La vase et la tourbe ont tout recouvert. De nos jours, en creusant, on trouve des troncs intacts et fossilisés qui, en séchant, deviennent durs comme de la pierre.

— Vous me dites que c'est du bois ?

— Oui ! Un bois ancestral très prisé, on parle de "l'or noir" de Brière, en opposition à "l'or blanc" des marais salants. Certains se sont spécialisés dans sa recherche. Claude en était, d'autant que l'île d'Errand en est riche. Il prospectait souvent, aux basses eaux.

— Ici, dans son jardin ? demanda Lefebvre.

Alain faillit rire.

— Pas seulement ! La "Grande Brière" appartient à tous les Briérons. Depuis 1461, notre marais est une propriété collective et indivise. Tu creuses où tu veux, du moment que tu habites dans une de ses communes. Sauf chez ton voisin !

— Claude en avait découvert ?

— Oui, intervint Jeannine en soupirant. Il venait de déterrer un spécimen d'un mètre de long en sondant aux Marais-d'entre-les-Bois.

Elle invita son hôte à la suivre. Alain hésita à leur emboîter le pas, se mit debout, se rassit.

Derrière la chaumière, à l'extrémité du terrain, une cabane en pierre surplombait un étroit canal qui s'achevait en un minuscule port privé. Une barque plate et pointue y attendait, occupant toute la couli-ne, immobile au bout de son amarre molle. Dans le prolongement de l'appentis, un espace en partie couvert devait abriter une automobile.

Jeannine poussa la porte de la construction. Une odeur d'outils s'imposa immédiatement. Sur un vaste établi reposait un tour entouré de gouges et de ciseaux à bois bien rangés. Un étau enserrait encore un morceau aux formes insolites. Au mur, de nombreux ustensiles étaient méticuleusement accrochés.

— C'est là qu'il travaillait son morta. Jean-Noël, un spécialiste passionné, lui avait gentiment appris le métier, transmis son art.

Elle montra au fond de la pièce une grosse masse noire et cylindrique posée sur des tréteaux, dont la tranche rappelait en effet un tronc d'arbre.

— C'est celui-là qu'il avait découvert récemment. Il l'avait mis à sécher.

Elle désigna ensuite une solide armoire, fermée.

— Il y entreposait les objets finis. Lui seul en possédait la clef.

Lefebvre s'étonna.

— Craignait-il d'être volé ? s'enquit-il.

— C'est qu'il l'avait été, il y a quelques mois, déplora Jeannine. Depuis il enfermait soigneusement les…

— A-t-on retrouvé le cambrioleur ?

— Comment voulez-vous ?

— C'est vrai. Pas d'enquête ! Avez-vous une idée de l'identité de celui qui s'était introduit ici ?

— Il est peut-être venu par le canal, supposa-t-elle en montrant le chemin d'eau qui disparaissait au loin dans les roseaux. Elle ajouta qu'un droit de passage vers la levée autorisait aussi les maisons voisines à accéder à la curée. N'importe qui aurait donc pu s'introduire, conclut-elle.

— Quelqu'un de bien renseigné… et possédant une embarcation, apparemment.

— Je vous l'ai précisé. En Brière, on parle d'or noir ; ces objets se vendent très cher.

— L'or fait toujours des envieux, n'est-ce pas ? Surtout lorsqu'il est extrait par un étranger ? Claude faisait-il commerce de ses créations ?

L'inspecteur s'étonna de sa propre hardiesse.

— Pour lui, il s'agissait d'un simple passe-temps. Il les offrait à ses amis, répondit Jeannine sans relever les sous-entendus de son visiteur.

— J'ignorais cette passion chez Claude. Mais je n'en suis pas surpris, il était curieux de tout et si habile de ses mains.

Alain, sans doute étonné de la durée de leur absence, les rejoignit à la porte de l'atelier.

— Vous avez vu ? Quel atelier ! s'exclama-t-il pour manifester son arrivée.

— J'ignorais totalement l'existence de ces curieux arbres fossiles, avoua l'inspecteur. Autant la matière brute est laide, remarqua-t-il en désignant le cylindre noir et terreux posé sur ses tréteaux, autant ce que l'on peut en faire est magnifique ! M'autoriseriez-vous à contempler le contenu de son armoire ?

Alain s'apprêtait à répondre, Jeannine l'interrompit vivement.

— Malheureusement, comme je vous l'ai dit, lui seul en possédait la clef. Il la conservait jalousement sur lui. Je suis désolée. Depuis le vol, il avait gardé quelques spécimens dans la maison.

L'inspecteur n'insista pas. Il surprit un regard de connivence entre la femme de son ami et l'homme au sourire charmeur. Après un échange de banalités, Lefebvre assura Jeannine de sa plus grande sympathie et souhaita se retirer.

— Merci de votre visite, Monsieur. Cela m'a fait du bien de parler de lui avec vous. Si vous apprenez qui vous a adressé le mystérieux faire-part, accepteriez-vous de m'en informer ? Bon retour à Paris.

— Merci. Je ne manquerai pas de vous livrer les résultats de mon enquête. Encore toutes mes condoléances.

— Sans doute partez-vous dès ce soir ?

Il salua Alain et Jeannine, qui ne s'attendaient pas à sa réponse :

— Je me demande si je ne vais pas prolonger quelque peu mon séjour en Brière.

Cette visite l'avait troublé. Il décida de retourner aussitôt à Saint-Nazaire. Avant de démarrer, il sortit son carnet rouge et y écrivit fébrilement quelques lignes.

Sur la route, quelques minutes plus tard, Lefebvre fut surpris par une bestiole traversant la chaussée. L'animal ressemblait à un très gros rat à poil long, filant sur d'invisibles pattes. L'inspecteur, instinctivement, appuya sur le frein. La pédale s'enfonça mollement sans grand effet. Il l'écrasa au plancher sans plus de résultat et donna un coup de volant pour éviter l'obstacle. Tout se passa alors très vite. Il eut tout juste le temps de voir la bête plonger dans le fossé, sa voiture se mit aussitôt en travers de la route et glissa inexorablement vers le garde-corps d'un pont. Il tenta de redresser, le pied enfoncé sur une pédale inefficace. L'automobile heurta violemment la rambarde métallique et fut renvoyée vers le bord opposé. Elle fut arrêtée brutalement par un bouquet de frênes suffisamment solides pour lui éviter de plonger dans le Brivet en contrebas.

L'inspecteur perdit aussitôt connaissance.

IV

En fin d'après-midi, le téléphone résonna dans le bureau d'Anconi.

— Monsieur le commissaire ?

Bien que son interlocuteur ne se soit pas présenté, le policier reconnut l'accent alsacien du brigadier de service à l'entrée du 36, quai des Orfèvres. Sa voix ne lui parut pas aussi enjouée qu'à l'habitude. Sa bonhomie et sa politesse légendaire avaient fait place à une sombre inquiétude.

— Shultz ?

— On vous demande, Monsieur le commissaire. L'hôpital, à Saint-Nazaire. Cela semble pressant.

— Fatche !

Schultz lâcha un « Hopla ! » à peine perceptible avant de transférer précipitamment la communication.

— Allô ? Docteur Flembard, service des urgences, entendit le commissaire, on se connaît ! Nous venons d'admettre un certain Lefebvre, ça m'a tout l'air d'être un gars de chez vous ?

Il précisa, sans laisser à son interlocuteur la possibilité de répondre, qu'un insigne de policier du "36, quai des Orfèvres" se trouvait dans les effets d'un de ses patients entrants, d'où son appel. Il se lança aussitôt dans un descriptif médical détaillé qui induisit immédiatement une forte nausée au commissaire.

— Lefebvre ? Mais que lui arrive-t-il ? s'alarma Anconi.

Les deux hommes se connaissaient, à la suite d'enquêtes antérieures. Flembard, un médecin atypique, dont l'énergie et le franc-parler lui avaient tout de suite plu. Par contre, le réalisme de ses propos le laissait parfois au bord du malaise.

Après un flot de paroles auxquelles il ne comprit goutte, mais dont se dégageait une aura de gravité, survint cette question abrupte :

— Qu'est-ce que j'en fais ? Il faut l'opérer de sa fracture. Je le garde à Saint-Nazaire pour le confier à un mangeur d'os de province ou vous venez le récupérer ?

— Bonne Mère, que s'est-il passé ? répéta le commissaire.

Il finit par comprendre que son inspecteur avait été victime d'un accident de la route et souffrait d'un traumatisme crânien ainsi que d'une mauvaise fracture du coude gauche. Selon les secours dépêchés sur les lieux, le blessé s'était « gaufré » dans un fossé, en pleine Brière.

— Il a eu de la chance ! Pour un peu il buvait la tasse et se laissait bouffer par les ragondins ! ajouta le médecin.

— Dites-moi, son état est grave, Docteur ?

— Il faut l'opérer. Un coude, c'est toujours galère, inutile de traîner à réaligner. Après il faudra surveiller son trauma crânien. Il est encore confus et incapable d'expliquer ce qu'il lui est arrivé. Pour la cervelle, je l'ai envoyé au scanner. Alors ?

— Vaï, faites ce qu'il faut, Docteur Flembard. Mais…

— Je le garde jusqu'à l'intervention. Il sera ensuite admis en réanimation, nous n'avons pas de soins intensifs. Vous vous chargez de prévenir la famille ?

— Oui ! Oui ! Bien sûr. Est-ce que…

Quelques mots inintelligibles achevèrent la conversation. Anconi crut percevoir un « Je dois y aller ! » impérieux, mais l'allusion à un « j'ai un sanglier sur le feu » lui échappa. Il raccrocha lorsqu'il constata que son interlocuteur avait quitté la ligne.

Le commissaire se sentit totalement abasourdi. Au-delà de la peine qu'il ressentait, les paroles de son inspecteur, en début d'après-midi, lui revinrent en tête. N'avait-il pas évoqué un mauvais pressentiment ? Après l'ami, voilà que Lefebvre se trouvait à son tour victime d'un accident ! Il ne croyait guère au hasard.

Il secoua sa boîte de cachous, en éparpilla plusieurs sur son maroquin. Il en ingurgita deux, compulsivement. Mécaniquement, il se leva, repoussa son fauteuil, s'approcha de sa fenêtre, l'ouvrit. Le brouhaha de la circulation parisienne envahit sa pièce. Un bateau-mouche glissait doucement sous le pont Saint-Michel, on percevait même la voix du guide touristique dans son haut-parleur. En bas, un véhicule de police surgit du porche, toutes sirènes hurlantes, quitta le quai des Orfèvres en se faufilant dans le trafic. Le pin-pon lointain d'une ambulance le ramena à Lefebvre.

« Comment informer son épouse ? Peut-être aurait-il dû demander à Flembard de s'en charger. Devait-il aussi lui confier les craintes de son mari ? »

Dans les affres de l'inquiétude, il réclama Bolz, un de ses fidèles inspecteurs. Celui-ci s'étonna.

— Que se passe-t-il, Patron ? Vous parlez avec une voix d'outre-tombe.

Anconi avait déjà pris sa décision. Il expliqua les faits. Il se devait d'y aller.

— Si vous le souhaitez, je peux vous acc…

Le commissaire refusa poliment.

— Je préfère que tu gardes la boutique. J'ai une mauvaise intuition. Veux-tu bien me dégotter un train pour Saint-Nazaire ? Je monte chez Arnaud-Fontaine.

La démarche lui pesait. Il pressentait une entrevue houleuse. En grimpant le vieil escalier, il gambergeait.

La secrétaire du directeur l'obligea à patienter un long moment, comme à l'habitude. À l'interrogation muette d'Anconi, elle répondit en levant les yeux au ciel.

Finalement une petite lumière verte apparut sur l'interphone.

Arnaud-Fontaine semblait plongé dans un épais

dossier. Raide, les sourcils en chapeau chinois, le front plissé comme un vieux tapis, il mimait parfaitement le sérieux de son rôle. En s'approchant, sans pourtant y être invité, Anconi découvrit que son supérieur parcourait la presse du jour.

Nouvelle attente. On ne dérange pas impunément le grand homme. Le commissaire toussa.

— Monsieur le directeur ?

— Ah ! Anconi ! Avez-vous lu ce que l'on dit de nous ? glapit-il en tapotant un journal de son coupe-papier en écaille.

— Non.

— Vous devriez ! Vous devriez !

— …

— Ils se déchaînent sur nous. Ils emboîtent le pas à ce petit juge sectaire. « Tous les flics sont des ripoux », telle est la rengaine du moment. Nous allons tous sauter, si cela continue ! Tous, vous entendez ? Tous !

« La carrière, toujours la carrière. »

— Lefebvre, Monsieur le directeur…

— Quoi, Lefebvre ? Encore une bavure ?

— Pas du tout. Un accident. Qui me préoccupe.

— Eh bien, ne tournez pas autour du pot, Anconi. Qu'a commis votre protégé qui me vaut cette visite impromptue de votre part ?

Anconi put enfin relater les évènements de Saint-Nazaire ainsi que ses doutes quant à leur caractère spontané. Arnaud-Fontaine l'interrompit, une grosse veine se gonfla sur son front.

— La maison est dans le collimateur de la justice, abondamment relayée par des gratte-papier qui n'attendaient qu'une occasion de nous faire boire le bouillon ! Et vous, vous me servez une minable calembredaine née de votre imagination trop fertile ? Vous vous en rendez compte ?

— Je me dois de… Lefebvre est un excellent élément, un ami, Monsieur le directeur.

— Sans doute. Et alors ? Votre inspecteur n'est-il pas dans un hôpital de province, m'avez-vous dit ? Souhaitez-vous le rapatrier au Val-de-Grâce ?

— Ce n'est pas cela, il est entre de bonnes mains.

— *In fine*, quel est l'objet de votre visite ?

— Je vous demande l'autorisation de me rendre sur place, officieusement, bien entendu !

Le coupe-papier se brisa sèchement – « encore un ! » – entre les doigts d'Arnaud-Fontaine. Ce dernier sembla ignorer les conséquences de son geste de colère. Pâle comme un cierge de Pâques, il siffla d'une voix glaciale :

— Laissez les autorités locales démêler ce fait divers. Point barre.

— Sachez que nul n'enquête jamais en Brière, Monsieur le directeur. Une omerta…

Arnaud-Fontaine éclata d'un rire grinçant, frappa son bureau de son poing fermé.

— Vous vous prenez pour Lucky Luke, Commissaire ? Je vous défends d'aller jouer au mariole là-bas. Fin de l'entretien, claqua-t-il.

Anconi sortit calmement de la poche intérieure

de son vieux cuir le formulaire officiel de demande de congé annuel, correspondant à une absence de cinq jours. Il le déposa sur le bureau.

— Je ne manquerai pas de transmettre votre sollicitude à l'inspecteur Lefebvre. Mes respects, Monsieur le directeur, ajouta-t-il en tournant les talons.

— Je vous casserai, Anconi ! Je vous briserai les reins ! Je…

Le commissaire s'éclipsa sans se voir gratifié, cette fois, de la formule d'usage : « Pas de vagues, Anconi ! Pas de vagues ! » En redescendant à son étage, il riait sous cape, profondément étonné que son supérieur connaisse le héros de l'auteur de bande dessinée, Morris. Il s'esclaffa en imaginant Arnaud-Fontaine dans le costume rayé d'Averell Dalton.

Il prévint l'épouse de son inspecteur. Celle-ci, affolée, décida de rejoindre immédiatement Saint-Nazaire en voiture. Bolz avait déposé une note détaillant tous les horaires de trains. Il avait ajouté : « *Tous mes souhaits d'un rapide rétablissement à notre ami Lefebvre*. »

Le commissaire opta pour un départ à 19 h 21, ce qui lui laissait le temps de préparer son bagage et d'embrasser Hilda, son épouse d'origine hollandaise, qu'il prévint de son déplacement. Elle regretta de ne pouvoir l'accompagner à l'improviste.

Il se fit conduire par Bolz à la péniche dans laquelle ils vivaient sur la Seine, boulevard Kœnig. Anconi lui prodigua ses recommandations quant aux affaires en cours. Une seule le préoccupait, celle de l'assassinat trois mois auparavant, en plein Paris de cette militante sud-africaine antiapartheid*. L'enquête piétinait, prenait un tour politique, certains reprochant au gouvernement français ses liens étroits avec l'Afrique du Sud. Un contrat d'armement conclu entre la France et Pretoria, malgré l'embargo international, menaçait d'être dénoncé au moment du meurtre. Des mercenaires français étaient soupçonnés.

— Je déteste ces imbroglios diplomatiques. Rien que des coups à prendre, tè ! Arrange-toi pour pousser le Directeur en première ligne.

— Vous le savez bien, Patron, il se terre dans son bunker, depuis l'incarcération de notre collègue.

— Pardi !

Anconi demanda à son inspecteur de le « lâcher » pont de Neuilly. Bien qu'il l'eût assuré de le prévenir dès son arrivée et de rester disponible, Bolz n'en parut pas moins soucieux pour autant. Policier consciencieux et efficace, il préférait grandement l'autorité protectrice de son commissaire à celle cassante et sournoise du directeur. Il déposa son patron, le regarda s'éloigner, alluma une Gauloises.

L'inquiétude habitait Anconi lorsqu'il descendit la paisible rue du général Lanrezac. Une légère brise ridait la surface de la Seine, sous le pont. Sur le

* Allusion à l'affaire Dulcie September, militante de l'African National Congress antiapartheid, tuée à son domicile parisien le 29 mars 1988.

boulevard, à l'ombre des marronniers, deux garçonnets en culotte courte juchés sur la rambarde en béton essayaient d'apercevoir les bateaux amarrés en contrebas. Un homme âgé, sans doute leur grand-père, tentait de les dissuader.

Hilda l'accueillit sur *Zeeland*, leur péniche, un héritage de ses parents hollandais, loin du tumulte de la ville.

— Des nouvelles de Lefebvre ?

— Rien de nouveau. Fatche ! J'avoue, je ne la sens pas, cette affaire, affirma-t-il en se débarrassant de son vieux cuir.

Il détailla les soupçons dont son inspecteur s'était affranchi au téléphone, plus tôt dans la journée.

— Tu te fais peut-être des idées, *mijn beminde**. Combien de temps penses-tu rester à Saint-Nazaire ?

— Qu'est-ce que tu veux que je te dise ? La messe ? Je la sais pas.

Le commissaire déplora aussitôt son emportement.

— Pardonne-moi, Hilda. Tu as raison, Bonne Mère, je me monte le bourrichon. Seulement, d'après Lefebvre, la Brière garde jalousement ses secrets.

Plus tard, dans le train, il tenta d'établir un plan et se prit à regretter son déplacement hâtif. Il passa en revue les éléments dont lui avait fait part son inspecteur, quelques heures plus tôt : l'accident mortel de son ami, une mobylette disparue, de même que

* Mon bien-aimé, en hollandais.

son propriétaire Frédéric Le Corre, les insinuations d'un Roger Le Gaucher dont on ne savait rien, la vague intuition de Lefebvre. Peu de faits et beaucoup de silences, en fin de compte.

Sa boîte de cachous fit les frais de ses incertitudes. Il se conforta en songeant qu'il devait bien assistance à son inspecteur. Les qualités policières de son collaborateur et son amitié pour lui vinrent à l'appui de sa décision. Il le lui devait.

Son voisin prit possession autoritairement de l'accoudoir qui les séparait, sans doute le trouvait-il trop remuant. En maugréant, il déplia ostensiblement *Ici Paris*, dont la une annonçait : « *Caroline, c'est pour novembre !* » Anconi sourit en pensant qu'Hilda détestait les odeurs de papier journal.

Assis côté fenêtre, il se leva, s'excusa auprès du mécontent et se réfugia au wagon-bar. Devant un sandwich et une bière, il se consacra au paysage qui défilait à grande vitesse. Lorsqu'il revint à sa place, après l'arrêt du Mans, seul le journal à scandale chiffonné occupait le siège côté couloir. Il s'endormit.

La nuit tombait lorsqu'il arriva à destination. Le train se vida complètement dans la petite gare austère qu'il connaissait.

— L'Hôtel du Berry ? demanda-t-il à l'employé SNCF qui fermait le guichet.

— Juste en face. Traversez l'esplanade, l'immeuble occupe le coin de l'avenue de la République.

Il se heurta au veilleur de nuit, qui refusa de lui montrer la chambre de Lefebvre. Il dut sortir sa carte tricolore, appeler le gérant, parlementer, menacer de faire venir son collègue, le commissaire Blanchard de Saint-Nazaire.

Il était plus de 23 heures lorsqu'il obtint satisfaction. En poussant la porte du 37, sa gorge se serra. Une vague odeur de tabac brun flottait dans l'air. La valise de son inspecteur reposait dans le placard. Il palpa les piles de linge soigneusement rangées. Que cherchait-il d'ailleurs ? Le carnet rouge ? Il ne découvrit rien et ressentit une désagréable impression de profanation.

Il gagna la chambre qui lui avait été attribuée et téléphona à Neuilly.

— Tu as fait bon voyage, *mijn beminde* ?

— Oui, mentit-il. Ne t'inquiète pas. Je suis installé à l'hôtel.

— À peine étais-tu parti que l'inspecteur Bolz a cherché à te joindre.

— Vaï ! Que voulait-il ?

— Il a reçu un appel du docteur Flembard. Lefebvre serait très agité et répéterait sans cesse « Ce n'est pas un accident ! » tout en criant « Anconi ! Anconi ! » à hue et à dia.

— Oh ! Pauvre ! Il y avait bien anguille sous roche !

— Fais bien attention à toi, *mijn beminde* !

Le commissaire peina à rassurer son épouse. Malgré l'heure tardive, il contacta Bolz comme promis, et lui laissa les coordonnées de l'hôtel. Son inspecteur lui en sut gré.

— Dès demain matin, Petit, je me rendrai à son chevet.

Avant de s'endormir, il réalisa que les intuitions de Lefebvre pourraient bien se vérifier.

Un fort vent soufflait sur la ville quand son taxi le déposa à l'hôpital, dès huit heures le lendemain matin. On le conduisit dans une salle d'attente. La femme de son inspecteur y était assise, toute chiffonnée. Elle ébaucha un faible sourire en reconnaissant Anconi.

— Oh ! Je vous remercie d'être venu. Il se débat, il crie. C'est affreux. Cette nuit, il a failli plusieurs fois tomber de son lit. Ils ont été obligés de l'attacher et de lui administrer des sédatifs. Il n'arrêtait pas de vous réclamer. Depuis une heure il dort… sans doute les médicaments.

— Avez-vous été autorisée à le voir ?

— Très brièvement. Il tient des propos inintelligibles.

Une chaleur étouffante régnait dans la pièce. Le commissaire retira son cuir, conforta tant bien que mal la malheureuse. Pourtant il partageait largement son inquiétude.

— On m'a rendu ses affaires…

Elle fouilla dans un sac en plastique qui contenait des vêtements roulés en boule.

— J'ai trouvé son calepin, je n'ai pas pu m'empêcher de lire. Je crois que cela vous intéressera.

Fatche ! Le petit carnet rouge ! Anconi se plongea dans l'examen des dernières pages. Il tentait de décoder les notes lorsqu'une jeune femme toute de bleu vêtue ouvrit la porte. Ses sabots en caoutchouc crissaient sur le sol en lino. Elle portait des lunettes à épaisse monture noire et ses cheveux châtains étaient relevés en un chignon retenu par une grosse épingle.

— Le docteur Flembard vous recevra dans la matinée, Madame.

S'adressant au commissaire :

— Vous êtes aussi de la famille, Monsieur ?

Anconi se présenta.

— Ah ! Vous êtes un collègue ! Entrez avec son épouse, si elle le souhaite, mais seulement quelques minutes. Les visites ne sont autorisées que l'après-midi, mais les médecins sont en réunion, ajouta-t-elle avec un sourire malicieux. Il doit retourner au scanner tout à l'heure. Ensuite vous verrez le docteur, Madame.

Ils durent enfiler blouse, surchaussures, se couvrir les cheveux d'un ridicule bonnet, se laver les mains. Il n'en fallait pas davantage pour faire venir les "trois sueurs" chez Anconi.

Un masque à oxygène sur le visage, des bandes blanches autour du crâne, le malade semblait dormir. D'innombrables tuyaux l'entouraient, dessus, dessous. Un gros plâtre enveloppait son coude gauche et qui plus est des tiges métalliques en sortaient. Le commissaire, déjà impressionné par la tenue de cosmonaute qu'il avait dû enfiler, sentit une inexorable nausée l'envahir. Il ne supportait pas l'univers médical, encore moins la vue du sang et les odeurs de pharmacie.

— Monsieur Lefebvre ? appela doucement la femme en bleu.

Le patient souleva les paupières, s'agita immédiatement, tira frénétiquement sur les sangles qui le retenaient au lit.

— Regardez, vous avez de la visite, monsieur Lefebvre…

Il cessa ses mouvements désordonnés, tourna la tête, frappa le matelas du plat de la main en roulant des yeux exorbités.

— Vous ne parviendrez pas à parler, à cause des tuyaux. Calmez-vous. Calmez-vous, votre femme est là.

Anconi laissa l'épouse s'approcher. Il resta en retrait, effrayé par le spectacle de son inspecteur. Il dut se retenir pour ne pas quitter la pièce, craignant de virer de l'œil. Après quelques minutes d'apaisement, Lefebvre gesticula de nouveau, tentant de s'asseoir, recommença à frapper la literie. Découvrant son patron dans le coin le plus reculé de la chambre, il agita frénétiquement la main, comme pour l'inviter à approcher.

— Têtard ! Têtard ! répétait-il en se débattant.

— Il délire à cause du choc, expliqua l'infirmière.

Ne sachant comment se comporter, le commissaire fit quelques pas, eut l'idée d'extirper le carnet rouge et de le secouer devant lui.

— Ne t'inquiète pas, Petit, je l'ai lu, le réconforta-t-il. Je m'occupe de ton affaire ! Repose-toi.

Ses quelques paroles apportèrent un certain apaisement. Anconi ressentit moins de remords à quitter l'hôpital. De petites gouttes perlaient sur son front.

V

« Prenez ma voiture », lui avait proposé l'épouse de son inspecteur. Je n'en ai pas besoin, puisqu'on m'autorise exceptionnellement une longue visite et je n'ai pas l'intention de bouger d'ici. »

— Vous occuperez sa chambre dans l'hôtel, la 37. Je viendrai vous chercher pour dîner.

— Ne vous donnez pas cette peine. Un bus m'y conduira, affirma-t-elle.

Elle n'en démordit pas.

Installé au volant de la BX gris anthracite, encore incommodé par les effluves médicamenteux et la vision de Lefebvre, il ouvrit le fameux carnet rouge. Il s'offrit un cachou, espérant chasser le mauvais goût qui lui serrait les papilles.

Anconi lut attentivement la page de notes de Lefebvre, sous le titre « *Décès Claude Janval* ».

« *Que faisait Claude à Saint-Joachim ?*

Qui lui a adressé le faire-part ?

Cause(s) de la mort ?

Claude = Errand ± Fedrun / Frédéric Le Corre dit Têtard = Errand puis Mazin.

Claude et Frédéric, amis ou ennemis ?

Claude-Le Dieppois : mort naturelle ?

Frédéric, le Têtard, introuvable, coupable ? Où est passée sa mobylette ?

Interroger "Roger Le Gaucher", alcool (?) et hostile aux syndicats, allusion à la fin tragique de Claude ?

Interroger imprimeries locales.

Retrouver clef armoire à morta.

Qui a volé les objets en morta de Claude ?

Grosse pièce de morta chez Claude : jalousie ?

Alain et Jeannine : plus qu'amis ?

Où est passée la fichue mobylette ? »

Par quoi commencer ?

Par ce « Têtard » dont Lefebvre criait le nom sur son lit ? Anconi comprit qu'il faisait allusion à ce Frédéric Le Corre et qu'il le soupçonnait fortement.

Le faire-part ? La mobylette ? Retourner discuter avec cette Jeannine et cet Alain ?

Il prit la direction de la Brière, sans plan précis. N'était-ce pas là que tout avait débuté ?

Il dut demander son chemin à des passants. Il découvrit cette route qu'avait sans doute empruntée son inspecteur la veille. Avant de parvenir à Saint-Joachim, il remarqua le long de la chaussée les bâtiments blancs d'un garage.

Pris d'une subite inspiration, il freina et s'engagea dans la cour. De nombreuses voitures d'occasion stationnaient devant l'établissement. Une 2 CV montée sur un pont montrait ses dessous rouillés à un mécano.

— Pardonnez-moi, Monsieur… commença le commissaire.

L'homme essuya des mains graisseuses sur son bleu de travail.

— 'Jour ! Il a un problème avec sa BX ?

L'expression étonna Anconi.

— Vaï ! Non pas. Je cherche la voiture d'un ami. Un accident survenu hier. Je me demandais si…

— La R5 blanche ?

Au hasard, le commissaire confirma, bien qu'ignorant le modèle qu'avait loué son inspecteur.

— Foutue ! Il doit être bien amoché, votre copain.

— Connaissez-vous le lieu de l'embardée ?

— C'est moi qui "suis été" la chercher. Entre Errand et Saint-Malo de Guersac, à l'endroit où la route franchit le Brivet, pont de Boisman. Pour un peu, il buvait la tasse !

Il précisa que « la bagnole avait chopé le parapet » et avait été « balancée de l'autre côté dans le marais ».

— Problème de freinage, ajouta-t-il.

— Fatche ! Comment cela ?

Le mécano l'entraîna à l'arrière du garage, en profita pour rallumer sa cigarette maïs, un informe mégot consumé de l'intérieur.

— C'est celle-là, assura-t-il en montrant la petite Renault déformée, cabossée à l'avant gauche et sur tout son flanc droit. D'autres voitures accidentées s'alignaient derrière le bâtiment.

Anconi s'approcha, remarqua la terre sur les bas de caisse.

— Ce qui m'a mis la puce à l'oreille, c'est l'absence de trace de freinage sur le goudron.

— Vous m'expliquez, là ?

Jusque-là fier d'étaler ses connaissances à un néophyte, le garagiste commença de s'étonner.

— Vous êtes l'expert de l'assurance ?

Le commissaire répondit négativement, réaffirmant qu'il s'agissait d'une relation amicale. Le visage du mécano se ferma, il déclara que « ce n'étaient pas ses affaires ». Anconi lui certifia que, compte tenu des graves blessures du chauffeur, une expertise serait effectivement demandée par l'assurance.

— À première vue, le véhicule a paumé son liquide de frein, consentit-il à déclarer. Plus une goutte !

— Fan de chichourle ! Comment est-ce possible ?

— Perdu une des vis de purge !

Anconi sentait poindre l'exaspération.

— Fatche ! Quoi ? Expliquez-moi. Qu'est-ce que vous me chantez ? C'est quoi, ce pastis ?

— À l'arrière droit, la vis de purge s'était fait la malle.

— Attendez ! Comment est-ce possible ?

— Faut croire que…

La vision de son malheureux inspecteur se débattant sur son lit d'hôpital déclencha une bouffée de colère.

— Comment cela, "faut croire" ? Faut pas me prendre pour un autre ! Dites-moi tout de suite comment une telle panne peut survenir.

Le garagiste se lança dans une longue description technique du circuit de freinage, évitant de répondre directement à la question. Anconi se fichait du maître-cylindre, des étriers et du Lockheed. Il voulait comprendre comment une “putain de vis de purge” avait pu quitter son emplacement.

— Si je vous entends bien, cette fatche de vis, elle s’est fait la belle comme Edmond Dantès du château d’If ! Un brave culot ! Je crois que je vais faire un malheur !

Le commissaire, fou de rage, réalisait que son petit Lefebvre avait fait l’objet d’une malversation. Il sentit ses nerfs se croiser sur son estomac.

— Contactez le loueur… se déroba le gars, le regard par en dessous. Voyez avec lui ou “ç’ui” qui a révisé le véhicule. Moi, je vous dis ce que j’ai constaté, se justifia-t-il, pas fier.

Manifestement il refusait de donner son opinion et commençait même à redouter cet étranger trop curieux dont la colère montait de minute en minute. Il fourragea dans la boîte à gants de la R5, en sortit le contrat de location et le brandit au commissaire. Celui-ci nota l’adresse de l’enseigne ainsi que l’immatriculation de la voiture : 8230 YQ 31.

— Où est le téléphone ?

Le mécano lui indiqua le minuscule bureau attenant à l’atelier. Anconi composa rageusement le numéro, expliqua sèchement la situation. On lui passa rapidement le gérant, mis au courant de l’accident par le garagiste.

— Tous nos véhicules sont rigoureusement contrôlés, Monsieur ! affirma le loueur. Nos voitures sont très régulièrement confiées au concessionnaire. Celui de… ce monsieur Lefebvre n'a pas fait exception.

— Pardi ! Je crains un sabotage, alors donnez-moi plutôt la date du dernier…

— Un sabotage ? Vous n'imaginez pas qu'un employé de notre maison puisse être impliqué dans de telles manigances ? Notre personnel est trié sur le volet, Monsieur.

— Triez-le où vous voulez ! Pourquoi une immatriculation en Haute-Garonne ? ragea-t-il.

Le gérant expliqua que les véhicules étaient susceptibles d'être échangés entre les concessions, en fonction des besoins.

— Je suis désolé de cet accident, Monsieur, ajouta-t-il. J'espère que notre client n'est pas trop sérieusement blessé.

— Justement si, mon bon ! s'emporta le commissaire, il a perdu ses idées, il ventile des bras comme un fatche de moulin. Tout ça pour une putain de vis de purge…

— Monsieur, tenta le gérant, je tiens à votre disposition les factures d'entretien du véhicule. Je vous assure qu'il était en parfait état de marche lorsque monsieur… notre client en a pris possession.

— C'est ça ! C'est ça ! Dites-moi aussi qu'il s'est allongé sous la bagnole pour trafiquer les freins !

Chez Renault, il peina à trouver le bon interlocuteur. Pendant son attente, il perçut des échos d'atelier, des chutes d'outils sur le sol, des échanges techniques, des jurons. Finalement, lorsqu'il accéda à la personne adéquate, son sang bouillait dans la marmite. Il apprit que la R5 immatriculée 8230 YQ 31 avait fait l'objet d'une révision complète le 15 juin 1988. On lui énuméra les points de contrôle, les changements de filtre à air, la vidange, les niveaux…

— Les freins ? écuma-t-il.

— Je regarde… Non, même pas de remplacement de plaquettes. Disques en bon état, Lockheed OK. Tout est noté. Rien d'anormal.

— Il se trouve que le garagiste chez qui a été conduit le véhicule accidenté a constaté l'absence d'une vis de purge, au niveau d'une roue arrière, déclama-t-il d'une voix blanche. Auriez-vous oublié de remettre la pièce ?

— Certainement pas ! La pièce n'a pas été démontée. Impossible ! D'ailleurs le circuit n'a pas été purgé !

— Elle serait partie toute seule ?

— Non ! Impossible. Automatiquement quelqu'un a retiré cette vis. Elle ne peut pas sortir de son logement toute seule. Mais ce n'est pas chez nous !

La voix de son interlocuteur résonnait. Sans doute avait-il pris la communication dans l'atelier ?

— Vous êtes formel ? demanda-t-il plus calmement.

— Je suis dans le métier depuis vingt ans, jamais vu cela ! Ce que je peux vous dire, c'est que lorsque cette pièce est retirée, chaque fois que vous appuyez sur la pédale de frein, du liquide s'échappe. Au bout de trois ou quatre pressions, il n'y en a plus assez, ça ne freine plus. C'est ce qui est arrivé.

Il raccrocha, convaincu par l'explication. On tenait à sa disposition le compte rendu d'intervention.

— Le choc aurait-il pu produire le phénomène ? s'inquiéta-t-il auprès du garagiste de Saint-Joachim.

L'autre hésita, interrompit un élan spontané qui signifiait plutôt non, se ravisa :

— Si vous voulez aller par là, tout est possible. Un peu comme *La Roue de la chance** !

Anconi ne comprit pas les expressions, lui qui ne "voulait" se rendre nulle part et n'entrevoyait aucune "chance" dans ce qui s'était produit. Il chassa de son esprit le sourire en banane et la cravate improbable de Roger Zabel présentant son émission à la télévision.

Il fixa le garagiste.

— Vous commencez à me casser le alibofis** avec vos formules, mon bon ! C'est possible ou ça l'est pas ?

— Pour moi, pas vraisemblable sans l'intervention d'une clef de huit.

Pour se donner contenance, le mécanicien fit claquer son briquet afin de ranimer son mégot noirâtre et enchaîna, réitérant sa demande concernant la

* Le garagiste devait être abonné à Canal+ !

** Organe masculin, double et sensible…

gravité des blessures du conducteur. Le commissaire réalisa que l'accident résultait d'un sabotage.

« Fatche ! » Il se fit indiquer l'endroit précis du choc et remercia du bout des lèvres. L'autre, penaud et cherchant à se concilier le visiteur, le raccompagna à son véhicule, l'examina en connaisseur.

— Pas de problème pour passer les vitesses ? Vu que c'est un peu la maladie des BX.

— …

Il poursuivit en affirmant que la commande de boîte s'avérait parfois assez floue sur les premiers modèles, ce qui amenait certains conducteurs à passer les vitesses “en force”, provoquant ainsi une usure prématurée des synchros.

— Surtout les deuxième et troisième, précisa-t-il. Du coup, tu déformes la fourchette, au pire ! Faites beaucoup de ville ?

Sans doute avait-il remarqué l'immatriculation « *75* ».

— Ce n'est pas la mienne, répondit sèchement Anconi, peu sensible aux boniments depuis qu'il avait réalisé que Lefebvre avait fait l'objet d'un attentat.

— Vous n'êtes pas du coin, je vois bien. Vous ne seriez pas de la police, par hasard, pour poser de telles questions ?

Le commissaire devait-il mentir ? Il biaisa :

— Je ne suis pas de la région, en effet. Je suis venu rendre visite à mon ami, à l'hôpital. La gendarmerie vous a peut-être déjà contacté ?

L'autre pouffa, avant de se récrier.

— Je voudrais y voir ! Foi d'animal ! On est en Brière, ici, Monsieur, déclara-t-il fièrement. J'attends seulement l'expert de l'assurance.

Son affirmation sonnait comme une conclusion définitive. Anconi y perçut aussi une hostilité naissante. En tout état de cause, il semblait évident que le Briéron ne déclencherait pas une intervention policière. Sans doute regrettait-il même d'en avoir trop raconté.

— Encore une petite question, juste un détail. Connaissiez-vous Claude Janval ?

— Le Dieppois ? Oui. Pourquoi ?

— On m'a dit que sa voiture était tombée en panne. Elle ne serait pas en réparation chez vous, des fois ?

Le garagiste ironisa.

— Elle n'a plus besoin de freins, celle-là, s'exclama-t-il en clignant de l'œil. Joint de culasse !

Le commissaire n'apprécia pas l'humour, salua et quitta les lieux, persuadé maintenant que quelqu'un avait trafiqué la voiture de Lefebvre pour l'empêcher de poursuivre son enquête. « Fatche de con ! Celui qui a fait ça ne va pas l'emporter au paradis ! »

Lefebvre était venu pour enterrer son ami. Tout portait à croire que sa présence avait dérangé. Qui ? Pourquoi ?

Furieux, il décida de reprendre les recherches à leur point de départ. « Bonne Mère, quelqu'un a bien signé le certificat de décès de Claude Janval pour autoriser l'inhumation ! » Il trouva sans peine la mairie, dans la rue principale. Un bâtiment qui se distinguait des maisons mitoyennes par les encorbellements de pierre ceignant ses fenêtres.

Aidé de sa carte professionnelle, il obtint difficilement le nom du médecin qui avait signé le papier bleu. Pour une acceptation définitive, il fallut joindre "Monsieur le maire".

La secrétaire lui tendit alors le document. Sur le certificat présenté, le praticien signataire avait coché la mention "mort naturelle". Ce qui expliquait qu'aucune enquête n'avait été diligentée.

— Un bien malheureux accident, commenta le maire. Il y a un problème ? demanda-t-il.

— Tè, un gros pataquès, même. J'imaginais que, vu les circonstances du décès, "mort violente" aurait mieux convenu.

— Le médecin est l'unique juge, Commissaire, rapport à ses constatations.

Décidément, chacun s'attachait à contourner la loi de la République, au profit de la seule qui vaille, celle du marais briéron.

— Certes, une façon de voir, se contenta-t-il de répondre mystérieusement. Merci, Monsieur le maire.

Lorsqu'il demanda comment joindre le toubib complaisant, il apprit qu'il s'agissait d'un remplaçant, un certain docteur Romains.

Il hésita à le contacter. À quoi bon ? Il le fit cependant, de la cabine téléphonique située face à l'église. Après les présentations d'usage, il exposa les motifs de son appel en s'excusant du dérangement.

— Pardonnez-moi, Docteur, vous vous trouviez bien à Saint-Malo-de-Guersac, le lundi 27 juin dernier ?

— J'y ai effectué un remplacement, en effet. J'y viens très souvent, ma mère est d'ici.

— Vous avez constaté le décès d'un certain Claude Janval.

— …

— Une chute de mobylette, fatale.

— Ah ! Oui. Je me rappelle.

« De nouveau des réticences ? »

— Sans doute vous souvenez-vous des circonstances de l'accident ? Pourriez-vous m'en dire davantage ?

— Une trop classique chute de mobylette, Commissaire. Fréquente, en Brière. Les routes sont étroites et les conducteurs pas toujours à jeun, surtout en fin de journée !

Le praticien émit un gloussement ironique.

— Vous aviez écarté la possibilité d'une collision, Docteur ?

— Que sous-entendez-vous ?

— Il aurait pu être renversé par une voiture, ou par un animal ?

— Un ragondin traversant la route, par exemple ? persifla la voix du jeune médecin.

Nouvelle gausserie. Anconi n'apprécia guère la raillerie. Le sang lui monta de nouveau aux oreilles.

— Sans doute avez-vous effectué un prélèvement chez la victime pour alcoolémie afin de vérifier votre hypothèse ?

— À quoi bon ? Il était mort. Et puis personne ne me l'a demandé !

— Bien sûr, cher Docteur, puisque vous n'avez pas cru bon de prévenir les gendarmes.

L'évocation de la maréchaussée provoqua un brusque changement de ton chez le praticien. Il prit une voix posée, chercha à se justifier.

— Je vous le confirme, rien de suspect en l'occurrence.

— À quelle heure avez-vous été appelé sur les lieux ?

— Fin d'après-midi, autant que je me souvienne.

— Plus précisément ?

— Voyons… je terminais les consultations et m'apprêtais à partir en visite. Je dirais 18 h 30…

— Votre certificat indique 21 heures. Il vous a donc fallu plus de deux heures pour arriver sur les lieux.

Le commissaire ajouta pernicieusement :

— Tè, je comprends, vous vous y êtes rendu en chaland… Y avait-il des témoins sur place ? reprit-il sans laisser de répit à son interlocuteur.

— Quelques badauds rassemblés à la Croix du Pin, ainsi que des gamins qui avaient donné l'alarme, répondit le médecin sans relever la pique, mais sans expliquer non plus les discordances d'horaire.

Interrogé par le policier, il raconta qu'à son arrivée

l'accidenté avait été transporté dans une maison basse, face au blockhaus contre lequel le choc s'était produit, « rue Praud, quartier du Pin ». « Il ne respirait plus. » À sa demande concernant les blessures, Anconi apprit que « la tête avait porté ». Quant à la mobylette, il ne s'en était pas – « vous l'imaginez ? » – occupé.

— Vos questions m'étonnent, Commissaire. Pour moi, il s'agissait d'une simple chute.

— J'ai le regret de vous faire savoir que ce diagnostic risque d'être remis en cause.

— …

— Vous êtes toujours là, Docteur ?

— Ou… oui.

Le médecin avait subitement abandonné son ton léger pour une inquiétude bien perceptible. Anconi profita de son désarroi pour souligner les disparitions de la mobylette prêtée comme celle de son propriétaire. Il situa la venue de l'inspecteur Lefebvre aux obsèques de son ami Janval.

— Le problème, voyez, conclut-il d'une voix contrôlée, c'est que lui aussi a été victime d'un accident, le jour même de la cérémonie. Vous ne trouvez pas cela étrange ? Et lui n'a pas l'habitude de conduire sous l'empire de la boisson.

— Une malheureuse coïncidence. Rien de grave, j'espère ?

— Justement si. Il me plaît de penser que ces évènements ne sont pas aussi fortuits que vous vous efforcez de le croire.

— Vous êtes au pays noir, Commissaire.

— Pardi, je ne vous le fais pas dire. Je vois bien que je gaspille votre précieux temps. Une dernière question cependant et je vous quitte : à qui avez-vous remis le certificat bleu ?

— À un proche de la famille. Il s'était déplacé à mon cabinet à la demande de l'épouse Janval, trop affectée pour venir elle-même, s'empressa-t-il de préciser.

— Vous souvenez-vous de son nom ?

— Désolé, Commissaire. Il s'est présenté comme un ami, cela me suffisait.

Une ligne du carnet rouge de Lefebvre lui revint en mémoire : « *Alain et Jeannine, plus qu'amis ?* »

— Un certain Alain ?

— Peut-être. Il paraissait très éploré. J'avais pris du retard dans mes visites, de sorte que je n'ai pas…

— Dommage. Bien entendu, personne n'a cherché à vous influencer lors de la rédaction de votre certificat ?

— Que…

— Je vous laisse à vos patients, Docteur Romains. À bientôt, peut-être ?

Qu'avait découvert son cher inspecteur pour que l'on s'en prenne à lui ?

VI

Lorsqu'il reposa le combiné, une colère contenue avait envahi le commissaire. Il quitta la cabine, son cuir à bout de bras, un cachou sous la langue. Il s'assit pour réfléchir. « Pauvre Lefebvre ! Fatche de càcous ! » maugréa-t-il en jetant un regard circulaire.

Le clocher tintait les deux coups de la demi-heure. De gros nuages sombres couraient dans le ciel, poussés par un vent impétueux. Face à lui le soldat de la Grande Guerre dressait sa silhouette de fonte, figée sur sa stèle. Une vieille dame toute voûtée sortait de la boucherie-charcuterie “À La Renommée”, traînant un caddy dont dépassait une gerbe de fanes de carottes.

Anconi retrouvait progressivement son calme.

Un homme très âgé, assis sur le muret délimitant la place, semblait déchiffrer les cent quarante-cinq noms inscrits en lettres d'or sur le monument. La visière de sa casquette cachait en partie son visage. Il portait un bleu de travail et des bottes. Ses deux mains s'appuyaient sur une canne. Il paraissait attendre quelqu'un, car il inclinait fréquemment la tête vers le bout de la rue. Anconi croisa son regard. L'autre détourna le sien, se leva et se dirigea en boitant vers l'église. Anconi le suivit des yeux.

Un autocar de tourisme le déroba brusquement à sa vue. Blanc, massif, luisant de neuf, il manœuvra pour stationner sur la place. Anconi lut sur son flanc « *STAHL – Reisen* » inscrit en lettres rouges. L'engin s'immobilisa dans un grand soupir et un ultime balancement. Il vida son contenu de voyageurs qui s'éparpillèrent en jacassant.

Le vieux à la canne, après un dernier coup d'œil par-dessus son épaule, traversa la rue en boitant et disparut à l'intérieur du café "Le Cheval Noir". Pourquoi Anconi se dirigea-t-il lui aussi vers le débit de boissons ?

Tous les visages pointèrent vers lui, dès que tinta le "cling" de fermeture de la porte. Les conversations s'arrêtèrent brusquement. Il s'approcha du bar, ne sut que commander, jeta un regard circulaire. Pour ne pas se démarquer des autres consommateurs, il demanda finalement un rouge, bien qu'il n'en éprouvât aucune envie. Accoudé au comptoir, son cuir sur l'épaule, il tournait le dos à la salle, mais pouvait détailler chacun dans le miroir. Le vieux à la canne, installé contre la fenêtre, observait attentivement les voyageurs de l'autocar allemand en tripotant sa moustache grise.

— Les Fridolins, f'raient mieux de rester chez eux, grommela-t-il, en se grattant le crâne sous son couvre-chef.

Un murmure d'approbation parcourut les tables,

les langues se délièrent. Un des clients, plus hâbleur que les autres, osa parler d'une voix goguenarde « d'affûts » et de « fusils », déclenchant des rires gras.

— Qu'est-ce qu'ils viennent foutre chez nous ? On les a assez vus.

— Tais-toi donc, Aoustin-Boiteux, t'es plus en 1940 ! intervint le cafetier.

S'adressant à Anconi, il expliqua que les Allemands avaient installé pendant la guerre une batterie de DCA tout près de Saint-Malo-de-Guersac, du côté du Pin, pour défendre la base sous-marine des raids alliés. Des Briérons avaient été réquisitionnés pour la construction des ouvrages en béton.

— On voyait d'ici le rougeoiement des bombardements sur Saint-Nazaire, on entendait le grondement des avions américains. Tout cela a laissé de bien mauvais souvenirs, expliqua-t-il, pour tenter de justifier l'attitude de ses clients.

— Pan ! Pan ! reprit Aoustin-Boiteux, mimant l'épaulement d'une arme en visant l'autocar garé sur la place. Deux de moins !

Quelques rires fusèrent.

— Ceux-là viennent pour le jumelage, mon gars, corrigea le cafetier. La guerre est terminée depuis longtemps. Ces gens ne sont pas responsables.

— Comme tu y vas ! Chacun chez soi !

De nouveau, le tenancier expliqua à Anconi que la ville de Pont-Château échangeait avec une cité allemande dont il ne se souvenait pas du nom et que des séjours s'organisaient entre les deux localités.

— Sales Boches ! renchérit Boiteux en serrant le poing.

Une voix s'éleva du fond de la salle.

— T'étais pourtant rudement content d'en faire bosser un chez-toi, de prisonnier chleuh, après la guerre…

— Par Dieu ! Fallait bien qu'ils paient ! Et puis tu d'vrais pas parler de ça devant un naquet* !

Le mouvement de menton accompagnant l'invective désignait clairement le commissaire. Celui-ci s'approcha de la table du vieux haineux, empoigna une chaise, la retourna et s'assit à califourchon, les coudes sur le dossier, droit face à lui. De près, le visage de Boiteux était ridé comme une pomme cuite.

— C'est de moi que vous parlez ? lança Anconi, à cran depuis ses découvertes, presque heureux de saisir l'occasion de passer ses nerfs.

— S'il se mêlait de ses oignons, l'étranger ? menaça le bonhomme en quémandant du soutien dans la salle.

— Vous me semblez avoir la langue bien pendue. Je cherche un gars d'ici qui s'appelle Frédéric Le Corre. Vous le connaissez sûrement ?

La voix forte et colérique d'Anconi s'adressait

* En Brière, désigne une personne non originaire de Brière.

autant à son vis-à-vis qu'à l'ensemble des consommateurs.

— Des Le Corre, y en a peut-être bien des tas, répondit l'autre d'un air buté.

— Tous n'ont pas prêté leur mobylette ces jours derniers. Celui que je cherche, on le surnomme Têtard. Je suis certain que cette histoire a déjà fait le tour du pays.

— Parce que filer sa bécane à un pote, c'est interdit par la loi, peut-être ? Qu'est-ce que tu lui veux, à mon petit-fils ?

Un silence de plomb semblait s'être abattu au Cheval Noir. Anconi, profondément surpris, adopta lui aussi le tutoiement.

— Ah ! Tu vois, Boiteux, tu le connais ! Ton Têtard a prêté sa machine à un bon ami à moi, le Dieppois. Pas de mal à ça, je te l'accorde. Mais tu n'ignores pas la suite ?

L'interpellé se mura dans un silence soupçonneux. Les têtes se penchèrent vers les verres, le cafetier vérifiait la transparence des siens en les présentant à la lumière, un torchon à la main.

— Fatche ! Tu es au courant ! Forcément !

— De quoi se mêle-t-il, l'étranger ? Qu'en pensez-vous, vous autres ? riposta Aoustin-Boiteux en prenant la salle à témoin, d'un ton gouailleur, le menton levé. Personne ne répondit, seul un gars en bleu de travail et vareuse ricana dans son coin.

Anconi sortit sa carte professionnelle, l'ouvrit sous le nez du fanfaron. Le mot “Police” inscrit en lettres rouges majuscules surmontées du bandeau tricolore calmait souvent les impertinents. De fait, le vieux tripota sa casquette, lissa sa moustache fébrilement, chercha du secours parmi les autres consommateurs, mais les sourires avaient disparu, chacun trempait ses lèvres dans son ballon de rouge.

— L'étranger, mon bon, c'est un flic qui aime bien qu'on lui réponde gentiment quand il pose des questions.

Il sortit tranquillement sa boîte de cachous, en ingurgita plusieurs et, se penchant en avant, en offrit ostensiblement un à Boiteux.

— Alors je te le demande de nouveau. Où puis-je trouver ton "Têtard" de petit-fils ?

Un ricanement se fit entendre à une table éloignée.

— J'sais pas, il vit sa vie, répondit-il évasivement en haussant les épaules. Aux Chantiers, possible ?

— Peut-être pourrais-tu m'apprendre ce qu'est devenue sa mobylette ? Celle qui a tué mon ami dieppois.

Un frisson parcourut le café, des chaises grincèrent. Le patron lâcha un verre qui se brisa derrière le bar.

— Faudrait pas accuser les gens sans savoir ! Tout flic que vous prétendez !

— Je n'accuse personne. Pour l'instant, précisa Anconi. Mais je pourrais t'embarquer pour "entrave à l'exercice de la justice".

L'homme en vareuse se leva comme pour quitter

l'établissement, ajusta sa veste, toussa pour attirer l'attention du commissaire.

— C'est pas dit qu'elle se serait envolée comme un étourneau, cette foutue mobylette, lança-t-il, pas vrai, Louis Aoustin ? Tchrrriii ! Tchrrriii ! piailla-t-il en imitant un cri d'oiseau.

Anconi comprit qu'il avait usé du patronyme plutôt que du surnom pour se démarquer. Derrière la moquerie il discerna le ton accusateur.

Des risées balayèrent la salle, couvrant la réplique pourtant très colère : « Tais-toi donc “La Pie” ! C'est pas tes affaires ! »

La température monta d'un cran dans le café. Certains choisirent un parti et le défendirent, d'autres se murèrent dans un silence de spectateurs, quelques-uns, dont le tenancier, tentèrent de calmer la situation. La Pie, un sourire aux lèvres, lâcha :

— Tu sais ben c'que j'te cause !

Sur ces mots, il quitta les lieux, déclenchant un brouhaha général.

— Il cancane comme ça juste pour te chamailler. Tu le connais !

Anconi devina qu'une querelle opposait le vieux Louis Aoustin-Boiteux à celui qui venait de sortir du Cheval Noir.

— Maudit oiseau ! tempêta Aoustin.

Le commissaire attendit l'apaisement progressif pour s'adresser à lui.

— Que voulait-il dire ?

Seul un haussement d'épaules lui répondit.

— Vaï ! On se reverra bientôt. Je finirai bien par dénicher votre “petit” et sa mobylette, avec ou sans votre aide.

Revenu au bar, il demanda à payer le cafetier.

— Votre rouge, Monsieur !

Le ballon était demeuré intact.

— Une autre fois. Dites, questionna-t-il à voix basse en ramassant sa monnaie, celui que chacun surnomme La Pie, comment s’appelle-t-il ?

— Halgand, Jules de son prénom. Un patronyme fréquent, d’où le sobriquet…

— Je sais, je sais. Pour les différencier. On me l’a appris.

— Tu veux pas son adresse, non plus, mon gars ? beugla Louis Aoustin, qui malgré son grand âge gardait à l’évidence l’ouïe fine.

— Merci, Boiteux, je demanderai directement à ton copain La Pie, railla Anconi en tirant la porte, déclenchant un “cling” qui sonna comme un avertissement.

Il fouilla la place, espérant découvrir une vareuse parmi les rares passants. L’autocar stationnait toujours, vidé de ses touristes. La silhouette de celui qu’il cherchait lui apparut, déchiffrant les inscriptions peintes sur la carrosserie de son tableau arrière. Le commissaire traversa la rue, s’approcha prestement du bonhomme.

— Ah ! La Police ! Z’avez vu comme je l’ai mouché, ce foutu barbon ?

Le mot amusa Anconi, vu que les deux ennemis

avaient le visage ridé tout pareil. Il encouragea les confidences.

— Vous l'avez piqué au vif. Au fait, savez-vous pourquoi il boite ?

Après un éclat de rire prolongé, Jules Halgand confessa que l'autre tirait la patte depuis son plus jeune âge. La famille avait rendu la poliomyélite responsable de cette infirmité, mais chacun savait qu'un accident avait émaillé une partie de chasse au canard avec son père. Sans décrire les faits eux-mêmes, La Pie dit se souvenir du jour où un épais brouillard d'automne enveloppait la Butte au Paon. Il laissa entendre sournoisement qu'une maladresse atavique affectait certains, accompagnant sa remarque d'un clin d'œil.

— Vous ne semblez pas l'apprécier, commenta Anconi, désireux d'en savoir plus. Votre allusion à la fameuse mobylette, c'était juste pour le provoquer ?

— Tchrrriii ! Tchrrriii ! Elle vous intéresse tant que ça, cette bécane ?

Au même moment, douze coups sonnèrent au clocher de l'église. Le ciel devenait de plus en plus menaçant.

— Il est midi passé, je ne voudrais pas retarder votre déjeuner.

— J'vis tout seul, j'ai mon temps. Vous souhaitez vraiment la voir ?

Le vieux semblait aussi intéressé que le policier. Davantage encore, parce que désireux de jouer un bon tour au Boiteux.

— En effet, mais je ne…

— Allez ! J'habite à Fédrun. Vous êtes en voiture ? Suivez mon Solex.

D'autorité, La Pie se dirigea vers le muret qui entourait le monument aux morts, dégagea son engin de sa béquille et grimpa dessus avec une étonnante agilité. De chaque côté du porte-bagages pendaient des sacoches avachies dont l'une laissait dépasser une baguette de pain. Il démarra en pédalant. Le « Tac ! Tac ! Tac ! » saccadé du moteur s'accompagna d'une émission de fumée noire et malodorante près de la roue avant.

— Je vous attends en face de la pharmacie. Là ! montra-t-il en ajustant son casque sans en boucler les jugulaires.

La curiosité d'Anconi l'emporta sur sa gêne. Il se trouvait partagé entre le ridicule de la situation et les soupçons qui entouraient tant l'accident de Janval que celui de son inspecteur. Son amitié pour Lefebvre, surtout, l'obligeait à découvrir la vérité, maintenant qu'il était persuadé qu'aucune des deux catastrophes ne paraissait fortuite. S'il ne possédait aucune preuve formelle, son opinion était établie. Et puis, Bonne Mère, il n'avait jamais cru aux coïncidences !

Il pressa le pas vers la BX. Il eut le temps d'absorber un réglisse avant que la voiture ne veuille bien se soulever, tel un soufflet. Il sortit du parking.

Halgand relança son engin dès qu'il vit apparaître l'auto. Il pédala avec vigueur pour atteindre sa vitesse maximale, puis laissa le Solex ronronner le long de la rue Joliot-Curie. Ils quittèrent la direction de Saint-Nazaire lorsque le vieux secoua un bras vers la droite. Le curieux convoi abandonna les dernières habitations de Saint-Joachim, enjamba un pont de pierre et traversa une zone marécageuse. De chaque côté de la route se serraient d'épais roseaux, que parcouraient d'étroits canaux. La vareuse du cyclomotoriste flottait au vent. Un grand oiseau blanc s'envola lourdement à leur passage. Un panneau annonça « *Fédrun* » avant qu'ils ne franchissent de nouveau un pont. De nombreuses barques noires aux extrémités pointues stationnaient sur une large étendue d'eau calme.

Anconi n'osait pas suivre de trop près son guide, jouait au touriste nonchalant pour ne pas éveiller la curiosité des habitants. Il faillit le perdre lorsque celui-ci tourna à gauche à un pignon et emprunta une voie plus étroite.

Des maisons blanches aux toits de roseaux se succédaient, imbriquées les unes dans les autres, mais alignées de part et d'autre d'une route devenue tortueuse.

Enfin La Pie s'arrêta à l'aplomb d'une chaumière trapue, s'engagea derrière. Le commissaire gara la Citroën et le rejoignit.

— “La Police”, vous êtes dans l'île de Fédrun. C'est là que j'crèche. Faut prendre le chaland, maintenant.

Sans attendre de réponse, il se dirigea directement

vers le fond de son étroit terrain partagé entre un potager, un poulailler et une cabane en planches. Un bric-à-brac parsemait l'endroit. Malgré son grand âge, le bonhomme marchait d'un pas alerte. Une troupe d'oies indignées s'éloigna en file indienne en cacardant du bec.

Anconi, de plus en plus intrigué, suivit son éclaireur. « Fatche, qu'est-ce que je fais là ? » Il eut une pensée fugitive, imaginant son directeur, les sourcils en chapeau chinois, le mettre en garde d'un « Pas de vagues, Anconi ! Pas de vagues ! »

La Pie l'attendait à l'extrémité du terrain. Dans un renfoncement délimité par des planches et quelques pieux, la fosse accueillait une barque noire.

— Montez ! Je vais vous montrer quelque chose.

Devant l'hésitation d'Anconi, Jules Halgand insista :

— Qu'il s'inquiète pas, La Police, je vas pas vous noyer ! Tchrrriii ! Tchrrriii !

Il embarqua lestement, secoué par un rire qui lui déclencha une toux rauque. Il se frappa la poitrine du poing pour interrompre la quinte. Le commissaire posa un pied prudent dans le chaland. Le tangage provoqué par son poids faillit lui faire perdre l'équilibre. Jules Halgand lui saisit un bras et l'obligea à s'asseoir sur le banc. « Celui du milieu », conseilla-t-il.

Quelques canards se sauvèrent en s'aidant bruyamment de leurs ailes. Il détacha l'amarre, empoigna une longue perche, la planta silencieusement dans l'eau et d'une poussée dégagea la barque de la couline, non sans un tour de main pour en décoller l'extrémité de la vase. Debout à l'arrière comme un gondolier, ses gestes larges et harmonieux déhalèrent doucement le chaland. Dans un frémissement à peine audible, ils s'éloignèrent du bord.

— Où m'emmenez-vous ? s'inquiéta le commissaire, qui serrait les genoux et évitait les mouvements brusques.

— Là, on navigue dans la curée. C'est le canal qui entoure l'île, expliqua le vieux en plongeant sa perche puis poussant sur elle lorsqu'elle butait sur le fond. Le chaland glissait doucement à l'ombre des ormes, des saules pleureurs, générant de molles ondulations qui venaient clapoter sur les berges. Quelques cris d'oiseaux les accompagnaient. Bientôt ils quittèrent le couvert ; une vaste étendue d'eau irisée par le vent s'offrit à eux. Une barrière de roseaux bruissants coupait la vue de tous côtés.

— Elle est belle, notre Brière, pas vrai ? s'extasia-t-il en laissant le chaland glisser sur son erre, le temps de rouler et d'allumer une cigarette.

— Quel calme ! commenta le commissaire. On pourrait se perdre, dans ce dédale…

— Croyez pas si bien dire !

L'embarcation heurta un obstacle, s'immobilisa brusquement. Blong !

— On y est ! s'exclama-t-il. Il remonta sa perche dégoulinante et l'allongea sous les bancs du canot. Regardez !

Un objet émergeait de l'eau sombre. Anconi se pencha, faillit chavirer la barque.

— Tout doux, La Police ! Vous voyez ce que je vois ? Si c'est pas malheureux de souiller notre marais !

Anconi plongea la main sous la surface, tâtonna.

— Fan de putain !

Au palper, il venait de reconnaître l'épais guidon d'un vélomoteur.

— Vous croyez que c'est celui que je cherche ?

— Dame, on ne circule pas en mobylette dans la Grande Curée. Quelqu'un s'est débarrassé de celle-ci, loin des regards. C'est pourquoi j'ai fait le rapprochement quand j'vous ai entendu causer avec Louis Aoustin au Cheval Noir. Pas folle, La Pie !

Jules précisa qu'il avait découvert l'engin, par hasard, en allant relever ses bosselles à anguilles, deux jours plus tôt.

— Sûr que le machin était pas là avant !

— Fatche ! Comment est-elle arrivée ici ?

— Ben, à votre avis ? Pas par la route.

Il se marrait.

— Il faut un bateau pour y parvenir. Qui a pu faire cela ? s'interrogea Anconi.

— Dame, La Police, ça, c'est votre affaire.

— Vous avez bien une idée ?

— Un gars qui n'a pas la conscience tranquille. À moins qu'il ne sorte de Pont Piétin*, ricana-t-il en rallumant son mégot.

* Hôpital psychiatrique bien connu dans la région.

Anconi remercia La Pie, lui serra chaleureusement la main. « Sans vous… »

— Comment la dégager de là ? réalisa-t-il aussitôt à haute voix.

Le vieux souleva une toile goudronnée, montra, fixé sur un banc, un treuil parfaitement graissé sur lequel s'enroulait un toron.

— Quand j'étais jeune, je pêchais au carrelet. J'ai démonté le système pour seulement garder ce machin, au cas où.

Dong ! Dong ! Au loin, deux heures sonnèrent au clocher de Saint-Joachim.

— Vaï ! Je vous prive de déjeuner avec mes histoires !

— J'en ai vu d'autres ! On termine le travail !

Il déroula plusieurs mètres de corde. Le chaland oscilla dangereusement lorsqu'il se déplaça dans l'embarcation. Anconi sentit son cœur se soulever, se cramponna au bordé. La Pie se pencha au-dessus du guidon qui dépassait à peine de l'eau, y enroula l'extrémité du filin.

— Tu tourneras la manivelle quand je te le dirai, La Police, on va déjà dégager l'engin de la vase.

Il reprit sa longue perche, se courba pour donner un peu de vitesse au chaland, tandis que le commissaire se préparait à manœuvrer le treuil. Il ôta son vieux cuir, roula ses manches jusqu'aux coudes.

— Vas-y ! Tourne !

Le mécanisme cliqueta, la corde se tendit, le bateau eut une brève secousse, ralentit, mais poursuivit insensiblement sa course tandis que La Pie s'échinait en exhalant des « Han ! Han ! ».

— Il décroche ! Il décroche !

Un remous se produisit, des bulles éclatèrent à la surface. Un héron s'envola, surpris par le remue-ménage. Anconi suspendit son mouvement.

— Une belle prise, s'esclaffa La Pie. On va la fixer à l'arrière et la tirer. Aide-moi à remonter le poisson !

Ensemble, ils s'éreintèrent sur le treuil, raccourcissant la traîne petit à petit. Le phare, puis la roue avant apparurent hors de l'eau, maculés de vase noire. On distinguait tout de même la couleur bleue du garde-boue.

— Bloque le frein, l'ami ! C'est ça ! On le tient. Je parie pour une Motobécane.

Ce disant, il attrapa son amarre et s'en servit pour assurer l'engin autour de la planche d'un banc.

— On rentre, à présent.

Il reprit sa pigouille*, poussa fort, d'abord sans résultat. Enfin la barque s'ébranla, des bulles crevèrent derechef la surface, l'eau sombre se troubla de volutes vaseuses remontant du fond.

— Le canal est plus profond maintenant, ce sera plus facile.

Il transpirait sur sa perche comme l'oignon dans la casserole. Le commissaire craignit pour lui la

* Longue perche utilisée pour déplacer et guider un chaland.

congestion. « Comment un homme seul avait-il pu jeter la motocyclette au milieu du marais ? »

Enfin ils rejoignirent la fosse. Habilement, le vieux Briéron rangea son chaland le long des planches enfoncées verticalement dans l'eau et ménageant une sorte de quai. Il débarqua, fixa lestement une amarre.

— Avant de sortir la bête, on va s'en jeter un ! Venez, La Police ! Tchrrriii ! Tchrrriii !

Curieusement, maintenant qu'ils avaient regagné la terre ferme, il employait de nouveau le vouvoiement. Comme s'ils avaient quitté un moment ce monde pour un autre.

Constatant l'embarras d'Anconi, il assura « que ce n'était pas tous les jours qu'il s'amusait autant ». N'avait-il pas également en arrière-pensée le plaisir de jouer un mauvais tour au Boiteux ?

Le commissaire attrapa son cuir et suivit Jules Halgand dans sa maison. Une odeur de fumée le saisit en entrant dans un intérieur simple et sombre : une longue table encore encombrée du dernier repas, une grande armoire et une maie. Dans un coin de la pièce, sous une minuscule fenêtre, un évier en grès près d'une gazinière en tôle émaillée. Une cheminée au solide linteau occupait le centre d'un pan de mur.

Sans se préoccuper de débarrasser la table, La Pie y posa deux verres Duralex puis sortit une bouteille sans étiquette d'un réfrigérateur hors d'âge.

— Un petit muscadet ?

Il emplit d'autorité les godets.

— À la vôtre, La Police ! Cela ne vous ennuie pas que je vous appelle “La Police” ?

Anconi assura que non, sourit et trinqua.

— Tè, je vous dois une fière chandelle…

Le vieil homme avala une grande gorgée, claqua la langue.

— Arrêtez donc avec vos mercis ! Votre accent, là ? Seriez pas du Midi ?

Anconi expliqua son origine marseillaise et les reliquats de langage qui lui revenaient de temps à autre, ce que certains lui reprochaient.

— À chacun sa naissance, pas vrai ?

— Vous connaissiez Claude Janval ? Celui qui…

— Le Dieppois ? Un gars bien. Et franc, avec ça. On peut pas en dire autant de sa…

Il laissa sa phrase en suspens puis poursuivit précipitamment :

— Ça m'a fait de la peine. Il bossait aux Chantiers, se reprit-il, comme beaucoup de nous autres. Nous l'avions adopté.

Il se leva, vint frapper le linteau de la cheminée, expliqua qu'il provenait d'un arbre fossilisé, le morta.

— Le morta ?

Jules Halgand raconta l'histoire de l'ancienne forêt disparue enfouie profondément sous la tourbe.

— Janval s'était passionné dans sa recherche. Certains y voyaient le mal. Il habitait Errand, précisa-t-il aussitôt comme s'il regrettait d'en avoir trop dit. La Police, vous croyez qu'il a été rectifié, le Dieppois, c'est pourquoi vous êtes là ?

Il n'avait pas encore tenu de discours aussi long. Son intérêt pour l'accident de Claude Janval semblait évident. Qu'avait-il failli lâcher dans la conversation avant de changer brusquement de sujet ? Anconi hésita. Certes il devait à Jules Halgand la découverte plus que probable de la motocyclette, mais il saisissait mal l'importance qu'il portait à l'affaire.

Le commissaire se décida à raconter les circonstances de l'accident de son collègue Lefebvre et les soupçons qu'il entretenait.

— Méfiez-vous, La Police, jamais deux sans trois ! Tchrrriii ! Tchrrriii !

Il sortit une miche de pain de la maie et une terrine de son frigo.

— Un peu de pâté avant de finir l'ouvrage ? Une recette à moi.

Il n'osa pas décliner l'offre. Il ne le regretta pas.

— Fameux, reconnut-il.

— Sûr que vous n'aviez jamais goûté au ragondin !

Anconi eut bien du mal à réprimer un haut-le-cœur, faillit s'étouffer en avalant d'un trait son reste de vin blanc.

— Pardi, non ! parvint-il à articuler.

Il refusa poliment une deuxième tranche, se laissa verser un autre verre « pour faire passer ».

Les deux hommes retournèrent au chaland. La Pie lança à Anconi l'amarre qui assurait le guidon et détacha précautionneusement le treuil.

— 'tention, La Police ! Tends fort la corde !

Le tutoiement réapparaissait dans la bouche du vieux Briéron.

Il rejoignit vivement la terre ferme et aida Anconi à tracter. Lentement, ils dégagèrent à grand-peine une motocyclette couverte de vase.

— Elle fait son poids ! Diou ! Une Motobécane AV88 ! J'en possédais la pareille.

L'engin gisait maintenant sur la berge, sa roue avant légèrement voilée. Jules Halgand s'empara du tuyau d'arrosage de son potager et l'aspergea copieusement. La couleur bleu-pâle réapparut progressivement sur le cadre.

— Même pas rouillée, la bécane ! J'te l'avais assuré qu'elle trempait dans la baille depuis peu.

Il se pencha sur la machine.

— Hé ! La Police ! Regarde !

Il appliquait un index calleux sur un endroit précis.

Anconi découvrit un trou bien rond sur le métal brillant du réservoir.

— Fatche !

— Calibre douze ! exulta La Pie, et la balle n'est pas ressortie.

Il éprouva une grande fierté lorsque Anconi lui demanda s'il acceptait de conserver la mobylette chez lui, « en attendant ».

— Je la ferai prendre par des collègues de Saint-Nazaire, assura-t-il. Dites-moi, il ne possédait pas une maison à Fédrun, mon ami dieppois ?

— Il aurait ben voulu, répondit énigmatiquement Jules Halgand. Tchrrriii ! Tchrrriii !

VII

Une demi-heure plus tard, le commissaire frappait chez madame Janval. Il trouva une femme encore jeune, pâle, habillée d'une robe dont la gaieté l'étonna. Il dévoila qui il était, présenta ses condoléances à la suite du deuil qui l'affectait puis évoqua la visite de son collègue Lefebvre, la veille. Il relata son accident et la gravité de son état, sans en divulguer le caractère criminel.

— Ce n'est pas Dieu possible… Un homme si sympathique.

Sa surprise paraissait non feinte.

— Bonne Mère, je suppose qu'il venait à peine de vous quitter.

Elle ne lui proposa pas d'entrer. Par la porte ouverte, Anconi aperçut l'écran de la télévision, la silhouette à l'imperméable beige de l'inspecteur Derrick sortant d'une BMW série 5 de couleur fade. Il se félicita de ne pas lui ressembler.

Elle n'osait demander le but de sa visite. Son visage fatigué restait figé.

— Avez-vous eu des nouvelles de son ami Frédéric Le Corre ?

— Non. Je suis de plus en plus étonnée que…

— Lui et votre mari étaient très liés, n'est-ce pas ?

— Mais, oui, justement. Ils s'étaient connus aux Chantiers, vous savez ce que c'est.

Le commissaire ne "savait" pas très bien.

— Si vous le voyez, dites-lui que je viens de retrouver sa mobylette. Noyée dans un de ces nombreux canaux du marais, près de Fédrun, enchaîna-t-il.

Jeannine pâlit.

— Hein ? À Fédrun ? Mais qui ? Pourquoi ?

— La raison, je la connais : pour la cacher. Un impact de balle ornait le réservoir de l'engin. Un joli trou rond, précisa-t-il en mimant un cercle avec son pouce et son index. Mais qui, je l'ignore encore. Vous n'auriez pas une petite idée de qui en voulait à votre mari ?

Anconi regretta sa brusquerie lorsque la veuve chancela légèrement et s'appuya au chambranle.

— Mais alors, on aurait voulu le… réalisa-t-elle, sans oser prononcer le mot fatidique.

Anconi s'attendait à une réaction plus vive.

— Pardi ! "On" a même réussi, compléta-t-il. Et j'ai tout lieu de penser que celui – ou celle ? – qui a tiré sur votre mari s'en est pris plus tard à mon inspecteur. Alors je vous le demande de nouveau : qui avait intérêt à le faire disparaître ?

— Personne, je vous l'assure. Je n'y comprends rien.

— Pardonnez ma question : vous vous entendiez bien, avec Claude, votre époux ?

Le commissaire ne saisit-il pas un léger rougissement ?

— Mais oui. Qu'allez-vous inventer ? se révolta-t-elle aussitôt. Vous n'imaginez pas que…

De nouveau, elle n'acheva pas sa phrase. De son côté, il n'osa insister. Pas totalement convaincu cependant.

— Mon collègue Lefebvre a laissé quelques notes, avant d'aller au fossé. J'ai cru y lire que Claude possédait une maison à Fédrun. Y habitait-il déjà ?

Anconi soupçonnait un désaccord au sein du couple.

— Non. Il rêvait de nous y installer. Pour lui, c'était un des plus beaux endroits de Brière. Mais l'affaire ne s'est pas conclue, finalement. Le vendeur s'est rétracté, de sorte que nous sommes restés en location ici.

— Cette maison a-t-elle été cédée à quelqu'un d'autre ?

— Je l'ignore. Claude a dû abandonner son projet. Vous savez, nous sommes en Brière et Claude était normand.

— Et vous également, Madame ?

— Oh non. Ma famille est briéronne.

Avait-elle un surnom aussi ? Pourquoi Jeannine Janval ne l'invitait-elle pas à entrer ?

— Pensez-vous que c'est en raison de ses origines que cet achat de maison a échappé à votre mari ?

— Pour sûr.

— Selon vous, ce différend aurait-il pu lui attirer des inimitiés ?

— Qu'allez-vous imaginer ? Il était bien apprécié de tous, malgré tout.

Le commissaire comprit que ce « malgré tout » se rapportait à son étiquette d'étranger.

— Je cherche pourquoi on a voulu supprimer votre époux, Madame. Pardonnez-moi, ajouta-t-il lorsque Jeannine se mit à trembler en s'accrochant au cadre de la porte. Vous connaissiez le vendeur ?

— Fédrun est une île, tout le monde se connaît, vous savez, biaisa-t-elle.

— Accepteriez-vous de me confier son identité ? insista le policier.

Jeannine hésita à répondre. Elle se retourna, comme pour chercher du secours.

— C'est un grand-oncle, de mon côté. Le frère de mon grand-père.

— Ah ! Et pourquoi a-t-il refusé de vous la vendre ?

— Parce que son fils était un peu jaloux de la situation de Claude, les histoires de famille sont fréquentes en Brière, vous savez.

— Excusez, je suis perdu.

— Je suis une Aoustin, mariée à un naquet. Mon époux n'était pas briéron. Pour les miens, une sorte de trahison, comprenez-vous.

— Aoustin ?

Au Cheval Noir, n'avait-il pas participé à une prise de bec entre son ami La Pie et un Louis Aoustin ?

— C'est un des noms les plus fréquents parmi nous, expliqua Jeannine.

— Cet oncle, ne serait-ce pas Louis, surnommé Boiteux ?

— Vous le connaissez ? s'étonna-t-elle.

— Pardi, je crois bien l'avoir croisé, dans un café. Pas commode, le bonhomme.

Madame Janval, gênée, se hâta de confirmer le caractère obtus de son grand-oncle. Elle le décrivit comme un vieux Briéron, ancré dans des traditions d'un autre âge. Mais en aucun cas, il ne s'en serait pris à Claude pour une affaire de propriété, exigeant seulement qu'elle ne soit acquise que par un enfant du pays. Elle minimisa le litige et passa sous silence les jalousies qu'elle avait d'abord mises en avant.

Anconi ne fut pas complètement dupe de ce revirement. Il se promit d'éclaircir cette question.

Dans l'immédiat, il souligna prudemment que toutes les familles connaissaient des fâcheries, prenant pour exemple sa région et les tribulations marseillaises décrites par Marcel Pagnol.

Il n'osa pas insister davantage. Ne lui avait-il pas semblé que La Pie en savait plus qu'il n'avait voulu le dire à propos de cette maison de Fédrun ?

Il changea de sujet, alors que le ciel noir menaçait d'une averse.

— Aux Chantiers, votre mari Claude faisait partie des non-grévistes, je crois, reprit-il. Vous souvenez-vous d'un accrochage avec des collègues, en raison de sa position ?

— Il ne m'en avait rien dit. Oh ! Mon Dieu ! Jamais je n'aurais imaginé que… Êtes-vous certain de ce que vous avancez ? Un meurtre ? trembla-t-elle.

— En parlant par respect, je le crains. Une hostilité dans votre voisinage ? Une jalousie ?

— Mais non, voyons.

Il sortit de son blouson le faire-part reçu par Lefebvre, lui montra.

— Votre inspecteur m'avait déjà posé la question. Ce n'est pas moi, je ne connais pas l'expéditeur, s'insurgea-t-elle, avant même qu'il ne lui demande.

— Lorsque mon collègue est venu ici hier, a-t-il rencontré ou croisé quelqu'un ?

— Notre ami Alain me tenait compagnie. J'étais si bouleversée en rentrant du cimetière.

De nouveau une ligne du carnet rouge s'imposa à Anconi : « *Alain et Jeannine, plus qu'amis ?* » S'agissait-il du même ?

Anconi hésita à demander son patronyme, qui ne figurait pas dans les notes de Lefebvre, mais lâcha sa question :

— Alain s'est-il absenté pendant la visite de Lefebvre ? sonda innocemment Anconi.

Il songeait au sabotage de la R5, dont la défaillance était survenue au décours de son passage à Errand.

— Non, il est resté dans la maison pendant que je montrais à votre inspecteur l'atelier de Claude. Mais pourquoi cette question ?

Tout à coup, la pluie se mit à tomber dru, lui évitant de répondre. Il prit congé poliment, en désignant le ciel.

Lorsque la porte se referma sur lui, Anconi eut le temps d'apercevoir fugitivement le regard globuleux et figé de l'inspecteur principal Derrick fixant d'un demi-sourire son dévoué acolyte Harry Klein.

Pourquoi ne l'avait-elle pas invité à entrer dans sa demeure ? Jeannine Janval connaissait-elle déjà la vérité ?

Cette supposition le troublait. Il fit le tour de la maison, sous une averse furieuse.

Il découvrit une automobile, garée derrière la chaumière sous un appentis adossé à un cabanon, une 305 break beige. « Elle devait y être à son arrivée ! » Les bas de caisse maculés de boue fraîche l'étonnèrent, vu qu'il n'avait pas encore plu de la journée. Il posa la main sur le capot. Il était tiède. Il ne pouvait pas s'agir de l'auto des Janval, puisqu'elle était chez le garagiste de Saint-Joachim. À qui appartenait donc cette auto ?

Il supposa alors que Jeannine n'était pas seule chez elle, ce qui expliquerait son manque d'hospitalité. « Voilà pourquoi elle ne m'a pas invité à entrer ! Qui était-ce, qu'elle ne veuille pas lui présenter ? »

Il jura des « Fan de Briérons ! », regagna en courant sa BX sous la giboulée, avala un cachou dès qu'il fut à l'abri, sans en ressentir le moindre bénéfice. Il sortit le carnet rouge de Lefebvre, nota rageusement l'immatriculation de la 305.

Il quitta Errand, les pensées confuses, gagna la D50. Dans son trouble, il l'emprunta dans le mauvais sens. Pont de Rozé, en exécutant un demi-tour, une cabine téléphonique s'offrit à son regard. La pluie avait cessé. Il s'arrêta, jeta son cuir trempé sur le siège passager, sortit et poussa les deux battants, feuilleta l'annuaire usagé.

— Allô ? Le commissariat de Saint-Nazaire ?

— Agent Derrien, quel est le motif de votre appel ?

— Je souhaiterais joindre Blanchard. De la part du commissaire Anconi.

— Euh ! Un instant.

Une conversation animée, sans doute proche de l'appareil, lui parvint. Il crut saisir quelques invectives de la part d'un “client” manifestement éméché compte tenu de ses propos grossiers et empâtés. Un ton autoritaire tentait d'interrompre le flot.

Le déclic du commutateur mit brusquement fin à la diatribe.

— Anconi ? Quelle bonne surprise ! Que me vaut l'honneur ?

La voix décontractée n'avait pas changé depuis leur dernière rencontre. Malgré la différence d'âge et de goûts, les deux policiers étaient devenus amis à l'occasion de plusieurs enquêtes communes. Blanchard arborait des tenues évoquant le Far West, jean et foulard rouge sur une chemise à carreaux, éternelles boots aux pieds.

Mais Anconi appréciait le sérieux de l'homme

sous ses apparences fantasques. Il lui fit part des raisons de sa présence dans la région.

— Ça alors ! Lefebvre ? Grave ?

— Pardi ! Il s'est estramassé*, je ne te dis pas ! En plus, Vieux, il ne s'agit pas d'un simple accident ! J'ai deux tentatives de meurtre sur le dos !

— Fichtre ! En Brière ? Bon courage ! Des pistes ?

— Eh non.

— Que puis-je faire pour vous, à part vous inviter à dîner à la maison ?

— Merci, Vieux. Mais d'abord pourrais-tu me dénicher le propriétaire d'un break Peugeot 305 ? J'ai noté la plaque : « *485 TH 44.* »

— Bien sûr, Patron. Rien d'autre ?

Il sollicita son collègue pour récupérer une Motobécane percée d'une balle de calibre douze, chez Jules Halgand à Fédrun, pour expertise.

Blanchard accepta non sans un « Caramba ! » retentissant. Il s'abstint cependant de poser des questions.

— La chasse est-elle autorisée actuellement ? demanda à brûle-pourpoint le commissaire.

— Toute l'année, en Brière ! s'esclaffa Blanchard.

Il se reprit pour préciser que l'ouverture était habituellement fixée en septembre pour le canard, néanmoins des battues pouvaient avoir lieu avant pour

* S'étaler de tout son long, en marseillais.

certaines espèces prolifiques comme le ragondin. Je ne pense pas qu'elles s'organisent durant l'été et ton calibre de balle ne correspond pas.

Son silence conduisit son interlocuteur à poursuivre plus sérieusement.

— Je peux vous prédire que le gars qui a tiré sur votre mobylette ne l'a pas confondue avec un sanglier ! ajouta-t-il, pince-sans-rire.

— Fatche ! Dis-moi, Vieux, on m'a rapporté que cela chauffait, aux Chantiers de Saint-Nazaire. Crois-tu que la situation pourrait conduire au meurtre ?

— Des violences ont éclaté au port et même dans la ville, mais de là… Ta victime appartenait-elle à la direction ?

— Non, non. Pas vraiment, bureau d'études, me semble-t-il.

— D'ailleurs, difficile d'imaginer un cadre sur une Motobécane ! se moqua Blanchard, qui avait deviné, fine mouche, les raisons des interrogations d'Anconi.

— Tè, je me disais comme ça qu'un conflit opposant grévistes et non-grévistes…

— Il y a toujours des jaunes dans ces mouvements de contestation, quelques heurts parfois violents, mais jamais le fusil n'a parlé !

— Si je me rends là-bas, me laisseront-ils entrer et discuter avec l'un des leurs ? J'aimerais rencontrer celui qui a prêté la fameuse bécane, un syndicaliste qui semble ne plus sortir des Chantiers.

— Holà ! Soyez prudent ! Trouvez un bon prétexte, pas de carte de police pour forcer les grilles. Où puis-je vous joindre, Patron ?

Il chapitra gaillardement son collègue lorsqu'il apprit qu'il logeait à l'Hôtel du Berry au lieu d'avoir sollicité son hospitalité.

Anconi quitta la Brière, trop distrait pour s'intéresser au paysage. Il cherchait une bonne raison l'autorisant à pénétrer aux Chantiers et à tenter de rencontrer ce Frédéric Le Corre. À Montoir-de-Bretagne, il évita de justesse la collision avec un fourgon funéraire qui quittait un parking, freina violemment. De frayeur, son corps se couvrit d'une suée glaciale. Il se gara en toute hâte, baissa les vitres et remarqua la devanture « *Pompes funèbres de Brière* ». « Fatche ! Tout doux ! Rien ne presse pour moi ! »

Il attendit que son cœur retrouvât un rythme normal, s'épongea le front. Pris d'une intuition subite, il poussa la porte des "établissements Delafosse".

Un gros homme chauve boudiné dans un complet noir l'accueillit. Il se leva brusquement de son fauteuil en tirant sur les pans de son veston pour le défriper. En même temps, il se penchait légèrement en avant pour saluer son visiteur.

— Bonjour, Monsieur, dit-il d'un ton lugubre et exagérément recueilli.

Le commissaire répondit à la courbette en présentant sa carte professionnelle. Il cachait difficilement son agacement.

— Monsieur Delafosse ? s'enquit-il d'une voix blanche dont il s'étonna lui-même.

Une goutte de transpiration apparut au front du gros bonhomme.

— À votre service ! assura-t-il avec une nouvelle et ridicule révérence. Un problème, Commissaire ?

— Est-ce votre… entreprise qui a organisé hier matin les obsèques de monsieur Claude Janval ?

Il feignit de consulter un registre de ses doigts boudinés, tourna les pages.

— En effet. Mais que…

Anconi, décidément impitoyable, poursuivit.

— Je suppose que vous notez quelque part les souhaits de la famille quant à l'habillement du mort, ainsi que les objets laissés dans le cercueil ?

— Bien entendu, Monsieur. Nous avons l'habitude de respecter scrupuleusement les desiderata de nos clients.

Le mot “client” agaça Anconi.

— Avez-vous réalisé des soins de conservation ? poursuivit-il.

Il sortit un classeur, rangé parmi d'autres dans une armoire en métal, derrière son bureau. Ses mains tremblaient légèrement. Il chaussa des lunettes à monture noire, ajusta inutilement sa cravate sombre.

— Ceux-ci ne sont effectués qu'à la demande de la famille, prononça-t-il d'une voix componctueuse, tout en ouvrant un dossier, noir également. Je ne me suis pas occupé personnellement de ce cas, aussi je recherche… Ah ! Voilà. Tout est scrupuleusement relevé, bien entendu.

« Au cas où le “client” se plaindrait ? » songea ironiquement Anconi.

— Je vois qu'aucun soin n'a été prodigué.

« De sorte que personne n'a constaté les lésions, en conclut le commissaire : ni le médecin sur place », il le savait déjà, « ni les croque-morts ».

— Qui a transporté le corps chez vous ?

— Nous nous en sommes chargés. C'est noté dans le dossier.

— Il était gravement blessé. Je suppose qu'il existait des traces de sang visibles.

— Nous avons pour habitude de limiter au mieux la part émotionnelle dans ces situations douloureuses. Aussi, même si le thanatopracteur n'intervient pas, nous nous efforçons de rendre le visage présentable.

En prononçant ces paroles d'une voix de sacristie, monsieur Delafosse ne cessait de s'entortiller les mains, la tête légèrement de côté et le buste incliné en avant.

— Je n'en doute pas. Dans ce cas, je suppose que vous notez “scrupuleusement” vos constatations concernant l'aspect du corps ?

Les yeux de son interlocuteur s'agrandirent ; ses doigts encore entremêlés s'immobilisèrent. Il rétorqua que sa mission ne saurait se substituer à celle d'un légiste et qu'en aucun cas sa fonction ne l'autorisait à établir ce qui ressemblerait de près ou de loin à un compte rendu d'autopsie. Il s'en excusa, tout en manifestant par sa réponse une certaine jubilation, presque victorieuse.

— Vaï, je ne vous en demande pas tant. Les vêtements qu'il portait devaient être bien abîmés. Les avez-vous conservés ?

— La famille n'a pas souhaité les récupérer pour l'instant, c'est noté ici. Cependant certains menus objets personnels restent encore en notre possession, c'est également inscrit. Nous comptions les rendre à sa veuve, bien entendu. Oh ! Des choses sans grande valeur, à ce que je vois : quelques pièces de monnaie, un stylo Bic, des clefs, un briquet et un paquet de Marlboro. Oh ! Cinq billets de cent francs, cependant.

Anconi avait sursauté. Lefebvre, dans son carnet rouge, n'avait-il pas écrit « *retrouver clef armoire à morta* » ?

— Vous allez devoir me les remettre.

— Dois-je comprendre que le décès de ce pauvre homme fait l'objet d'une enquête ?

— Exact, se contenta de répondre le commissaire.

— Rapport à la famille, notre contrat de confiance m'interdit de disposer de ces objets sans l'accord des proches du défunt. À moins que vous ne possédiez un mandat de perquisition ? Sans doute un juge d'instruction a été… suggéra-t-il d'une voix sucrée.

Sans perdre son attitude dévote, le croque-mort se montrait retors.

— Monsieur Delafosse, l'interrompit Anconi, même en Brière, l'entrave à la recherche de la justice existe. Je vous signe une décharge, n'ayez crainte. Votre réputation n'en souffrira pas…

L'allusion et surtout sa menace sous-jacente eurent raison des réticences du bonhomme. Sa bouche se pinça, il se redressa et remplaça sa déférence gourmée par une attitude réprobatrice. Devenu silencieux, il commanda au commissaire de patienter, consulta de nouveau le dossier Janval puis s'éclipsa par une porte dérobée.

« Fan de corbeau ! » maugréa le policier lorsqu'il se retrouva seul. Il se servit deux cachous pour tromper son attente. Celle-ci se prolongea inconsidérément. Un froid désagréable régnait dans cette pièce exagérément climatisée, « comme dans une fosse », songea-t-il. Il frissonna.

Dix minutes passèrent sans que l'homme en noir réapparaisse. Anconi s'approcha du battant par-derrière lequel il avait disparu, y colla l'oreille. À travers l'huis, il perçut une voix assourdie qu'il ne reconnut pas formellement en raison de l'épaisseur du bois. Un monologue, assurément, ce qui témoignait d'une conversation téléphonique.

« Qu'est-ce qu'il manigance ? Je vais me faire estamper par ce fatche de Borniol* ! » pesta Anconi.

Un nouveau cachou ne le calma pas, pas plus que les cent pas nerveux qu'il opérait dans le bureau.

Enfin Delafosse réapparut. Les mains vides. Il

* La plus ancienne entreprise de pompes funèbres…

arborait un sourire contrit, ses gros doigts croisés sur le ventre.

— Vous me voyez désolé. J'ai pris avis auprès de mon conseil juridique. Hélas, je ne suis pas autorisé à exaucer votre demande.

— Me permettez-vous cependant d'utiliser votre téléphone ?

Le bonhomme s'inclina en signe d'assentiment. Anconi composa rapidement un numéro.

— Allô ? Le commissariat de Saint-Nazaire ? Passez-moi Blanchard, voulez-vous ?

Un silence sépulcral s'abattit sur la pièce.

— C'est vous, Patron ? Vous appelez pour la voiture ? J'ai la réponse : elle appartient à un certain Alain Méan, domicilié au lieu-dit La Chopinais, île d'Errand à Saint-Joachim. Je vous donne son numéro.

Encore cet Alain ! « *Alain et Jeannine, plus qu'amis ?* » Bien vu, Lefebvre ! Voilà qui expliquerait bien des choses, réalisa Anconi. Il ne laissa rien paraître.

— Merci, Vieux. J'ai un autre service à te demander, un peu particulier.

Anconi appuya ostensiblement sur la touche “haut-parleur” du combiné bordeaux ultramoderne. La voix enjouée résonna.

— Bien sûr. À vos ordres.

— J'aimerais que tu fasses vérifier la conformité des contrats-obsèques des établissements Delafosse, à Montoir. Je te donnerai les détails tout à l'heure. Que l'on commence par les deux dernières années.

— Rapport à tes tentatives de meurtre ?

— Affirmatif ! Merci, Vieux, je te rappelle.

Il raccrocha en remerciant le collègue qui eut à peine le temps d'indiquer qu'il avait envoyé un agent à Fédrun récupérer la mobylette. Le directeur des pompes funèbres avait changé de couleur.

— Mais vous n'avez pas le droit ! rugit-il.

— Bonne Mère, je ne doute pas du résultat, mais il vous est facile d'éviter ces petits désagréments…

À ce moment, trois personnes entrèrent, un couple âgé soutenu par une femme plus jeune. Tous affichaient un visage profondément affecté. Monsieur Delafosse, en bon professionnel, se recomposa une attitude de serviteur de l'au-delà, les invita à s'asseoir, sollicita un bref instant « pour terminer avec Monsieur ».

— Suivez-moi, proposa-t-il à Anconi.

Ils quittèrent la pièce, gagnèrent une autre salle. Des cercueils y étaient présentés dans une lumière tamisée, des vernis, des dorés, même un entièrement blanc étincelant. Le commissaire se retrouva seul, au milieu de ce décor sinistre, craignant une fourberie. Il n'en fut rien, le corbeau revint très vite, une grande enveloppe à la main.

— Signez là, commanda-t-il en posant son gros index sur un papier à en-tête des Pompes funèbres de Brière, sur lequel le parapheur reconnaissait avoir pris possession « *des objets et liquidités (500 francs) ayant appartenu à feu Claude Janval, décédé le 27/06/1988.* » Suivait en annexe une liste exhaustive du contenu des poches du défunt.

C'est en prenant appui sur le couvercle d'un cercueil qu'il dut poser sa griffe. Il supposa que le croque-mort éprouvait un certain plaisir à cette mise en scène digne d'un film noir. D'ailleurs, monsieur Delafosse ne ressemblait-il pas un peu à Alfred Hitchcock ?

— Sortez par-derrière, je vous prie, intima-t-il, j'ignore de quelle région vous tenez cet accent ridicule, mais apprenez que je n'apprécie nullement vos procédés de maître-chanteur.

Anconi retrouva avec soulagement la lumière, mais dut courir sous une brutale averse jusqu'à sa voiture. Pas vraiment fier de sa supercherie, mais satisfait de ce résultat chèrement acquis.

Dans la BX, il ouvrit fébrilement l'enveloppe de papier kraft. Cinq billets de cent francs à l'effigie de Delacroix s'échappèrent.

Il s'intéressa ensuite aux clefs : la première, d'un modèle bien banal de marque “City” sans numéro, de celles utilisées pour les verrous. La deuxième, en fonte, ne portait pas d'indication, mais son panneton correspondait à celles d'un meuble : « Boudiou ! Celle de l'armoire que recherchait Lefebvre ? »

Il les fourra dans sa poche. Par acquit de conscience, il renversa l'enveloppe sur ses genoux. Il dédaigna les quelques pièces de monnaie, le paquet froissé de Marlboro et le briquet, pour s'intéresser au stylo à bille noir BIC dont la tranche portait l'inscription publicitaire « *Au Tour du Morta – Saint-Joachim* ».

Il se promit de retourner chez la veuve Janval, au prétexte de lui restituer toutes ces bricoles. Une visite au Tour du Morta s'imposerait également.

Dans l'immédiat, il trouva urgent de contacter son collègue Blanchard pour annuler sa demande extravagante concernant les contrats-obsèques et lui en expliquer les raisons. Il s'arrêta dans la première cabine qu'il rencontra à Saint-Nazaire. Les oiseaux de mer qui voltigeaient autour lui évoquèrent un instant une attaque agressive de volatiles, comme dans le célèbre film du maître du suspense. Les gros nuages sombres qui obscurcissaient le ciel renforçaient l'atmosphère lugubre du noir et blanc.

Par contraste, le collègue nazairien faillit s'étouffer de rire.

— Quel toupet ! hoqueta-t-il lorsqu'il eut enfin repris son souffle. Vous l'avez eu au flan ! Fallait oser ! J'espère que cela valait le coup ?

— L'avenir nous le dira, Vieux…

Lorsqu'ils se séparèrent, Blanchard répétait pour lui-même « Sacré Anconi ! ».

Le commissaire reprit la Citroën, bien décidé à rencontrer Frédéric Le Corre aux Chantiers. Il se guida sur la haute silhouette du paquebot en construction qui dominait la ville. Il emprunta la rue de la ville Halluard et sa succession monotone de logements individuels ne dépassant pas un étage, presque tous identiques, carrés sous un toit d'ardoise, sans fioriture architecturale. La rareté des arbres soulignait un peu plus le caractère purement fonctionnel des habitations. Immobilisé à un feu rouge, il découvrit au loin le mur d'acier du *Star Princess*, barrant l'horizon.

S'approchant du navire, qui paraissait posé sur le sol, il buta sur une avenue bordée d'un côté de hangars industriels, de l'autre d'un grillage planté le long d'une voie ferrée. Sur les rails s'alignait un interminable convoi de wagons gris « *Transcéréales* ». Anconi fut frappé par une odeur âcre et pénétrante qu'il ne s'expliqua pas.

Il ne sut quelle direction choisir. Il se guida sur une robuste grue rouge et blanche, qui lui évoquait davantage le port et la construction navale que le gigantesque silo gris qui se profilait à droite.

Il suivit la clôture, vit défiler un décor d'entrepôts, s'interrogea sur les énormes moteurs « *Man* » alignés comme des soldats sur des quais déserts. Il contourna un bassin dans lequel était amarré le paquebot démesuré. La chaussée était sillonnée de rails entrecroisés qui convergeaient vers les Chantiers. Il sut qu'il y parvenait lorsqu'il aperçut un attroupement obstruant les voies, devant une longue grille blanche.

Des drapeaux rouges marqués « *CGT* », « *FO* » ou « *CFDT* » émergeaient de la foule. Devant la « *Porte numéro 4* », un homme en bleu de travail, juché sur des palettes, haranguait une assemblée à l'aide d'un porte-voix. Derrière lui, on lisait « *Non aux 135 licenciements camouflés* ». Une ambiance de révolte, du bruit, des pneus en feu au milieu de la chaussée.

Le commissaire dut s'arrêter. Il baissa sa vitre.

— On ne passe pas !

— Bonjour. Je me suis un peu perdu. On m'a dit que je pourrais trouver ici Frédéric Le Corre.

— Têtard, le délégué ?

— Oui… oui.

— Vous êtes journaliste ?

Celui qui l'interrogeait, le bras ceint d'un ruban rouge et coiffé d'un casque jaune, faisait l'homme-sandwich.

Anconi lut sur son thorax : « *Des emplois pour la Princess !* »

— Oui, improvisa-t-il de nouveau. C'est pour une interview.

Sans doute le gars avait-il remarqué l'immatriculation « 75 » du véhicule, car il demanda : « Pour la télé ? »

— Que non ! Journal *Lutte ouvrière,* risqua-t-il au hasard, inspiré par l'ambiance.

Avec son vieux blouson de cuir posé sur le siège avant, le commissaire pouvait aisément passer pour un pigiste d'un canard engagé à gauche. Le visage du gréviste se détendit. Il fit signe au faux journaliste d'attendre, se mêla à la foule qui reprenait en chœur les slogans proposés par le meneur d'une voix éraillée. Anconi lut, placardé dans son dos, « *Non aux 135 licenciements !* ». Des poings se levaient. De l'autre côté des grilles, à l'intérieur du chantier qui paraissait immense et paralysé, on discutait par petits groupes. Grues figées, aucun bruit de machine, aucun choc métallique.

L'homme-sandwich revint vers lui.

— Navré, le camarade Frédéric participe aux pourparlers, à Paris. Z'auriez dû y rester.

— Mince ! Mon rédacteur en chef ne m'en a pas informé, s'insurgea Anconi, en mimant le dépit.

— Si vous voulez aller par là, vous pouvez interroger d'autres grévistes. Nous sommes tous unis pour sauver nos emplois ! Pas vrai, les gars ?

Un attroupement commençait à s'agglutiner autour de sa voiture. Il entendit des réflexions peu amènes, « le patronat nous envoie des espions », tandis que des noms qu'il ne connaissait pas circulaient, « Évin », « Batteux » et dont on semblait réclamer la présence. Sans doute la suspicion s'installait parmi les curieux venus se renseigner. La fumée noire et son odeur de caoutchouc brûlé renforçaient l'hostilité de la situation.

— Quand doit-il revenir ? insista le commissaire, mal à l'aise.

— Dès que le patron aura cédé ! ricana l'homme-sandwich. On continuera d'occuper Alsthom en attendant, écrivez-le dans votre canard ! Pas vrai, les gars ?

Des cris marquèrent l'assentiment de la foule. « Va trouver le ministre ! » entendit Anconi. Il fit mine de prendre des notes, comme s'il préparait son article.

— Tant que t'es là, tire au moins une photo pour ton canard, pour leur montrer ! réclama un type portant une chemise claire à manches courtes, les mains sur les hanches.

« Fatche ! Comment expliquer à des gars bien énervés qu'un journaliste se déplace sur le terrain sans appareil photo ? »

Une violente averse de pluie inattendue vint à son secours et lui permit de remonter sa glace puis de s'éclipser, tandis que les ouvriers des Chantiers se dispersaient pour se mettre à l'abri.

Soulagé de quitter sans encombre l'atmosphère électrique des grévistes, il demeurait de plus en plus dépité et contrarié par ce début d'enquête. Il regagna le centre-ville, avisa une cabine près de la mairie.

— Le Quai ? Bolz se trouve-t-il dans la maison ?

VIII

Tandis qu'il roulait, trois prénoms s'étaient bousculés dans la tête du commissaire. L'insaisissable Frédéric, dont la Motobécane AV88 avait été retrouvée noyée dans le marais et percée d'un calibre douze ; Alain, dont le break 305 surgissait maintenant chez l'épouse de la victime et que Lefebvre avait déjà suspecté, à en croire son carnet rouge. Quel rôle jouaient ces deux-là ? Lequel avait tiré dans le réservoir de la mobylette, causant la chute de Janval et son décès ? Qui avait trafiqué la voiture de Lefebvre ? Jeannine, complice ?

France Gall l'avait accompagné jusqu'à la cabine avec son tube *Évidemment*, que crachouillait l'autoradio de la BX. « Pas si évident que cela », bougonna Anconi, qui échafaudait une pièce de théâtre à trois personnages.

— C'est vous, Patron ? s'était ému l'inspecteur Bolz.

— Oui, Petit.

Sans ambages, il lui demanda de se rendre "fissa" au siège d'Alsthom, rue La Boétie afin de lui dénicher un certain Frédéric Le Corre.

— Des discussions ont lieu aujourd'hui entre le patronat et les délégués syndicaux, expliqua-t-il. Notre homme y représente les grévistes des Chantiers de l'Atlantique.

— Qu'est-ce que j'en fais si je parviens à lui mettre la main dessus ? s'alarma Bolz, de nature toujours inquiète.

— Tu l'obliges à me téléphoner !

— Mais s'il résiste, Patron ? Au JT, on raconte que les esprits s'échauffent dur à Saint-Nazaire.

— Je dois absolument lui parler, rapport à son collègue Janval. File !

— D'accord, mais… comment vous joindre ?

— À l'Hôtel du Berry, j'y serai dans la demi-heure.

Il en dicta le numéro avant de raccrocher. L'averse redoubla en sortant de la cabine, une pluie oblique claquait sur le trottoir, en raison des bourrasques violentes. « Fichu climat ! » tempêta-t-il.

Il ne disposait plus du temps nécessaire pour une deuxième visite à l'île d'Errand, chez la veuve Janval. Dommage, il aurait bien tenu causette à cet Alain Méan. À la recherche d'une librairie, il demanda sa route à un passant.

— Tout droit ! Tout à fait à l'autre bout de ce boulevard, lui indiqua-t-il en lui montrant une large avenue rectiligne bordée d'immeubles en béton à trois étages, tous identiques.

Il dut cependant effectuer un détour, en raison d'un chantier qui occupait entièrement le centre des voies. Dominée par une grue, une curieuse construction s'élevait, évoquant grossièrement la proue d'un bateau.

Rue Jean-Jaurès, il repéra la grande vitrine d'une Maison de la presse. Il s'arrêta net, entra dans le magasin. Il devenait urgent pour lui de se procurer une carte précise de la Brière afin de localiser exactement les acteurs du drame.

— Prenez celle-ci, lui conseilla la vendeuse, elle détaille le parc naturel de Brière, et l'ensemble de la région. Si vous vous intéressez au sujet, nous proposons une réédition d'un petit ouvrage. Une sorte de roman historique.

Elle exhiba des rayons *Briéron, maître chez soi*, un livre broché de Jean Mauclère, dont la couverture paisible montrait une chaumière devant un canal sur lequel reposait un chaland.

Anconi l'acheta, car l'image lui rappelait son expédition en compagnie de La Pie, mais aussi parce que la libraire sut lui vanter la description des lieux et des mentalités.

Parvenu dans sa chambre, il téléphona à l'hôpital. L'état de Lefebvre restait stationnaire, avec une alternance de périodes d'agitation et de somnolence. Trop confus pour répondre à un interrogatoire. Son épouse demeurait très inquiète. Elle se laissa convaincre de dîner en compagnie du commissaire.

Il tenta ensuite d'appeler *Zeeland*. Hilda n'était pas rentrée de l'Institut néerlandais au sein duquel elle travaillait comme enseignante et traductrice. Il l'imagina rue de Lille, marchant sous son parapluie vers la station de métro la plus proche : Solferino ou Assemblée nationale ?

Songeur, il étala sa carte IGN sur le lit. La géographie du marais lui apparut plus clairement. Il repéra Errand, Fédrun, Saint-Joachim, le tracé du Brivet et réalisa pourquoi on parlait d'îles.

Il sursauta à la sonnerie du téléphone.

— Allô ? grommela-t-il, vaguement écœuré. Il attribua son mauvais goût dans la bouche au pâté de ragondin de La Pie.

Un coup d'œil à son petit réveil de voyage lui apprit qu'il était plus de 18 heures.

— Patron, c'est Bolz, haleta la voix essoufflée de l'inspecteur. J'ai dû courir jusqu'aux Champs, pas moyen de trouver un troquet ouvert dans ce quartier chic. En plus il pleut des cordes !

« Comme ici. » Le commissaire se contint. Pauvre Bolz.

— Bref, reprit l'époumoné, lorsque je suis arrivé rue La Boétie, votre gars avait quitté le siège d'Alsthom. Les discussions ont avorté, le portier m'a appris que la réunion avait pris fin vers 17 heures sur un échec des négociations.

— Fan de pu... ! Je suis joli, moi ! J'ai tiré le treize ou quoi ?

— Attendez ! Tout n'est peut-être pas perdu !

— Ah ! Tu crois ça, toi ?

Bolz laissa passer l'orage, en profita pour reprendre sa respiration.

— J'ai demandé si les discussions recommenceraient ce soir ou demain. En réalité, les syndicats ont claqué la porte.

— Pardi. Je n'ai plus qu'à me pointer de nouveau aux Chantiers. Bonjour l'ambiance !

Il raconta sa tentative de l'après-midi en se faisant passer pour un journaliste de Lutte ouvrière.

— Ils ont failli me lyncher ! exagéra-t-il, laissant son côté marseillais l'envahir.

— J'ai pensé à un truc, Patron.

— …

— Je me suis renseigné. Les syndicats comptaient cinq représentants, dont, probablement, votre Frédéric. Puisque aucune nouvelle négociation n'est prévue, ils rentreront à Saint-Nazaire ce soir. Et en ce moment, ils voyagent dans le TGV. Vous pourriez les cueillir à l'arrivée ?

— Et comment le reconnaîtrai-je, moi, ce Frédéric, tu le sais, toi ?

— Le portier d'Alsthom m'a décrit cinq hommes portant des serviettes noires à bout de bras ou de gros dossiers sous le coude, tous ostensiblement dépourvus de cravate. Ça se remarque ! D'autant qu'il y aura certainement un comité d'accueil des camarades et de vives discussions à la gare !

— Va' ! Pitchot, tu as fichtrement raison ! Si tu étais ici, je t'embrasserais !

— Voulez-vous les horaires d'arrivée des trains de Paris, Patron ? susurra l'inspecteur, chez qui le rose monta aux joues. Je les avais notés pour vous, hier… Deux possibilités : 20 h 35 ou 21 h 31.

Le commissaire, qui s'était d'abord montré gracieux comme un fagot d'épines, vit son humeur exécrable se volatiliser comme par enchantement. Bolz ne comprit pas la moitié des mots employés par son chef, mais leur sonorité très méditerranéenne et tellement enjouée se passait de traduction.

— Des nouvelles de Lefebvre, Patron ?

— Toujours pareil. Et toi, Petit ? Je ne t'ai même pas demandé comment tu t'en sors, au Quai ?

— Ici, tout le monde est suspendu à la décision de la chambre d'accusation de Versailles, rapport à la requête de remise en liberté de notre collègue commissaire. Du coup, notre directeur est à cran, il crève de peur et épluche l'intégralité des articles de journaux relatant les péripéties de l'affaire.

— De peur d'y trouver le nom d'un commissaire du 36 ? ironisa un Anconi devenu volubile.

Réitérant ses remerciements, il quitta Bolz, complètement régénéré. Il descendit dîner au restaurant de l'hôtel, presque guilleret.

Il commanda un Picon-bière pour attendre madame Lefebvre. Sa journée défila. Il revit son inspecteur agité sur son lit d'hôpital, réentendit ses échanges aigres-doux avec le docteur, redécouvrit le probable sabotage de la R5 de son subordonné même si le garagiste s'était gardé de le certifier. Il revécut sa rencontre orageuse avec Aoustin-Boiteux, son aventure dans le chaland de La Pie conduisant à l'exhumation de la motocyclette percée d'une balle. Il sourit intérieurement à l'évocation de sa galéjade chez Delafosse, mais se renfrogna à celle de son incursion infructueuse aux Chantiers.

Il avait découvert cet étrange pays noir et se trouvait bien confronté à deux tentatives de meurtre, dont une aboutie.

S'il ignorait toujours qui avait prévenu Lefebvre du décès de son ami dieppois, son apparition avait troublé les cartes au point d'obliger l'assassin à essayer de se défaire de l'inspecteur trop curieux. Trois personnages se partageaient les rôles dans l'intrigue : Jeannine Janval, Alain Méan et l'insaisissable Frédéric Le Corre-Têtard. Pour faire bonne mesure, il y ajouta le grand-père de ce dernier, Aoustin-Boiteux, en raison de cette obscure mévente d'une chaumière à Fédrun.

Il terminait son apéritif lorsque l'épouse de son malheureux inspecteur entra dans la salle de restaurant. Son visage marqué l'impressionna. Il l'aida à se défaire de son imperméable et lui proposa un remontant. Elle n'accepta qu'un verre d'eau.

— Comment va-t-il ce soir ?

Il la laissa longuement décrire sa journée, le scanner qui révélait un œdème cérébral, l'agitation du blessé qui avait nécessité des sédatifs à répétition, les propos rassurants du docteur Flembard. Avec un faible sourire, elle reconnut qu'il se montrait plus calme.

Fatiguée d'une nuit sans sommeil et d'une journée

éprouvante, elle déclina l'invitation à dîner, déclarant se contenter d'un plateau léger dans sa chambre. Anconi la soupçonna d'un excès de délicatesse ou d'une extrême timidité, mais c'est en vain qu'il insista.

— Bonne Mère, ayez confiance ! Il est solide.

Un pauvre sourire chiffonné lui répondit.

— J'ai fait monter votre valise dans votre chambre. Le 37. Tâchez de vous reposer, je vous conduirai demain matin à l'hôpital. Et nous prendrons le petit-déjeuner ensemble, j'y compte bien.

Devant son verre de Picon vide, il réalisa que le couple Lefebvre se révélait bien assorti. Il fit l'effort de se replonger dans son enquête débutante pour chasser l'image dévastée de madame Lefebvre. « Fan de mangeurs de tourbe, je te jure que je trouverai qui t'a fait ça ! » Le TGV lui apporterait-il ce soir ce syndicaliste engagé ? Demain il chercherait Alain Méan, qui tournait autour de Jeannine, ce qui en faisait un suspect possible. À moins qu'il ne jouât un rôle d'ami protecteur ?

Le menu proposait le poisson du jour. Il préféra les cuisses de grenouilles, plus accordées à ce paysage de marais briéron. Il s'apprêtait à choisir un pichet de muscadet en accompagnement lorsque le serveur lui recommanda son grolleau gris.

— Un blanc du pays de Retz, de l'autre côté de l'eau, précisa-t-il. Un cru moins connu, plein de fraîcheur, avec une belle finale onctueuse. Il s'accorde bien avec les…

— Va pour ce grolleau, l'interrompit le commissaire, d'humeur maussade.

Il ne fut pourtant déçu ni par le vin ni par les cuisses de grenouilles qu'il adorait habituellement, mais évitait de déguster en présence d'Hilda, celle-ci lui reprochant de profiter trop longtemps de leur lente et trop odorante digestion.

Deux silhouettes passant devant les vitres du restaurant et portant drapeau rouge et banderoles roulées sur l'épaule le ramenèrent à l'atmosphère électrique des abords des Chantiers de l'Atlantique. Il s'assombrit encore à cette apparition : Frédéric Le Corre, après l'échec des négociations parisiennes, accepterait-il de bonne grâce de répondre à ses questions ?

En attendant son arrivée, il alluma le poste de télévision de sa chambre. Hervé Claude présentait le JT d'Antenne 2, fine moustache blonde et veste à carreaux. Il commenta l'occupation des Chantiers de Saint-Nazaire et l'échec des négociations à Paris après un mois de dure contestation. Quelques images montraient le paquebot en construction et l'arrivée des syndicalistes rue La Boétie. Le sujet se terminait par l'interview de l'un d'eux. Un homme jeune, moustache à la Jean Ferrat, commentait avec un sourire d'évidence l'échec attendu des négociations et l'arrogance du patronat : « Plus on accumule les mécontentements et plus ça risque d'exploser. » N'était-ce pas Frédéric Le Corre qui s'exprimait ? Le reportage ne précisait pas son identité.

Il se présenta un peu en avance à la gare. Le tableau des arrivées attribuait un retard de dix minutes au TGV de 20 h 35.

Il retourna à l'hôtel, téléphona à Hilda.

— J'attendais ton appel, *mijn beminde*, dit-elle d'une voix qui se voulut enjouée. Pleut-il aussi, à Saint-Nazaire ?

Il évita de se plaindre des difficultés rencontrées, mais ne résista pas à décrire sa croisière sur le marais briéron en compagnie de La Pie.

— Comment comptes-tu t'y prendre pour attraper celui qui a fait cela ?

En racontant le périple en chaland, il réalisa que ce qu'il avait appris aujourd'hui de l'esprit local rendait invraisemblable qu'un Briéron eut souillé son marais en y jetant une mobylette.

— Je n'en sais fichtre rien ! Je patauge… Dans la tourbe ! ajouta-t-il.

— Tu vas rester encore longtemps là-bas ?

Elle connaissait la réponse. Ils babillèrent un moment avant de se souhaiter le bonsoir.

Dans le hall de la gare, les hommes aux banderoles pliées, qu'il avait remarqués lors du dîner, attendaient en discutant vivement au sein d'un petit groupe.

L'un d'eux brandissait une affichette au bout d'une planchette de bois. On y lisait « *Non aux licenciements* » d'un côté, « *Nous ne céderons pas !* » de l'autre. Par chance, il ne reconnut aucun des visages qu'il avait croisés quelques heures plus tôt. Comment aborder celui qu'il cherchait ? Devait-il encore jouer au journaliste ?

Il n'eut pas le temps de trancher, trois notes aiguës et une voix haut perchée annoncèrent l'arrivée du TGV numéro 8931. Un crissement de frein prolongé matérialisa l'arrêt du convoi.

Anconi attendit dans le hall.

Les voyageurs s'écoulèrent, seuls ou en famille, chargés d'un simple attaché-case ou de lourdes valises. Les embrassades, les rires des retrouvailles encombrèrent en un instant tout l'espace. Une atmosphère de début de vacances.

Il reconnut facilement les syndicalistes, portant des serviettes rebondies et rapidement entourés par leurs camarades, dont celui arborant des slogans sur son panonceau. Il s'approcha du groupe, sortit sa carte de police.

— L'un d'entre vous s'appelle bien Frédéric Le Corre ?

L'irruption du commissaire jeta un froid. Les conversations cessèrent. La surprise laissa aussitôt place à une franche hostilité chez certains.

— Moi ! Qui êtes-vous ?

Contrairement à ses compagnons, celui qui répondit sembla plus étonné qu'agressif. Un homme d'à peine quarante ans, portant un blouson de daim sur une chemise au col ouvert. Celui du JT, arborant le sourire et la moustache de Jean Ferrat !

— J'imagine que le moment est mal choisi, Monsieur. M'autorisez-vous cependant à vous parler ?

Les autres se regroupèrent autour du commissaire, comme pour établir un rempart. Le ton monta. On s'en prit rapidement aux patrons, à la police, au gouvernement, à Dieu sait qui.

— Ils vous ont demandé de venir l'arrêter ! Vendu !

Anconi, pressé par plusieurs gars déterminés, tentait en vain de s'expliquer. Les insultes ne tardèrent pas à couvrir sa voix.

— Traître ! Ça leur suffit pas de nous exploiter ! Ils nous envoient les flics !

Ils prenaient à témoin les derniers passagers qui, peu enclins à se mêler de l'échauffourée, se pressaient vers la sortie, l'air de ne pas avoir vu. Le commissaire se retrouva bientôt seul dans un hall où retentissaient les tollés à qui mieux mieux. Lorsqu'il se trouva acculé contre le guichet désert, il leva les bras et s'écria :

— Fan de putain ! Laissez-moi parler !

Les « suppôts du capital ! », « Salaud ! » et autres injures, s'éteignirent progressivement, octave par octave. Finalement le silence s'installa. Les regards, sans cesser d'exprimer la colère, se fixèrent sur Anconi.

— Je n'ai rien contre vous. Personne ne m'envoie. Ma présence ici n'a rien à voir avec votre mouvement.

Un murmure d'incrédulité parcourut le groupe.

— Je suis là pour un des vôtres, assura-t-il d'une voix forte.

Quelques-uns se méprirent sur le sens de l'affirmation et redoublèrent d'invectives. L'un d'eux, plus fanfaron que les autres, s'approcha d'Anconi, le poing levé et menaçant.

— Vas-y ! Passe-lui les bracelets, tant que tu y es !

Le commissaire le saisit par le col sans violence et, très calmement, lui tambourina lentement, les yeux dans les yeux :

— Tu vas cesser de me briser les amandons, mon bon. Et m'écouter. Ce n'est pas ce que vous croyez, tous !

Il jeta un regard circulaire sur le groupe et asséna :

— Un des vôtres a été assassiné et je cherche qui a commis ce meurtre. Vu ?

Des chuchotements parcoururent la petite assistance, faits d'apartés, de messes basses, d'étonnements, d'hésitations, d'élans réprimés.

— De qui vous parlez ? questionna celui qui jouait les porte-parole et tentait de reprendre l'avantage.

— De Claude Janval.

Le commissaire se tourna vers Frédéric Le Corre, resté silencieux à l'écart, son cartable à bout de bras.

— Un ami à vous, n'est-ce pas ?

— Oui, en effet. Que signifie ?

— Vous prétendez n'être pas au courant ?

— De quoi devrais-je être au courant ? Qu'est-ce que cette histoire d'assassinat ?

La petite assemblée se taisait maintenant tout en fixant Anconi. Seul le faraud osa encore une baliverne, le menton levé comme un roquet face à un gros chien trop placide :

— Dis-lui donc que celui qui assassine les gars de chez nous, c'est le patronat !

Sa sentence ne déclencha que quelques mouvements de tête. Le dénommé Le Corre, pâle comme les ouïes d'un poisson mort, avait posé son bagage et des deux mains réclama le silence.

— Camarades ! Écoutons ce qu'il veut nous dire, bégaya-t-il.

Bonne Mère, ce “il” ne plut guère au commissaire. Au moins lui rendait-on la main.

— Messieurs, intervint-il, votre collègue Janval s'est tué il y a quelques jours…

Tous semblaient le savoir. Sauf Le Corre, qui tomba de la lune.

— Vous étiez au courant, les gars ? demanda-t-il à la ronde.

Quelques-uns hochèrent la tête, d'autres se contentèrent de regarder leurs souliers. Le hâbleur, qui ne manquait aucune occasion de ramener sa fraise, résuma :

— Un accident de mobylette. Pas de chance, le Dieppois !

— “Votre” mobylette, Le Corre, ajouta le commissaire en le montrant du doigt. À peine haussa-t-il le ton pour répéter : “La vôtre” ! Avec une balle de douze dans le réservoir.

L'interpellé, plus pâle que jamais, perdait contenance.

— Pourquoi ne m'avez-vous rien dit, les gars ? tenta-t-il. Quand est-ce arrivé ?

Ainsi Frédéric Le Corre ignorait l'accident survenu à son collègue ?

— Le 27 juin, lundi dernier, précisa Anconi. Son absence ne vous a pas étonné ?

— Il ne participait pas au mouvement de grève, aussi j'ai pensé que l'occupation du site le dissuadait de venir.

— Vous auriez pu apprendre son décès par le journal.

— Je ne lis pas les avis d'obsèques, il n'y a que les vieux à regarder cela, se défendit-il. Et puis en ce moment…

— Certains de vos camarades les consultent certainement. Avec tous les Briérons qui travaillent aux Chantiers, vous sachant ami avec Claude Janval, j'imagine facilement l'un d'entre eux vous informer.

Au fil des minutes, de nouveaux ouvriers venaient grossir le groupe au point de remplir le hall de la gare. Des conciliabules naissaient, les nouveaux arrivés cherchant à comprendre auprès des autres l'origine de ce curieux rassemblement. « Qui est-ce, le type en blouson de cuir ? » « Un flic ? Pourquoi s'en prend-il à notre délégué ? »

— Écoutez, Commissaire, avec les camarades, nous avons eu une journée éprouvante. Nous rentrons d'une longue négociation à Paris. Pendant que nous discutions, la direction a envoyé ses courriers de licenciement. Alors…

Le Corre n'arborait plus ce visage convaincu ni ce sourire railleur que le commissaire avait découvert à la télévision un peu plus tôt. Surtout, il ne montrait guère de tristesse pour quelqu'un apprenant la disparition récente d'un ami. Il prenait à témoin l'assistance.

— Je comprends que votre mouvement de grève soit éprouvant pour les nerfs, enchaîna Anconi. Cependant, sauf votre respect, vous ne semblez pas très affecté par le décès de votre collègue Janval, monsieur Le Corre. Comme si vous connaissiez déjà la nouvelle.

Le délégué perdit contenance. Il se tourna vers l'attroupement, les pria de retourner aux Chantiers et de l'y attendre. Il désigna un compagnon portant un lourd dossier sous le bras :

— Paul vous décrira notre journée et les discussions qui se sont tenues. Une chose demeure certaine, camarades, nous n'en resterons pas là. Continuons le mouvement ! On se retrouve sur site !

Des « Pour Frédéric, hourra ! » résonnèrent dans la salle. Un « On est avec toi ! » déclencha un regain d'hostilité envers le commissaire. Celui qui parlait haut lança même : « Flics, patrons, tous pourris ! » Loin de ramener le calme, une surenchère d'invectives circula dans le groupe.

Le délégué syndical ne maîtrisait plus ses troupes.

Le vacarme s'échappant de la gare attira une

patrouille de police. Une Renault 9 blanche s'arrêta devant l'édifice, sirène hurlante. Trois agents en sortirent, deux restèrent en couverture tandis que le troisième fendait la foule qui encerclait Anconi.

— Dispersez-vous ! ordonna-t-il. Allez !

Il dut reconnaître Le Corre, car il s'adressa familièrement à lui.

— Tu m'expliques ce qui se passe ici, Têtard ?

— Rien ! On vient de rentrer de Paris. Les gars ne sont pas contents, normal ! La direction d'Alsthom veut nous embobiner !

Le fanfaron pointa son index vers Anconi :

— C'est à cause de ce gars-là ! Il prétend appartenir à la police et cherche des noises à Le Corre.

L'irruption d'un deuxième véhicule calma les ardeurs des plus vindicatifs. Certains quittèrent les lieux, d'autres s'écartèrent seulement.

— Papiers d'identité, s'il vous plaît, réclama l'agent.

Le commissaire obtempéra, sortit son insigne, lui tendit sans mot dire. Le policier eut un mouvement de recul, examina attentivement cet homme vêtu d'un blouson de cuir dont les documents le désignaient comme appartenant au célèbre Quai des Orfèvres.

— Désolé, je ne pouvais pas savoir. Mes respects, Commissaire. Vous exercez au “36” ?

— Tè, vous êtes pardonné, Brigadier.

— Vous a-t-on bousculé ? questionna l'agent en montrant les grévistes qui avaient élargi leur cercle au vu de la tournure des évènements.

— Bonne Mère ! Pas du tout. Il n'y a pas offense.

— Puis-je vous aider ?

— Peut-être.

Il expliqua les raisons de sa présence à Saint-Nazaire et sa volonté d'entendre Frédéric Le Corre, comme simple témoin.

— Officieusement, bien entendu ! précisa-t-il.

— Fred, qu'en penses-tu ? Es-tu d'accord ?

— Je n'ai rien à voir dans cette histoire. J'ai prêté ma mobylette à un collègue. On m'apprend aujourd'hui qu'il s'est tué avec. Maintenant on me cherche des poux dans la tête. Pas croyable.

Le Corre reprenait de l'assurance, se sentant soutenu par sa connaissance de l'agent de police et par la présence de ses troupes.

Pourtant Anconi le devinait inquiet. Mentait-il en prétendant ne pas avoir été informé de la disparition de Janval ? Difficile d'imaginer une telle ignorance.

— Il me suffira de vérifier son emploi du temps de lundi dernier, assura-t-il, afin de reconstituer le déroulement des faits.

Pendant ce temps, les autres ouvriers quittaient la gare par petits groupes, encouragés par la maréchaussée. Seul le hâbleur continuait à vociférer en gesticulant.

— C'est y pas malheureux de voir ça ! répétait-il à qui voulait l'entendre. Encore un piège pour casser notre mouvement. Casseur de grèves !

— Calme-toi, Gérard ! intima l'agent de police.

— Compte là-dessus et bois de l'eau fraîche ! Y en a marre, on s'en prend toujours aux mêmes !

Sans nul doute, Gérard n'avait pas abusé que de l'eau fraîche. Les quelques insultes qui suivirent eurent raison de la patience de l'agent des forces de l'ordre.

— Rentre chez toi, Gérard, ou je t'embarque ! menaça-t-il.

— T'as qu'à croire ! Viens me chercher !

Le mot de trop. Le gars partit entre deux uniformes. Il ne restait plus dans le hall qu'Anconi, Le Corre et le brigadier.

— Alors, Fred, tu veux bien répondre au commissaire ? Tu confirmes avoir prêté ta mobylette à un certain Janval, lundi dernier. À quelle heure ?

— Dès le dimanche, sa voiture était tombée en panne.

— Ensuite ?

— Ensuite, rien.

— Comment es-tu rentré chez toi ?

— J'étais de piquet de grève. Je suis resté sur site.

Le brigadier se tourna vers Anconi.

— Cela vous suffit, Commissaire ?

— Un petit détail me chiffonne : votre mobylette ne vous a pas manqué cette semaine ?

— Pourquoi cette question ? J'ai ma voiture.

— Vous n'avez pas dormi quatre nuits de suite aux Chantiers avant de monter à Paris ?

— …

— Depuis lundi, vous n'avez pas cherché à récupérer votre engin.

Le Corre admit que non, en ajoutant cependant : « Qu'en savez-vous d'ailleurs ? »

— Vous m'avez appris que Claude Janval ne participait pas au mouvement de grève, contrairement à vous, qui me paraissez très impliqué en tant que délégué aux négociations. Vous vous entendiez bien, tous les deux, malgré cela ?

— Tout doux ! Vous me voyez aussi le pousser contre un blockhaus ? s'insurgea Le Corre.

— Pourquoi parlez-vous de blockhaus ?

IX

— Je vais vous demander de nous suivre, monsieur Le Corre.

Anconi dut expliquer au brigadier les raisons de sa décision. Comment le délégué, qui prétendait ignorer le funeste accident de son ami pouvait-il en connaître les circonstances ? L'évocation du blockhaus l'avait trahi.

Il n'opposa aucune résistance à Anconi. Il parut même soulagé, comme le sont ceux qui ont lutté longtemps avant de lâcher la vérité.

Le brigadier, stupéfait, n'avait pas imaginé terminer sa patrouille de cette manière, pas plus que ses deux partenaires, qui durent se séparer pour faire de la place dans la voiture.

À l'extrémité du boulevard de la République, l'affiche du *Grand Bleu* apportait toute la lumière de l'océan sur la façade du cinéma Les Korrigans.

Aucun mot ne fut échangé dans la R9 jusqu'à l'arrivée au commissariat. Un vent fort tourbillonnait dans l'avenue de Gaulle. Les réverbères tremblaient sous les rafales lorsqu'ils s'allumèrent avec la nuit qui tombait sur la ville désertée.

Tous se hâtèrent de franchir les quelques marches pour échapper à un grain violent.

Le planton les accueillit en plaisantant.

— Juste à temps ! railla-t-il en désignant le rideau de pluie qui crépitait sur le perron. Un courant d'air s'engouffra en sifflant à leur suite.

Dans le hall, Gérard le syndicaliste virulent, affalé sur une chaise inconfortable, paraissait avoir succombé au sommeil. Tête pendante, menotté, il avait perdu sa superbe.

— Je pense préférable de prévenir le commissaire Blanchard, suggéra le brigadier.

Anconi déclina.

— Il sera bien temps demain, assura-t-il. Ne vous inquiétez pas, nous sommes amis et il connaît déjà la situation. Nous l'avons évoquée ensemble.

— Vous le prenez sur vous ?

— Pardi, bien sûr !

Il se fit conduire dans une salle d'interrogatoire avec Le Corre, silencieux et docile. Anconi referma la porte sur une pièce aux murs verdâtres, brillamment éclairée par des néons. Une table et trois chaises métalliques usagées constituaient le seul mobilier. Une odeur de renfermé, de sueurs et de tabac froid régnait dans l'endroit.

— Racontez-moi, maintenant.

Têtard tripotait sa moustache, le regard fuyant.

— Que voulez-vous que je vous raconte ?

— Commençons par votre journée de lundi. Vous prétendez avoir prêté votre mobylette à Claude Janval.

— Sa voiture était tombée en panne… Demandez aux camarades, ils vous le confirmeront.

— Je vérifierai. Ensuite ?

— Ensuite rien. Je suis resté aux Chantiers, une assemblée générale se tenait le soir. Certains souhaitaient cesser la grève, d'autres comme moi voulaient la poursuivre. Un vote a eu lieu.

— Claude se rangeait-il parmi ceux qu'on appelle les jaunes ? Je me trompe ?

— Chacun ses opinions.

— J'imagine que cela vous déplaisait, vous qui êtes encarté à la CGT.

— C'était un bon camarade, un ami aussi.

— Vous vous êtes contredit. Vous prétendiez ignorer sa disparition et pourtant vous savez qu'il a heurté un blockhaus. Comment êtes-vous au courant ?

— Simple hypothèse. Il subsiste de nombreux bunkers dans notre région, en particulier sur sa route.

— Tè, ne me prenez pas pour le dernier perdreau de l'année ! Que faisait Janval rue Praud, quartier du Pin à Saint-Malo-de-Guersac ? Ce n'est pas le chemin direct pour rentrer à Errand, que je sache, asséna le policier qui, grâce à l'étude de sa carte, possédait une solide représentation des lieux.

Les précisions géographiques du commissaire figèrent Le Corre. Il pâlit et regarda fixement ce policier venu d'ailleurs qui semblait si bien connaître sa région.

— Réfléchissez bien, insista ce dernier.

Quelques minutes passèrent. Anconi avala quelques cachous, ôta son vieux cuir et l'enfila soigneusement sur le dossier de la chaise. Il en retira son plan détaillé de la Brière, qu'il déplia sur la table. Il relata précisément la fin d'après-midi de Claude Janval en ce lundi 27 juin. Un doigt sur la carte, il décrivit son départ des Chantiers, vers 18 heures, son trajet sur la piste cyclable qui mène à Saint-Malo.

— Il faisait chaud et sec, je me suis renseigné. Aucun vent, à la différence d'aujourd'hui, énonça-t-il. Un temps d'été. Pas des conditions pour une glissade accidentelle. Quelque part sur ce trajet agréable, il bifurque inexplicablement.

— Ma mère habite la Croix du Pin, je l'avais chargé d'une course pour elle, confessa Le Corre du bout des lèvres. Il avait accepté ce léger détour.

— Vaï ! Nous progressons. Vous saviez donc par où il passerait…

— …

— L'adresse de vos parents ?

— Au lieu-dit La Bosse.

— Montrez-moi.

Le Corre, tremblant, posa son index sur l'endroit. « Ici », dit-il. Le domicile se situait en effet à proximité du drame. Cependant en étudiant de près le plan, Anconi déduisit que l'accident était nécessairement survenu avant qu'il ne parvienne à La Bosse.

— Il n'y est jamais arrivé, une malheureuse chute, terminée la balade, une balle l'a arrêté, ironisa Anconi.

— Ce n'est pas moi ! Qu'allez-vous imaginer ? Nous étions amis ! Je ne comprends rien à vos insinuations !

— Que devait-il déposer chez votre mère ?

— Elle avait besoin d'un peu d'argent pour finir le mois.

— Elle ne s'est pas étonnée de ne pas recevoir la visite attendue ?

— Je l'avais prévenue, mais sans donner d'horaire précis. Elle s'inquiète pour si peu de chose. C'est une femme qui n'a pas eu de chance dans sa vie. Elle est fragile.

— Elle vit seule ?

— Non, mais elle tient les cordons de la bourse. Mon pè… enfin, lui, il traîne souvent au bistrot.

Le commissaire nota sur le carnet rouge de Lefebvre les coordonnées des parents : « *Famille Le Corre, La Bosse, Saint-Malo-de-Guersac.* » Il montra de nouveau la carte.

— Ils habitent en bordure du Brivet, à ce que je vois.

— Pas loin, en effet.

— Il aurait été plus discret de se débarrasser de votre Motobécane dans la rivière toute proche plutôt que de la transporter à Fédrun pour la balancer au milieu du marais.

Frédéric sursauta. Son menton tremblait.

— Je… je ne comprends pas.

— Tè, si vous cessiez de chercher le vit de l'âne derrière l'oreille* ! Vous me prenez pour un autre !

Anconi raconta d'une voix tonnante ses rencontres au Cheval Noir à Saint-Joachim, la querelle entre son grand-père Aoustin-Boiteux et La Pie, son expédition en chaland et la découverte finale. Il pointa l'endroit sur la carte. Son index blanchit sous la pression.

— Que signifie ? hoqueta Le Corre.

— Fan de cachottier ! Je vous le demande ! Une chose est sûre, quelqu'un a voulu planquer votre AV88 aux regards. Et il a bien failli réussir.

— Vous ne m'accusez tout de même pas ? Je participais à une AG, je vous dis !

— Plusieurs milliers d'employés travaillent aux Chantiers. Si l'un d'eux s'absente, fut-il responsable syndical, qui s'en aperçoit ?

— Ridicule ! Pourquoi m'en serais-je pris à un collègue ?

Anconi l'ignorait. Il se promit d'interroger les grévistes, bien que les souvenirs de ses démarches de la journée ne l'y encourageaient guère. Son incursion ratée à la porte numéro 4 l'après-midi, le grabuge et les échauffourées dans le hall de gare le soir le rendaient frileux. Il se voyait confronté à des milieux qu'il ne connaissait pas. Il pensa recourir à Blanchard, dès demain.

* Expression marseillaise, feindre la naïveté.

— Vaï, j'attends votre explication.

— Ce n'est pas moi ! se contenta de répondre l'accusé.

L'interrogatoire tournait en rond, faute de preuves vérifiables. Le Corre se prenait la tête entre les mains, comme désemparé. Pourquoi le commissaire l'imaginait-il mal dans la peau d'un meurtrier ? Pourtant, il cachait quelque chose puisqu'il n'ignorait pas les circonstances du décès de son collègue. Quel rôle avait-il joué dans le drame ?

— Connaissiez-vous des ennemis à Claude Janval, des gens qui lui en voulaient ? Vous tous, vous voyez un Dieppois comme un étranger, un naquet, comme vous dites.

— Tout le monde l'appréciait.

Toujours la même réponse.

— Sauf celui qui lui a tiré dessus, fan de menteur ! tempêta le commissaire, hors de lui.

Sa sentence ne produisit pas l'effet escompté. Le Corre le regarda fixement et lâcha en secouant la tête :

— Vous me baladez avec votre scénario.

— Il – ou elle ? – a raté son coup, poursuivit Anconi. La mobylette a encaissé le calibre douze dans le réservoir. Mais l'impact a déséquilibré la machine. Badaboum !

— Je n'ai rien à voir avec cela.

Si cette réponse cherchait à le dégager de l'accusation, ne signifiait-elle pas qu'il connaissait le tireur ? Sinon, l'énoncé des circonstances aurait déclenché une tout autre réaction. N'aurait-il pas rué dans les brancards, affiché le plus grand étonnement ? Quelqu'un avait visé son ami Claude, avec un gros calibre et lui se contentait de nier sa participation. « C'est lui le coupable ! »

— Fatche ! Il va falloir me le prouver. Du reste, vous avez très bien pu télécommander la tentative, hasarda Anconi. Vous saisissez l'occasion de prêter votre machine à Janval, vous lui demandez de passer chez votre mère sous un prétexte bidon afin qu'il emprunte un trajet particulier, vous prévenez un complice qui se poste à un endroit discret. Pan !

— …

— Je vais compléter mon scénario, comme vous dites. Mon collègue Lefebvre connaissait Claude Janval. Il est venu à son enterrement. Votre absence à la cérémonie lui a été rapportée, de même que la disparition de votre cyclomoteur. En bon flic, il commence une enquête. Comme par hasard, le jour même, les freins de sa voiture défaillent, il se vautre dans ce foutu marais et il manque de peu de passer l'arme à gauche. Vous saisissez ? Je ne vous lâcherai pas !

— Vous sortez votre histoire de *Fluide glacial* !

— Glacial, Bonne Mère, vous avez raison. Glacial. Et assez fluide. Vous comprendrez la nécessité de vous garder, en attendant de pouvoir vérifier vos allégations. Auprès de qui puis-je recueillir des témoignages de votre présence à l'AG de lundi soir ?

Contrairement à ce qu'il prévoyait, Frédéric

Le Corre ne résista pas. Anconi s'étonna de sa soudaine passivité. L'homme paraissait las. Et résigné. Il cita avec complaisance quelques noms de camarades.

— Pouvez-vous leur confier mon cartable ? Des documents importants pour la grève…

Anconi, surpris de cette demande en de telles circonstances, lui assura qu'il ferait le nécessaire. Il quitta la pièce, le laissant seul devant la carte IGN « Parc naturel régional de Brière » étalée.

Le brigadier, bien qu'OPJ, refusa de boucler le syndicaliste sans que le procureur fût instruit de la mesure.

— Je dois prévenir mon patron. Sauf le respect que je dois à un commissaire tel que vous, la procédure n'en demeure pas moins illégale.

Il insista sur l'ambiance électrique aux Chantiers de l'Atlantique et la position délicate des forces de l'ordre, face au mouvement de grève et aux manifestations de plus en plus violentes de la base.

— Imaginez ce qu'ils vont penser si nous arrêtons un des leurs, qui plus est, délégué syndical. À coup sûr la situation va dégénérer.

Deux cachous aidèrent Anconi à céder. Il appela Blanchard, s'excusa.

— Déjà un coupable ? Vous ne perdez pas de temps ! Quoi de neuf depuis votre passage chez le croque-mort ?

Malgré l'heure tardive, Blanchard gardait sa voix enjouée. Il écouta attentivement, n'interrompant le récit que par des onomatopées admiratives et des rires étouffés.

— Avez-vous de sérieuses présomptions ?

— Pour une raison que j'ignore, Le Corre nie être au courant de la mort de Janval. Je reste persuadé qu'il ment, car il s'est coupé en évoquant le blockhaus, lieu de la chute fatale. J'aimerais disposer d'un peu de temps sans qu'il brouille les pistes dans mon dos.

— Comment se comporte-t-il ? Il fait du barouf ?

— Bonne Mère, sage comme tout, le pitchoun !

— Vingt-quatre heures vous suffiront-elles, “Patron” ? Au-delà, je crains de subir un retour de manivelle.

— Merci, Vieux. Bonne nuit !

Il rentra à l'hôtel à pied, ruminant les évènements de la journée. Le cinéma Les Korrigans avait éteint ses lumières et plongé l'affiche du *Grand Bleu* dans une obscurité abyssale. En face, devant le café “L'Hexagone”, quelques clients éméchés se prenaient querelle sur la terrasse. Il ne croisa plus personne tandis que ses pas résonnaient sur le trottoir encore humide. Une ambulance passa, jetant des lueurs d'ecchymose sur les façades uniformes des immeubles du boulevard.

Comment aborder les ouvriers des Chantiers, demain ? Ils ne manqueraient pas de le reconnaître et de méchamment le questionner sur l'absence de Frédéric Le Corre. Bah ! Il verrait.

Le vent fort et les bourrasques accélérèrent sa

marche, il releva le col de son vieux cuir et se laissa pousser. Pleuvait-il sur *Zeeland* en ce moment ? Comment s'occupait Hilda ? Il l'imagina écoutant de la musique avec la locataire de la péniche voisine, celle qu'il avait surnommée "Birkin". Cette jeune femme aux habits indiens excentriques, les cheveux ceints d'un bandeau coloré, s'exprimait de façon volubile avec un fort accent anglais. Elle partageait sa vie avec un saxophoniste souvent en tournée. Hilda s'étant liée d'amitié avec elle, elles se retrouvaient toutes les deux pour meubler joyeusement l'absence de leurs hommes. Anconi se demanda si Birkin avait apporté ce soir en riant un gâteau, comme d'habitude "très légèrement brûlé".

L'image lui fit oublier momentanément Janval et la mobylette de Le Corre. Il n'échappa pas aux premières gouttes d'une ondée fracassante en rentrant à l'hôtel.

Il dormit d'un sommeil cauchemardeux. Seul sur un chaland au milieu du marais, cerné par les roseaux bruyamment secoués par la tempête, il cherchait vainement une issue dans le dédale des canaux. Des rires sarcastiques l'entouraient, des oiseaux le frôlaient de leurs ailes en jacassant, des bras invisibles le bousculaient à l'épaule d'un côté puis de l'autre, le canot bouléguait*. La Brière tentait de l'engloutir. Il se réveilla trempé de sueurs lorsqu'il sentit l'eau lui monter aux genoux. Le bateau s'enfonçait sous lui !

* Bouléguer : bouger, ici faire tanguer.

Il se leva au milieu de la nuit, se passa un gant de toilette sur le visage. Dans le miroir du lavabo, il se trouva ridicule en découvrant ses traits tirés.

Avant de se recoucher, il écarta le rideau. Dehors, le courant d'air balayait la place parsemée de flaques luisantes. L'éclat des réverbères oscillait sous les rafales.

Il se réveilla de mauvaise humeur. Devant son café, dans la salle réservée au petit-déjeuner, il évita soigneusement de le montrer à madame Lefebvre. Comme lui, celle-ci avait mal dormi, tourmentée par les images de son mari.

— J'ai appelé les infirmières avant de descendre. Il semble plus calme ce matin.

Anconi la dissuada difficilement de se rendre en autocar jusqu'à l'hôpital. À l'instar de son époux, elle montrait une délicatesse confinant à la timidité. Elle n'accepta qu'à la condition qu'il la laissât rentrer le soir par le bus.

Il l'accompagna dans le service. Lefebvre paraissait beaucoup plus apaisé, les yeux fermés, ses poignets libres de toute attache. Il semblait dormir. Un arsenal de tubulures le reliait à des flacons de perfusions suspendus au-dessus de lui. Sur un écran noir défilaient plusieurs courbes vertes, scintillantes. Madame Lefebvre s'empara de la main de son mari, s'assit sur un tabouret, très à l'aise dans ce milieu si hostile pour Anconi. Les « Bip ! Bip ! » continuels, les alarmes stridentes, les petites lumières rouges et vertes clignotantes relevaient pour lui d'une inquiétante science-fiction. Il se retira lorsqu'il sentit ses jambes flageoler.

Sortant du parking boulevard Laennec, deux cachous sous la langue, il hésita entre les priorités. Se rendre à La Bosse chez la mère de Frédéric Le Corre afin de contrôler les allégations de son prévenu officieux ? Retourner aux Chantiers vérifier sa présence à l'AG du lundi ?

Il choisit la facilité, s'en voulut alors que la BX roulait déjà vers Montoir-de-Bretagne. Sur la carte, il avait repéré la rue du Pin, première à gauche après le faisceau de lignes à haute tension qui traversaient en surplombant une D50 devenue familière. Le paysage, plat et triste sous les nuages gris, changea lorsque la voie étroite sillonna entre les maisons, la plupart récentes. Il croisa la piste cyclable à l'endroit où Janval avait dû la quitter, presque une semaine plus tôt. Un panneau indiquait « *La Bosse* ». Il en suivit la flèche. Il faillit manquer la rue qu'il cherchait, dissimulée entre deux murets de pierre. Rue Praud, celle de l'accident.

Peu après le vaste hangar d'une cour de ferme, il découvrit le blockhaus, une longue façade en béton percée d'une unique bouche d'aération et d'une étroite porte d'acier rouillé légèrement entrebâillée. La construction, massive, surmontée d'un tuyau de cheminée se trouvait partiellement envahie par une végétation sauvage. Il s'arrêta, descendit de voiture.

Personne. On devinait encore, imprimées sur le

béton, les nervures des planches utilisées pour le coffrage, lors de sa construction. Nulle trace de l'accident.

Il marcha jusqu'à la ferme voisine. Un chien aboya à son approche. Un homme chaussé de bottes sortit d'un bâtiment couvert de tôle, une fourche sur l'épaule.

— Pardonnez-moi, Monsieur, vous habitez ici ?

Le paysan répondit par un vague grognement qu'Anconi se força à considérer comme un encouragement. L'animal redoubla de jappements hostiles.

— Vous souvenez-vous de cet accident de mobylette, survenu un peu plus loin, lundi dernier ? demanda le commissaire en tendant le bras dans la direction du bunker.

— Vrai ! se contenta de grommeler le bonhomme en posant sa fourche pour rallumer son mégot.

Il détaillait l'intrus, le regard méfiant.

— Y avez-vous assisté vous-même ?

— Non.

— Y a-t-il eu des témoins de la chute ?

— J'ai pas idée.

— Avez-vous entendu un ou plusieurs coups de feu avant ?

— J'aurais dû ?

Le commissaire n'insista pas. Il s'éloignait déjà quand il perçut dans son dos :

— Qu'est-ce qu'il veut, au juste, du temps qu'on est ?

Anconi ralentit et sans se retourner, répliqua :

— Je cherche celui qui a laissé son fusil cracher sur un pauvre gars qui passait sur la route. Vous voyez certainement de qui je parle ?

Sur ces paroles ambiguës, il s'éloigna. Pour se donner contenance le fermier insulta son chien et lui envoya un méchant coup de botte. La malheureuse bête couina et s'échappa en rasant le sol sans demander son reste.

Anconi poursuivit son chemin, quémanda la bonne direction à plusieurs reprises, car pour lui « tout se ressemblait ». Des maisons de part et d'autre de routes sinueuses, quelques pauvres fermes, une alternance d'herbages entourés de haies, des bouquets d'arbres. On sentait l'eau toute proche, même si l'œil ne la voyait pas. De temps à autre, l'horizon se dégageait vers de vastes étendues inhabitées où le roseau devenait maître.

— La maison des Le Corre, c'est encore loin ?

— Le Gaucher ? Pas sûr qu'il soit rendu de retour. Mais la femme est certainement là. Au numéro 14.

— Le Gaucher ? s'étonna Anconi.

— Ben Roger Le Corre, quoi !

Pourquoi celui qui répondit souriait-il d'un air moqueur ?

— Merci.

Anconi ouvrit aussitôt le carnet rouge de Lefebvre, retrouva la phrase qu'il avait déjà lue : « *"Roger Le Gaucher", alcool (?) et hostile aux syndicats, allusion à la fin tragique de Claude ?* »

Il réalisa qu'il s'agissait du père de Frédéric. Que signifiait cette note ? Allusion à quoi ?

Il s'arrêta à l'adresse indiquée : une maison mal entretenue derrière un muret de pierre envahi par le lierre. Sa façade au crépi grisâtre s'ornait de deux étroites fenêtres encadrant une porte fermière à la peinture défraîchie. À l'étage, un chien-assis central s'ouvrait sur un balconnet dont la rambarde avait disparu. Les pas des habitants avaient fini par tracer un mince sentier sur la terre jusqu'à l'entrée. Du potager, il ne subsistait que quelques tuteurs penchés parmi les mauvaises herbes. Un vélo féminin adossé au mur témoignait d'une présence humaine.

En l'absence de sonnette, le commissaire frappa le vantail supérieur. Il s'apprêtait à recommencer lorsqu'une femme d'une soixantaine d'années lui ouvrit. Petite, vêtue d'une blouse passée sur une robe sombre, les pieds dans des mules, il se dégageait de son regard noir une énergie farouche. Sa propreté, ses cheveux soigneusement coiffés en arrière contrastaient avec l'aspect négligé des abords de sa maison.

— Madame Le Corre ?

— Renée Le Corre, oui.

Elle s'essuya les mains sur sa blouse, Anconi la sentit brusquement envahie par l'inquiétude.

— Je suis bien chez la maman de Frédéric ?

— Vous avez la voix du malheur ! Qu'est-il arrivé à mon Têtard ?

— Rien, Bonne Mère, rien. Ne vous alarmez pas. Il se porte très bien.

— Vous m'avez fichu une peur bleue. Qui êtes-vous ? J'ai point l'honneur de vous connaître.

Derrière elle, un couloir pavé de minuscules carreaux gris et rouge séparait les pièces de la maison. Une odeur pénétrante de cuisine y régnait. On percevait le son d'une radio quelque part.

— Veuillez me pardonner. J'enquête sur la disparition de Claude Janval, un ami de votre fils, je crois.

— Pauvre garçon, j'ai appris. Quelle malchance ! Si jeune. Vous êtes ben certain que mon Frédéric va bien ?

— Mais oui, je vous l'assure. Puis-je entrer ?

Elle s'effaça, le visage toujours anxieux. Elle le fit pénétrer dans la salle à manger, lui tira une chaise.

— Cela sent bien bon, chez vous, Madame.

Elle se détendit légèrement à ce compliment.

— Un simple pot-au-feu. Je vais baisser dessous…

Elle laissa le commissaire seul. Le mobilier se composait d'un buffet avec vaisselier, d'une table ronde couverte d'une toile cirée et de quatre chaises rustiques. Face à elle, une large cheminée. Sur son linteau trônait un globe de verre renfermant une couronne de mariée. Au fond, un escalier étroit menait à l'étage. Malgré sa simplicité, une propreté méticuleuse habitait cet intérieur. Madame Le Corre revint très vite et Anconi remarqua qu'elle avait retiré sa blouse. Elle s'assit face à lui, au bord de la chaise.

— J'ai juste quelques questions à vous poser.

— Vous me troublez, Monsieur. Vous appartenez à la police ?

— Ne vous en faites pas. Une simple vérification. Donc, lundi dernier, le pauvre Janval…

Le commissaire rappela les faits, l'accident, la disparition de la mobylette de Têtard, l'absence de son fils aux obsèques. Il termina par la découverte de l'engin et la constatation d'un impact de balle.

Renée se raidit lentement pendant le discours. L'inquiétude fit place progressivement à l'indignation.

— C'est y que vous accuseriez mon Têtard ?

— Je cherche seulement à comprendre, Madame. J'ai rencontré Frédéric hier soir, il m'affirme être resté aux Chantiers lundi dernier.

— Il est point menteur.

— Il avait chargé son ami Janval de faire un détour chez vous avant de rentrer à Errand, pour vous apporter un peu d'argent. Vous me le confirmez ? Janval les avait dans sa poche, je vous les rends.

Elle les remisa aussitôt sous une pile de torchons.

— Nous ne sommes pas bien riches, il nous aide un peu. Il m'avait téléphoné. Il pouvait pas se déplacer lui-même, à cause de la grève, qu'il m'avait prévenue. Mais Claude a eu son accident…

— Votre fils connaissait-il l'existence de ce drame ?

— C'est même lui qui me l'a appris, si vous voulez aller par là, convint-elle.

Frédéric Le Corre lui avait donc bien menti. Pourquoi ? Anconi ne laissa rien paraître de son trouble.

— À quel moment vous en a-t-il parlé ? poursuivit-il.

Renée fronça les sourcils. Anconi s'interrogea : faisait-elle semblant de fouiller dans sa mémoire ? Ne cherchait-elle pas à protéger son Têtard ?

— Le soir même, je crois. Pourquoi vous demandez ça ?

— Pardonnez ma déconvenue, mais votre fils m'a prétendu hier ne rien connaître du drame, comme si je le lui apprenais ! Quatre jours après.

— Bonté du ciel ! C'est cette grève aux Chantiers qui lui gâte l'esprit.

Elle couvrait maladroitement les mensonges de son Têtard. Il préféra changer de tactique.

— Avez-vous assisté aux obsèques de Claude Janval ?

— Oui. Je suis restée en retrait, je voulais prier pour le salut de son âme. Pauvre garçon.

Ne souhaitait-elle pas plutôt implorer le pardon pour son fils ?

— Vous le connaissiez bien ?

— Comme ça, répondit-elle évasivement.

Le commissaire se leva. Il s'approcha du buffet, sur lequel reposaient deux cadres photographiques. Sur l'un d'eux, on distinguait une petite fille en robe de communiante en compagnie d'un couple plus âgé. L'homme s'appuyait sur une canne.

— C'est vous, sur le cliché ? demanda-t-il en montrant le deuxième, sur lequel on identifiait Renée, jeune maman tenant dans ses bras un bambin emmailloté.

— Oui, avec Frédéric, tout bébé.

— Et là, vous et vos parents ?

Il avait reconnu Boiteux, le vieux du Cheval Noir qui s'était pris la tête avec La Pie et semblait, lui aussi, vouloir cacher quelque chose.

— Votre papa ? questionna Anconi en montrant l'homme à la canne.

— Oui, avant la guerre. Maman est morte peu après ma communion, précisa-t-elle en essuyant une larme.

— Je crois avoir croisé votre père, à Saint-Joachim. N'est-ce pas lui que l'on surnomme "Boiteux" ?

Renée sursauta, sembla soudain prendre peur.

— Vous le connaissez ? s'étonna-t-elle. Qu'est-ce que vous me voulez, à la fin ?

— Pas commode, le bonhomme, poursuivit le commissaire sans répondre.

— En Brière, la vie était dure. Et puis il y a eu la guerre avec tous ses malheurs.

De nouveau l'émotion parut l'envahir. Elle quitta précipitamment la pièce, au motif de surveiller un pot-au-feu qui n'avait nul besoin d'elle. Anconi comprit qu'elle souhaitait cacher son chagrin à un inconnu. Il regretta la rudesse de son interrogatoire et sa curiosité inconvenante. Il entendit de l'eau couler. Lorsqu'elle revint dans la salle à manger, il lui sembla bien qu'elle s'était poudré les joues pour masquer sa pâleur.

— Vous êtes mariée, madame Le Corre ? demanda le commissaire, étonné par l'absence de photo de noces ou de portrait du père du Têtard.

— Oui, dit-elle en désignant du regard une couronne en fleur d'oranger, sous un globe de verre posé sur le linteau de la cheminée.

— Votre époux travaille sans doute aussi aux Chantiers, comme beaucoup de Briérons ?

— Pas en ce moment. Sa santé…

— Bonne Mère, rien de grave, au moins ?

Elle eut un simple haussement d'épaules et une moue dubitative. « Quelle peut bien être sa profession ? » s'interrogea-t-il sans oser se renseigner. La vie ne faisait pas de cadeau à cette famille. « Et maintenant un fils meurtrier ? »

— C'est bien lui que l'on surnomme Le Gaucher ?

Elle hocha la tête, embarrassée.

— Il s'est absenté ?

Seul un nouveau haussement d'épaules lui répondit.

— Il me reste à m'excuser pour le dérangement, Madame.

Somme toute, il avait confirmé les mensonges de Frédéric Le Corre concernant sa parfaite connaissance de la mort de Claude Janval ! La mère couvrait maladroitement ses dissimulations. Il se leva, tendit la main pour prendre congé.

À ce moment un grand bruit se fit entendre dans le couloir. La porte heurta violemment le mur, des vociférations retentirent.

— Bordel de Dieu ! Renée ! Où qu'tes ?

Elle se précipita.

— Dans quel état tu t'es encore mis ? Bonté divine !

« Le Gaucher ! » réalisa Anconi.

— De quoi… quoi tu te mêles ! Qui c'est çui-là dans ma… ma maison ?

Un petit homme sec d'une soixantaine d'années, le visage rouge mal rasé et les cheveux ébouriffés, titubait et levait la main sur Renée, essayant de la frapper. Elle esquiva, l'agrippa pour qu'il ne s'écroule pas, tant il était entraîné par son mouvement maladroit.

— Salope ! maugréa-t-il entre ses dents.

Elle chercha à l'asseoir sur une chaise. L'ivrogne se débattait, gesticulait, s'efforçant encore de cogner sur sa femme. Il puait la vinasse.

— Fan de putain ! Tu te calmes ou je t'embarque ! menaça Anconi, devinant qu'il s'agissait du mari.

D'une main ferme, il força le type à s'asseoir. Le gars tituba, s'affala, se retint de justesse au bord de la nappe, entraînant la chute d'un dessous plat carré en faïence.

— J't'ai pas sonné, toi ! Dé… dégage ! brailla-t-il.

— Il vaut mieux que vous partiez, conseilla madame Le Corre au commissaire. Je vais me débrouiller. J'ai l'habitude.

— C'est ton… ton amant ! Fous-moi le camp, sale ordure !

Dehors, un vélo d'homme gisait devant le muret. Alors qu'Anconi s'éloignait, il entendit un fracas de verre brisé. La colère bouillonna en lui comme le lait dans la casserole sur un feu trop vif. Il retourna précipitamment vers la maison.

X

Anconi, en furie, toqua énergiquement à la porte des Le Corre. À l'intérieur, des bruits de vaisselle brisée accompagnaient les beuglements redoublés du forcené. Il dut frapper de toutes ses forces pour couvrir le vacarme. L'épouse vint enfin lui ouvrir.

— Non ! Ne vous donnez pas la peine, assura-t-elle en essayant de le repousser.

Elle tentait de minimiser la situation bien que son visage reflétât la peur.

— Partez ! Partez ! J'ai l'habitude. Il va se calmer.

Le commissaire insista, bloqua la porte qu'elle commençait à refermer et pénétra dans la maison.

— Laissez-moi faire, Renée.

Il trouva le bonhomme debout dans la salle à manger, titubant et cherchant de ses yeux injectés un objet à balancer. Sur le sol gisaient des fragments de porcelaine. Il se retint de justesse, attrapa un des cadres posés sur le vaisselier et le jeta à terre d'un mouvement rageur.

— T'es... t'es... Putain ! bafouilla-t-il, le regard mauvais.

Il tenta d'écraser du pied ce qui restait du portrait,

perdit l'équilibre et s'affala lourdement sur le carrelage. Sa tête porta sur le coin du meuble, il jura. Renée Le Corre se précipita sur la photographie qui gisait à terre, écarta les morceaux de verre et enfourna subrepticement le cliché dans la poche de sa robe. Celui de son Têtard.

— Par Dieu, t'es saoul comme une bourrique ! Tu n'as plus ta tête.

Anconi profita de la position d'infériorité du bonhomme et lui passa prestement les menottes, bras dans le dos, avant que l'ivrogne ne réussisse à se relever. Il battait des pieds, tentant de frapper le policier aux jambes. Il se contorsionnait, essayant maladroitement de se débarrasser de ses entraves.

— Re… retire-moi ça, co… espèce… connard !

Pour toute réponse, le commissaire le saisit par le col, le redressa et l'obligea à s'asseoir.

— Lâche-moi, salaud ! éructa l'autre devant son épouse médusée par l'évolution des évènements.

— Fatche ! Tu commences à me casser les amandons ! Continue comme ça et je te tourne la tête devant derrière !

Anconi menaçait maintenant le mari de son doigt tendu, adoptant un ton glacial, martelant chaque mot.

— Sale ma… ma… quereau ! beugla le gars, hors de lui.

Il cracha dans la direction du policier. Le sang du commissaire ne fit qu'un tour. La taloche claqua comme un coup de mousquet sur la joue de l'injurieux personnage. Profitant de la stupeur, il asséna :

— On va voir si tu joues toujours au faraud devant les gendarmes ! Outrage à agent, violences et voie de fait à l'encontre de ton épouse.

— Ne faites pas cela ! implora Renée, qui avait observé la scène en se tenant à l'écart.

Les yeux de Roger Le Gaucher s'étaient rapprochés. Ils fixaient Anconi sans comprendre. D'autorité, celui-ci ramassa le combiné qui avait valsé dans la pièce, le reposa sur son socle avant de décrocher. Il composa le "17".

— Gendarmerie de Montoir-de-Bretagne, brigadier-chef Martin.

— Bonjour, Brigadier…

Anconi ne se présenta pas immédiatement, expliqua avoir été témoin d'une agression au lieu-dit La Bosse, chez les Le Corre.

L'épouse se trouvait en danger, en raison de la violence verbale et physique de son mari manifestement pris de boisson.

— Ah ! Les Le Corre, enregistra le gendarme comme si la situation ne l'étonnait pas, vous êtes Frédéric, le fils ?

— Non. Je passais. Du tapage et des cris m'ont alerté et…

— Y a-t-il des blessés ?

— Non. Pour le moment j'ai maîtrisé le forcené, mais je crains…

— Le Gaucher a encore fait des siennes ?

Anconi aurait volontiers substitué ce sobriquet par "Tête d'escoule-burette", comme le disait sa grand-mère de Marseille à propos d'un voisin poivrot.

— Votre nom, Monsieur, et l'adresse précise ? reprit le gendarme, assurant qu'il envoyait une équipe.

Roger Le Corre semblait brutalement anéanti, les bras derrière le dos, avachi sur sa chaise. Renée s'était mise à pleurer.

— C'est votre faute, sanglota-t-elle, si vous étiez pas venu… J'avais deviné, vous êtes de la police. Que cherchez-vous ?

— Madame, je ne pouvais pas laisser votre mari vous battre.

Le silence s'installa dans la salle à manger. La femme Le Corre le regardait bizarrement maintenant, plus méfiante que reconnaissante. Comment allait-il expliquer sa présence aux forces de l'ordre ? Il hésita à joindre Blanchard, mais n'osa pas devant elle.

Il n'eut pas longtemps à attendre. Il entendit un bruit de moteur et des crissements de pneus. Il sortit et découvrit la 4L bleue. Deux gendarmes en jaillirent, un képi resta au volant.

Ils saluèrent, raides, la main à la tempe.

— Bonjour ! C'est vous qui nous avez prévenus ?

— Oui. Avant d'entrer, puis-je vous expliquer ?

Les deux silhouettes se figèrent. L'une des deux donna l'ordre à son acolyte de rentrer voir ce qui se passait.

Anconi joua franc jeu. S'il était là, c'était à titre officieux, à la suite du malheureux accident survenu à son collègue Lefebvre au retour des obsèques de son ami Janval. C'était justement ces deux gendarmes qui étaient intervenus sur les lieux, deux jours auparavant, admit l'agent.

— Je compatis, Commissaire. Mais quel rapport avec les Le Corre ?

— Une visite de courtoisie, mentit effrontément le policier parisien, pour remercier madame Le Corre de sa présence à la cérémonie.

Le motif parut contenter le gendarme. Une bourrasque et l'averse qui l'accompagnait lui furent d'une aide inattendue. Ils entrèrent dans la maison.

— Tu fais encore des tiennes, Le Gaucher ?

L'ivrogne sembla s'éveiller, baragouina une explication confuse et réclama qu'on lui retire les bracelets en les secouant.

— Tu t'es de nouveau saoulé ? demanda celui qui dirigeait les opérations. Vous a-t-il frappée, Madame ?

— Juste un peu de vaisselle cassée, répondit-elle, faut pas prendre cas.

— Notre collègue ici présent a pourtant cru nécessaire de nous appeler. Voulez-vous porter plainte ?

— Non, j'vous dis. Ça va lui passer.

Les deux pandores se consultèrent du regard, devant un Anconi silencieux.

— Et de votre côté, Commissaire ?

Malgré son refus de donner suite à l'incident, c'est bien sa présence qui emporta la décision.

— Tè, du moment que vous le mettez à l'abri le temps qu'il dégrise…

Roger Le Gaucher se laissa faire sans résister.

— Tu resteras tranquille si on te retire les menottes ?

— C'est ç'ui là qui… m'a cherché des noises, répondit-il en jetant un regard haineux à Anconi.

Il ne rechigna pas et quitta sa maison d'un pas mal assuré, encadré et soutenu par les deux képis. Lorsqu'ils eurent embarqué leur colis à l'arrière de la 4L, un des trois agents revint vers le commissaire.

— Avez-vous des nouvelles de votre collègue ?

— C'est plutôt sérieux.

— Mince, quelle malchance. Vous voudrez bien passer par la brigade, 12, rue Jules-Verne à Montoir-de-Bretagne ? Pour la forme, ajouta-t-il en souriant pour la première fois. La paperasse ! Vous transmettrez nos encouragements à votre camarade.

— Certainement. Merci de vous être déplacés. De votre côté, si vous disposez d'un moment, puis-je vous conseiller de rendre visite au garage de Saint-Joachim, à moins que vous ne l'ayez déjà fait ? Sa voiture y a été remorquée. Une R5 blanche.

Anconi laissa l'agent totalement interloqué. Il retourna réconforter madame Le Corre.

Celle-ci pleurait encore, tout en balayant les éclats de verre et de porcelaine. Le commissaire remarqua la photographie sur le vaisselier, dans ce qui restait du cadre tant bien que mal reconstitué.

— Pourquoi s'en est-il pris à ce souvenir ? s'enquit-il en montrant l'objet.

Le cliché, mal assuré, se détacha lorsque sa main

l'effleura puis tomba au sol. Il le ramassa et lut au dos « *20 mai 1948* », sans doute la date de naissance de l'enfant. Deux lettres majuscules suivaient : « *F. T.* », son prénom et son surnom pour Frédéric et Têtard !

— Lorsqu'il est comme ça, il fait n'importe quoi, affirma-t-elle en posant son balai. Je vous remercie de m'avoir aidée, mais j'aurais pu me débrouiller toute seule. Maintenant, tout le monde va savoir que les gendarmes sont intervenus. Si vous croisez le père, surtout ne lui dites pas ! Il déteste tout ce qui porte uniforme.

Ayant gardé le souvenir d'un homme vindicatif, ce trait n'étonna pas Anconi. Pauvre Renée, entre un mari buveur et un père violent !

— Cela fait longtemps qu'il… ?

Il suspendit sa question devant des sanglots redoublés.

« Si elle apprend que son Têtard soupçonné de meurtre a croupi une première nuit au commissariat ! Et sur son insistance, qui plus est… »

— Ça lui passera, soupira-t-elle avec un optimisme auquel elle n'adhérait qu'en apparence.

Anconi dut prendre sur lui pour quitter cette femme malheureuse et résignée.

— Que va-t-il lui arriver maintenant ? s'enquit-elle, alors que le commissaire franchissait le seuil. Vous pensez qu'ils le garderont ?

— Les gendarmes ? Non. Ils le laisseront sortir lorsqu'il aura retrouvé ses esprits.

Elle sécha ses larmes, Anconi ne sut dire si cette issue la satisfaisait.

— Aviez-vous déjà reçu la visite d'un policier, depuis le soir de l'accident de Janval ? demanda-t-il, tentant de reconstituer les étapes de l'enquête de Lefebvre.

Son adjoint avait peut-être appliqué le même raisonnement que son patron et suivi le même circuit : la veuve Janval, l'ami Frédéric, la famille de ce dernier.

— Non point. Pourquoi il s'rait venu ici ?

— Fatche ! Quelqu'un a tout de même tiré sur la mobylette de Janval.

— Une balle perdue… En Brière, chacun garde un fusil chez lui.

Évidemment.

— C'est bien malheureux pour le pauvre garçon, ajouta-t-elle en reniflant.

Le commissaire imaginait mal Renée Le Corre ou son ivrogne de mari, Le Gaucher, saboter la voiture de son adjoint. Par contre leur fils Frédéric possédait toutes les raisons de s'en prendre à Lefebvre, sentant que celui-ci soupçonnait la vérité. D'où son mensonge à propos du décès de Janval. « Fan de Têtard, le mouvement social a bon dos ! »

Il prit congé en confortant de son mieux la pauvre femme.

Il regagna la BX en se courbant sous les assauts du vent.

La recherche de la vérité conduisait décidément

aux Chantiers de l'Atlantique. Contrecarrer l'alibi de la grève ! Coincer ce roublard de Têtard !

Il démarra, embarrassé au plus haut point de devoir affronter les manifestants. Certains reconnaîtraient en lui le faux journaliste, d'autres le policier qui avait appréhendé leur camarade syndicaliste à la gare. Il contempla en roulant ce paysage de Brière, les haies bocagères entourant les habitations, les peupliers courbés par la forte brise, ces roseaux laissant deviner l'eau toute proche et seule maîtresse des lieux. Le bruit de sa voiture souleva le vol d'un oiseau blanc au long cou s'échappant sous un ciel tourmenté. Pour apaisant que fût le spectacle, Anconi ne pouvait s'empêcher d'y pressentir des secrets enfouis et une vitalité animale.

Bientôt, il dépassa les lignes à haute tension qui séparaient comme une frontière le monde industriel. Se profilèrent au loin colonnes de fumée, hangars, squelettes de grues métalliques. Un autre univers, pourtant lié à celui qu'il quittait.

Il était plus de midi lorsqu'il franchit le pont qui surplombait les lignes de chemin de fer entrant en gare de Saint-Nazaire. Il faillit s'arrêter pour déjeuner au Berry face à lui, préféra pénétrer dans la ville par son artère principale. En raison des travaux de l'avenue de la République, il dut bifurquer à plusieurs reprises. À droite, puis à gauche, encore à droite, par ces rues quadrillées comme un échiquier.

Arrêté par le feu rouge au coin du boulevard de la Renaissance, il croqua nerveusement deux cachous.

Face à une étonnante vitrine qui proposait à la fois des déguisements et des aliments exotiques, un magasin attira son attention « *Marcel – Vêtements professionnels* ».

Il parqua la BX sous les arbres, se dirigea vers la vitrine. Un sourire aux lèvres, il poussa la porte.

— Bonjour, Monsieur.

Des vêtements pour toutes les professions s'offraient à sa vue, de l'infirmière au mécanicien, du blanc, du bleu, de la tête aux pieds, bien rangés par taille et par métier. Une odeur de tissu, de caoutchouc, de chaussures neuves régnait dans la boutique.

Devant l'embarras du client, la marchande, une femme entre deux âges, s'approcha de lui :

— Puis-je vous aider ?

— Si j'étais embauché aux Chantiers, que me proposeriez-vous ? demanda, impromptu, le commissaire.

La dame regarda ce client curieux, vêtu d'un vieux cuir, qui ne ressemblait nullement à ses acheteurs habituels.

— Pour le bureau d'études ? se fit préciser la vendeuse, qui avait jaugé le personnage d'un coup d'œil professionnel.

— Euh, non. Pour… enfin, voyez, je dois travailler au plus près…

Anconi ne savait comment s'exprimer.

— Ah, je saisis. Une tenue plutôt adaptée aux tâches pénibles et salissantes ?

— C'est cela. Quelque chose de courant, de pas fragile, enfin… ce que vous vendez habituellement.

La dame le regarda curieusement pendant qu'il choisissait la taille idoine. Le commissaire ne se reconnut pas dans le miroir lorsqu'il essaya l'ensemble, bleu de travail, chaussures de sécurité et casquette assortie. Mais n'était-ce pas le but ?

Il paya et sortit, sa tenue enveloppée dans un sac "Marcel". Sur le trottoir, il pouffa :

« Bonne Mère, si Hilda me voyait ! »

En partie rassuré, il regagna l'hôtel pour se changer. Tout à la satisfaction du subterfuge qu'il avait imaginé pour entrer incognito chez Alsthom, il se perdit encore dans le labyrinthe des avenues entrecroisées.

Rue de la Paix, le restaurant "Le Trou Normand" arrêta son regard. L'enseigne lui évoqua-t-elle Lefebvre et Fécamp ? Il décida d'y déjeuner, tout lui semblait opportun pour différer la confrontation qu'il redoutait. Il gara tant bien que mal la Citroën dans le trafic d'un samedi d'emplettes chez les Nazairiens.

Il choisit le plat du jour, indifférent aux propositions du menu. Tout en chipotant son steak-frites, il consulta distraitement le journal que l'établissement mettait à disposition de sa clientèle. *Ouest-France* titrait sur le départ du Tour de France, qui devait s'élancer dès le lendemain dimanche. Une brève "préface" courue sur le remblai de Pornichet divisait les commentateurs quant à son intérêt réel. À cela s'ajoutaient des prévisions météorologiques désastreuses, vent fort et pluie devant accompagner ce départ en bord de mer. Les spécialistes supputaient les chances respectives de Laurent Fignon et de Charly Mottet pour la victoire finale sur la Grande Boucle.

Rentré dans sa chambre du Berry, il endossa sa nouvelle tenue. Il se trouva ridicule, attifé de “trop neuf”. Il chiffonna énergiquement les différentes pièces de son costume, “pour faire vrai”. Il sortit ensuite en catimini, profitant d'un appel téléphonique qui absorbait momentanément l'attention de la réceptionniste.

Il gara la BX à distance des Chantiers, près du bassin de Penhoët. Sur le quai, une gigantesque grue sur rails lui offrit la possibilité de se salir volontairement. Une tache de graisse par ci, un peu de rouille par-là lui procurèrent un maquillage qu'il jugea adéquat.

Il se dirigea tranquillement vers l'Entrée numéro 6. Des palettes brûlaient encore sur la chaussée, des drapeaux rouges flottaient sur les grilles. On discutait par petits groupes d'ouvriers, en civil ou en tenue de travail comme lui. Il se faufila incognito à l'intérieur sans être inquiété, trouva opportunément un casque, dont il se coiffa. Un étrange silence enveloppait les ateliers, aucun son métallique ne montait, les Chantiers ressemblaient à une grosse bête endormie.

Il avisa un type seul, fumant une cigarette, assis sur une pile de pneus.

— Salut ! commença-t-il en masquant difficilement son accent marseillais, j'suis nouveau. On m'a dit de m'adresser à Frédéric Le Corre pour adhérer au syndicat. J'suis volontaire.

— Tu as été embauché ici alors qu'ils licencient nos gars ? s'étonna l'ouvrier.

— J'bossais aux Chantiers de La Ciotat, se justifia Anconi, façon d'expliquer son ton du Midi. Ils ont déposé le bilan là-bas et recasé certains d'entre nous. Enfin ceux qui ont accepté de quitter leur région.

— Du coup, t'es affecté où ?

— J'sais pas encore. Je dois rencontrer quelqu'un du bureau du personnel. Apparemment, j'tombe à un sale moment.

— C'est quoi, ta spécialité ?

— Tuyauteur, hasarda le commissaire, se souvenant qu'un ami de son père exerçait cette profession à Port-de-Bouc*. Tout pitchoun, le terme déclenchait son rire. En prononçant le mot, il était prêt à monter en pèlerinage à Notre-Dame-de-la-Garde avec des pois chiches dans les souliers pour que son interlocuteur n'exerce pas sa prétendue spécialité.

— Moi, j'suis soudeur, répondit-il au grand soulagement d'Anconi.

— Tu sais où j'peux trouver Le Corre ? On m'a raconté qu'il ne quittait pas les Chantiers depuis des jours. Il a du cran.

* Les Ateliers et Chantiers de Provence, créés en 1901 à Port-de-Bouc, disparaissent en 1961.

— Ouais ! Pas vu Têtard aujourd'hui. P't'être qu'il est resté à Paris, pour défendre les camarades ?

— Têtard ?

— Le surnom de Frédéric. Tu sais, ici, tout le monde…

— On m'a dit. Tu crois qu'il va obtenir l'abandon des licenciements ?

— Finiront bien par céder, ces foutus patrons.

— Alors, comme ça, Têtard, il est pas là ? reprit Anconi.

Il empruntait à dessein le langage de son interlocuteur.

— Va donc voir son contremaître, il tient une permanence au gardiennage, porte numéro 17, près de l'entrée. Ils appartiennent au même syndicat.

— Comment il s'appelle ?

— Demande “Le Shérif” ! Une sèche ?

Le commissaire dut accepter, bien qu'il ne fumât plus depuis bien des années. Il l'alluma au bout incandescent de celle du camarade, remercia d'un signe de tête.

Avant de le quitter, mine de rien, il posa la question qui lui brûlait les lèvres.

— T'es au courant du gars qu'aurait cassé sa pipe ? Un accident aux Chantiers ?

Prêchant le faux, il espérait le vrai. L'histoire lui fut rappelée, « la mobylette, justement celle de Têtard, putain de malchance. »

— Vacherie ! commenta-t-il en rejetant ostensiblement une bouffée de fumée bleue.

— Automatiquement, Le Corre a été secoué, tu penses. Il prête sa mob et paf ! L'autre se prend un mur. C'est arrivé au cours de l'AG pour la poursuite de la grève. Il a trouvé dur !

— Tu soutiens qu'il a même pas pu se rendre sur place ?

— Dame, non ! Impossible de quitter les Chantiers, rapport à son rôle de délégué syndical. Il procédait au vote quand ça s'est produit !

— Fatche ! C'est con, la vie.

— Tu l'as dit. J'voudrais pas baver devant un étranger, mais puisque t'es de la maison, je peux bien te raconter. Le bruit court qu'il a été arrêté par les flics, souffla-t-il en confidence en écrasant son mégot sous sa galoche. Tu te rends compte ? À mon avis, c'est un prétexte pour casser la grève, pour le discréditer, pour nuire au mouvement. Tu piges ?

— Les flics, ils sont partout pareils, à ce que je vois ! affirma Anconi, pas trop fier du rôle qu'il s'obligeait à jouer.

Pour toute réponse le gars leva le poing en l'air, avant de prendre une nouvelle cigarette dans son paquet froissé.

— À la revoyure, Tuyauteur ! Porte 17. Shérif.

— À bientôt, le soudeur !

Anconi contenait mal son émotion lorsqu'il voulut quitter l'enceinte. Il évita toute rencontre, pressant le pas comme celui qui a peur de louper un rendez-vous. Il baissait la tête à chaque instant, redoutant d'être reconnu. Il aperçut de loin le hâbleur épinglé la veille à la gare, entouré de quelques flagorneurs qui buvaient ses paroles. Le commissaire craignit d'être intercepté lorsque son regard croisa celui du bonimenteur. « Bonne Mère, je suis joli ! »

Il tournait dans sa tête l'information qu'il venait de glaner : Frédéric Le Corre conduisait bien une AG au moment de l'accident de Janval !

Trop occupé à faire son intéressant devant son auditoire, Gérard le fanfaron ne le reconnut pas. Le faux tuyauteur, une sueur froide derrière la nuque, franchit sans encombre les grilles de la porte 6. Il courut, tel le mafalou à l'issue d'un mauvais coup. Trempé sous son costume de chez Marcel, il s'affala sur le siège de la BX, épuisé. Il faillit s'étouffer avec une poignée de cachous. « Fan de tuyauteur ! »

Il lui fallut quelques minutes pour que son cœur retrouve sa cadence habituelle. Et pour réaliser que ce n'était pas Frédéric Le Corre qui avait tiré sur son ami Janval ! Tout était à refaire !

Il sursauta lorsqu'une forme bleue toqua à la vitre de la voiture. Il crut un instant avoir été déjoué. La couleur d'un costume d'ouvrier ? De nouveau son palpitant battit la chamade. Nouvelle suée.

Il tâtonna maladroitement avant de trouver la manette déclenchant l'ouverture de la glace. Fatche !

Se penchant au-dehors, il découvrit un policier en uniforme.

— Bonjour, Monsieur, dit-il, un calepin à la main.

« Qu'est-ce qu'il me veut, celui-là ? »

— Bonjour, Monsieur l'agent.

— Papiers du véhicule, permis de conduire, certificat d'assurance.

Soulagé, plutôt amusé, Anconi joua le jeu, fureta dans la boîte à gants. Il en sortit une carte routière détaillée de la région parisienne, un constat amiable, un disque de stationnement, des bricoles diverses dont une brosse à cheveux et un coffret noir qui tomba sur le tapis de sol. Pendant qu'il fouillait, le préposé contourna l'automobile, soupçonneux. Il nota, penché en arrière, l'immatriculation, vérifia du doigt la qualité des dessins des pneus.

— Désolé, Monsieur l'agent, je pensais les avoir… Ils ne sont pas là, je ne comprends pas, s'excusa-t-il en se penchant au-dehors. Que se passe-t-il, ai-je commis une infraction ?

— Votre permis de conduire, je vous prie.

Anconi le dégagea de son portefeuille, lui tendit un papier rose vieilli aux coins écornés.

— C'est toujours votre adresse ? demanda l'agent en inspectant le document.

— Non, j'ai changé, depuis le temps.

— Vous habitez Paris ?

Fine mouche, il avait remarqué le "75" sur les plaques.

— Tè pardi.

— Veuillez sortir de la voiture.

Anconi s'exécuta. Heureusement, la scène se trouvait suffisamment éloignée de l'entrée des Chantiers pour ne pas être observée par les grévistes agglutinés devant.

Le policier entra le buste dans l'habitacle, scruta l'intérieur.

— La boîte noire ? questionna-t-il, intrigué.

Le tuyauteur prenait plaisir à cacher sa véritable identité. Après la tension qui l'avait habité, il considéra cet interrogatoire comme un dérivatif. Complaisant, il attrapa le coffret et l'ouvrit sous les yeux de l'agent, bien que la loi ne l'y obligeât pas.

Ils ne s'attendaient ni l'un ni l'autre à son contenu : un revolver Manurhin MR73, soigneusement couché sur son coussin de velours ! Le modèle en vigueur dans la police, l'arme de poing du collègue Lefebvre !

L'agent perdit pied, soudain moins sûr de lui.

— Il vous appartient ? Vous possédez un permis de port d'arme ?

Pour toute réponse, Anconi exhiba son insigne du “36”, éclata de rire.

— Je féliciterai Blanchard !

— Mais… votre tenue, pardonnez-moi. Planque ? Vous… C'est que… avec les manifestations, il n'est pas prudent de stationner aux abords des…

Le commissaire s'en voulut un peu de faire rougir un collègue. Il lui serra vivement la main pour se racheter.

XI

— Vous savez, Patron, Frédéric Le Corre nie toujours les faits.

— Tu vas pouvoir le relâcher dans les délais, il n'y est pour rien.

Anconi dut s'expliquer auprès de Blanchard. En quittant la zone portuaire, il avait choisi la première cabine téléphonique pour le joindre.

— OK ! OK ! s'exclama le Nazairien en conclusion, fidèle à ses manières de cow-boy. Une autre piste ?

— Bien mince. Il y a ce Méan, qui m'a l'air de tourner autour de la veuve Janval... Lefebvre semblait l'avoir dans le collimateur. Mais je n'ai rien contre lui. Je nage ! Je ne sais même pas qui a adressé le faire-part de décès ! Je m'étonne tout de même que le Têtard prétende ignorer la mort de son ami Janval. J'ai rendu visite aux parents Le Corre. Figure-toi que la mère l'avait appris de son fils, et le jour même ! Pourquoi une telle attitude ? Quant au père, rien à en tirer, il ne dessaoule pas ! J'ai dû le faire embarquer par les gendarmes, il cassait tout chez lui.

— La Brière, Patron, la Brière énigmatique et secrète.

— Quel pastis !

— Je reviens à ce mystérieux faire-part. Avez-vous pensé à interroger les imprimeries locales ? Celui ou celle qui l'a envoyé a bien dû le commander dans le coin ! Voulez-vous que je m'en occupe ?

— Volontiers. Merci d'essayer, Vieux.

— Vous souhaitez cuisiner le syndicaliste ou je le relâche ? Ce n'est pas qu'il s'impatiente vraiment, mais je suis hors clous. S'il porte plainte…

— Je peux venir maintenant ? Le temps de passer à l'hôtel me changer.

Lorsqu'il expliqua à Blanchard la mise en scène qu'il avait imaginée pour s'incruster aux Chantiers, celui-ci explosa de rire. Les grincements de fauteuil dans le combiné témoignèrent de son hilarité. « Ah ! Ah ! Vous êtes impayables, au 36 ! »

Anconi retourna au Berry. Il entra d'un pas rapide sans se cacher, salua le réceptionniste qui en demeura bouche bée. Il ressortit quelques minutes plus tard.

— Monsieur Anconi ! héla le gérant, sans doute prévenu et alerté par son employé.

Le commissaire s'arrêta. Allait-on lui faire une remarque sur sa tenue inconvenante dans l'établissement ?

— Oui ? s'enquit-il, de l'air le plus naturel possible.

— Quelqu'un a cherché à vous joindre à plusieurs reprises au téléphone.

— Ah ? Cette personne s'est-elle présentée ?

— Non. Et elle insistait pour vous parler directement. Une voix, féminine ai-je pensé, assez jeune à mon avis.

Le commissaire crut déceler une ironie polie dans cette réflexion. Il s'efforça de contenir une effervescence de mauvaise humeur.

— A-t-elle laissé ses coordonnées ?

— Non, j'ai supposé que vous sauriez de qui il s'agit.

En une seconde, Anconi passa en revue les possibilités. Hilda ? Elle n'aurait pas insisté. Madame Janval ? L'épouse de Lefebvre ? La voix ne cadrait pas. Une infirmière ?

— L'appel ne provenait-il pas de l'hôpital ?

— Oh ! Certainement pas, Monsieur, assura le gérant en s'empêchant à l'évidence de rire.

— Si cela se renouvelle, dites que je suis sorti. Je rentrerai pour le dîner.

— Bien sûr, mais je doute que cela se reproduise.

— Et pourquoi, Bonne Mère ?

— Eh bien, la jeune personne ne réussissant pas à vous… enfin à vous avoir, a demandé que l'on vous transmette un message assez… curieux. J'ai tout de suite pensé à une mauvaise blague.

Il n'en croyait manifestement pas un mot.

— Vaï ! Parlez, que diable !

Il fit discrètement signe au commissaire d'approcher, car un couple pénétrait dans l'hôtel, chargé d'une lourde valise. L'homme et la femme portaient un bob identique, à pois rouges, marqué « *Tour de France 1988* ».

— La jeune personne souhaitait que l'on vous dise… Je l'ai noté mot pour mot : « *La bricole fait des jaloux*. »

— Pardon ?

Anconi dut se faire répéter deux fois cette déclaration. Son caractère équivoque ne s'imposa que progressivement, suggéré surtout par le demi-sourire gêné du gérant.

— C'est quoi, ce pastis ? s'indigna le commissaire.

— Je l'ignore, Monsieur. La correspondante semblait persuadée que vous comprendriez.

— Ah oui ? Soyez plus clair. Rapportez-moi ses mots exacts, voulez-vous ?

— Elle a dit : « Passez-moi le commissaire Anconi. » Naturellement, je lui ai répondu que vous étiez absent et que je ne connaissais pas l'heure de votre retour. Les deux premières fois, elle a raccroché aussitôt lorsque j'ai demandé : « De la part de qui ? » Au troisième appel elle a insisté pour que je vous livre ce… le message. Elle a juste ajouté que vous finiriez par comprendre avant de couper la communication.

— Fatche ! Assez de répétons et de répétez ! Réfléchissez bien ! C'était “il comprendra” ou c'était “il finira par comprendre” ? Contrairement à ce vous pensez, nous ne jouons pas dans un vaudeville ou une pièce de boulevard !

Le ton, les termes employés par Anconi figèrent le visage du gérant. Celui-ci se redressa, se ferma comme une huître, soudain empreint d'une neutralité impassible d'hôtelier.

— Loin de moi une telle opinion, Monsieur, pardonnez-moi si je vous ai laissé penser que…

Le commissaire l'interrompit d'un geste. Devant le bureau d'accueil, le couple "Tour de France" suivait attentivement la scène.

— Les mots exacts ! s'impatienta le policier, indifférent à la présence des témoins tout proches.

— "Il finira par comprendre", je crois. J'en suis certain, ajouta-t-il précipitamment, soucieux maintenant de mettre fin à ce dialogue incongru.

Anconi, extrêmement contrarié, salua et sortit, son blouson de cuir sur les épaules. Il fut cueilli par une violente pluie dont il ne s'aperçut même pas.

Il s'engouffra dans la BX, trempé comme une soupe. Il s'empressa de noter dans le carnet de Lefebvre la phrase exacte : « *La bricole fait des jaloux.* » Il raya, essaya avec une majuscule « *La Bricole fait des jaloux.* »

« Fan de Brière ! C'est quoi, cette histoire ? »

En attendant que la Citroën relève son arrière-train, il cherchait le sens à attribuer au mot "bricole" ? S'agissait-il d'une allusion à une aventure frivole ? Feuilletant les pages du carnet, il retomba sur l'insinuation de Lefebvre : « *Alain et Jeannine plus qu'amis ?* » La présence de la voiture d'Alain camouflée derrière la maison lors de sa visite à madame Janval venait à l'appui de cette hypothèse. Une dénonciation ?

Il démarra, prit la direction du commissariat.

Chemin faisant, il imagina qu'un surnom "Bricole" s'avérait possible dans un pays où chacun en possédait un. Mais de qui s'agirait-il ? Tous semblaient disposer de talents manuels dans le marais. Mais que devait-il "finir par comprendre", en ce cas ?

Blanchard saura peut-être m'éclairer ? Les essuie-glaces couinaient et peinaient à déblayer les grosses gouttes que déversait le ciel sur son pare-brise. Il ressentit le froid sur ses épaules mouillées. Quel pataquès ! C'est d'une humeur massacrante qu'il grimpa les sept marches de l'hôtel de police. La pluie cessa juste au même moment.

Blanchard l'attendait impatiemment dans son bureau. Il paraissait moins détendu qu'à l'habitude, sans doute du fait de son prisonnier clandestin.

— Ah ! Vous me soulagez, Patron. Je fais monter Le Corre tout de suite ?

— Je peux te raconter la dernière ? proposa Anconi.

Il lui détailla l'épisode qu'il venait de vivre à l'hôtel et aussitôt le questionna.

— As-tu déjà entendu parler d'un gars surnommé "La Bricole" ?

— Non. Pas à ma connaissance. Mais j'ai une autre idée.

— Un badinage ?

Blanchard sourit.

— Non plus. Je vous explique : aux Chantiers, la bricole est une tradition. Elle consiste pour les ouvriers à utiliser des matériaux ou des outils de l'entreprise à des fins personnelles. Il s'agit d'une activité aussi sacrée que tabou, mais tolérée par la direction. Certains sortent des pièces métalliques pour fabriquer des instruments de jardin, d'autres de la ferraille pour des chenets, un soc de charrue, la peinture des bateaux peut servir pour les volets de la maison, et ainsi de suite…

Il ajouta que cet exercice concernait aussi bien les ouvriers que les agents de maîtrise ou des cadres haut placés.

— Je me souviens d'un qui s'était fait faire une cuisine aménagée !

— Mais quel rapport avec Janval ?

— Ces petits trocs peuvent susciter des jalousies ! Il peut y avoir des abus, certains allant trop loin. Ces faits se savent, on cause, on se monte le bourrichon…

— On parle d'un meurtre tout de même, Vieux !

— *Règlements de comptes à O.K. Corral* ! déclama Blanchard en mimant un cow-boy dégainant son revolver.

Anconi ignorait totalement cette pratique de bricole.

Il se sentit ridicule d'avoir imaginé des péripéties licencieuses, influencé par les sourires en coin et les sous-entendus du gérant de l'hôtel.

— Merci, tu m'ouvres des perspectives…

— Voulez-vous interroger votre prisonnier tout seul ? Il est déjà installé dans la salle d'interrogatoire.

— Tu ne souhaites pas assister ?

— J'aime mieux pas.

— Des ennuis, Vieux ?

— Ne vous inquiétez pas, Patron.

S'était-il fait taper sur les doigts ? Avait-il suscité une désapprobation dans son commissariat pour avoir séquestré un gars hors procédure ? Anconi n'insista pas.

Il remercia chaleureusement son homologue et gagna la salle aux murs verdâtres. Têtard se tenait assis sagement sur sa chaise métallique inconfortable. Il ressemblait beaucoup moins à Jean Ferrat, avec sa barbe de deux jours et ses cheveux décoiffés.

— Bonjour, Le Corre, commença le commissaire, vous êtes libre.

La nouvelle ne suscita pas chez lui le bonheur que procure habituellement à un prévenu la perspective d'une libération immédiate. Il ouvrait de grands yeux surpris.

— Vous avez vérifié mon alibi auprès des camarades ?

— En effet. Ils confirment votre présence à la tribune de l'AG du lundi 27 juin, au moment des faits. Mais pourquoi m'avoir menti ? J'ai rencontré votre mère chez elle, à La Bosse. Elle m'a affirmé que vous connaissiez la nouvelle de la mort de votre ami Janval, elle l'avait même appris de votre bouche !

— Elle a dû se tromper.

— Ah ! Non ! Ne recommencez pas ! explosa Anconi. Maman est formelle ! Et ne me dites pas qu'elle a le cerveau ramolli comme une figue trop mûre ! Alors ?

— Si vous n'avez rien contre moi, laissez-moi sortir.

— Vous ne m'aidez guère, mais je finirai par découvrir la vérité. Janval devait remettre une certaine somme d'argent à votre mère. Combien ?

— Cinq cents francs.

Sur ce point, il ne mentait pas, les billets existaient bien dans la poche du mort, aux pompes funèbres Delafosse.

— Votre père, Le Gaucher, est rentré pendant que je me trouvais à La Bosse. Depuis quand boit-il ?

— Quelle importance ?

— Complètement ivre, il a frappé votre mère et menaçait de tout casser. J'ai appelé les gendarmes.

— Ce n'est pas moi qui m'en plaindrais.

— Vous ne vous entendez pas avec lui ?

— Cela ne vous regarde pas. En Brière, on ne raconte pas ses affaires. Point final.

— Y a-t-il une madame Le Corre ?

— Non, en dehors de ma mère.

— Soit. À votre avis, pourquoi quelqu'un a-t-il pris la peine d'aller balancer votre mobylette à Fédrun, si loin du lieu de l'accident ? Le Brivet passe tout près du quartier du Pin.

— Je vous ai déjà dit que je n'avais aucune responsabilité dans cet… accident.

— Assassinat, plutôt ! N'oubliez pas la balle dans le réservoir ! Je vous accorde que vous n'êtes pas le tireur. Cependant vous auriez pu télécommander ce meurtre ? Un complice aurait pu vous remplacer sur les lieux, vous connaissiez le trajet qu'emprunterait Janval pour se rendre chez votre mère.

— J'aurais pu, mais je ne l'ai pas fait. Pour quel motif aurais-je commandité l'assassinat d'un camarade, d'un ami ?

Il répondait calmement, comme s'il ne gardait aucune rancune de son incarcération, et ce au milieu d'une grève dans laquelle il jouait un rôle syndical important. Sa présence aux pourparlers de Paris en témoignait.

— On ne vous a vu nulle part depuis le drame, monsieur Le Corre.

Le commissaire observa un temps d'arrêt, espérant une justification. Elle ne vint pas.

— Votre absence aux obsèques d'un ami reste incompréhensible, admettez-le, insista-t-il. Elle a d'ailleurs été très remarquée.

— La grève…

— Vous ne vous êtes pas manifesté auprès de la veuve, pas une visite, pas un coup de téléphone, rien. De la part de quelqu'un qui se prétendait ami, ce n'est pas chic.

— La grève…

— Vous vous cachiez ? Vous fuyiez ? s'énerva Anconi.

Têtard sursauta.

— Mais non, voyons ! Qu'allez-vous chercher ?

— Tè pardi ! La vérité, monsieur Le Corre, la vérité, explosa le commissaire. J'ai un double intérêt à poursuivre mon enquête, celui de retrouver l'assassin de Claude Janval et celui de coincer le salaud qui a saboté la voiture de mon collègue Lefebvre pour l'empêcher de découvrir le pot aux roses !

— …

— Je vais vous rendre à votre grève. À ce propos, vos camarades se sont montrés très agressifs, hier soir, à la gare. Qui me dit que l'un d'entre eux n'a pas éliminé un récalcitrant, un jaune ? Et vous de le protéger, pour ne pas casser le mouvement syndical ?

— Claude ne nourrissait aucune hostilité et soutenait nos revendications, même s'il ne participait pas activement aux manifestations et aux votes.

Anconi ressentit l'impression de boxer un punching-ball.

— Évidemment ! Vous ne dénonceriez pas un camarade, solidarité oblige… Un dernier point et je vous libère. La bricole demeure couramment pratiquée aux Chantiers, n'est-ce pas ?

Têtard opina prudemment sans commenter.

— Janval avait la réputation d'être très habile de ses mains. Il travaillait le morta, m'a-t-on rapporté. Cette activité nécessite de nombreux outils. Aurait-il abusé dans ce domaine ou suscité des jalousies ?

— Personnellement, je ne bricole pas. Quant à Janval, il ne volait pas, s'indigna Le Corre.

Anconi ne venait-il pas de toucher un point sensible ?

— Compte tenu de votre position syndicale, vous n'avez pas entendu parler d'un différend à ce sujet ? Certains abusent sans doute de ce passe-droit, trop gourmands ou trop imprudents, pas assez discrets ?

— Les ragots et commérages ne me concernent pas, Commissaire.

— Simplement, dans votre situation, quelqu'un aurait pu vous rapporter certaines chicaneries, un conflit.

— Non.

— Vaï ! Rien vu, rien entendu, rien dit ! La Brière. Je vous libère, mais nous nous reverrons, car je reste persuadé que vous me cachez quelque chose. Je pourrai vous poursuivre pour obstruction à la justice, voire pour complicité de meurtre. Si la mémoire vous revient, sachez que je demeure à l'Hôtel du Berry, face à la gare. Bonne Mère, j'y séjournerai jusqu'à confondre celui ou celle qui a fait le coup.

Au moment de rendre les objets personnels, Anconi vérifia auprès de lui qu'il habitait toujours à Mazin, comme l'indiquaient ses papiers. Il confirma.

— Voulez-vous que je vous fasse raccompagner aux Chantiers ?

Anconi ne s'attendait pas à un « oui ».

Il le conduisit jusqu'au perron, lui tendit la main. Têtard accepta de la lui serrer, surpris du geste.

— À bientôt, monsieur Le Corre.

Le commissaire l'observa s'éloigner sur le boulevard. Pourquoi eut-il pitié de cette silhouette à la démarche imprécise, tournant la tête de droite et gauche comme s'il découvrait la ville.

Dans le bureau, Blanchard interrogea du regard son homologue parisien. Il comprit que la vérité n'avait pas émergé de l'entretien.

— Il ne va pas faire des histoires, au moins ? demanda-t-il en retirant ses boots de la table.

— Je ne crois pas, Vieux. Il paraît abasourdi par les évènements. La tête lui boulégue !

— OK. Pendant ce temps, j'ai commencé à vérifier les imprimeries. Malheureusement plusieurs sont fermées le samedi. Lundi, je m'y remets. Que faites-vous demain, Patron ?

— J'irai à l'hôpital, ensuite je retournerai fouiner en Brière !

Anconi s'étonna de ne pas recevoir d'invitation à déjeuner dimanche. À coup sûr, Blanchard semblait chiffonné. S'était-il fait remonter les bretelles ?

En réalité, les grévistes des Chantiers de l'Atlantique menaçaient de troubler le départ du Tour de France à Pornichet, le lendemain. Des ordres venus de la sous-préfecture obligeaient à mobiliser des effectifs pour prévenir tout débordement.

— Cela ne m'enchante guère ! avoua-t-il à Anconi. En plus on prévoit un temps exécrable !

Ils se quittèrent, tous deux assez déprimés.

Anconi suivit la rue du Commandant Gâté, tenta

de récapituler ce qu'il avait appris, s'octroya deux cachous.

Il se félicita d'avoir éliminé Fréderic Le Corre de la liste des suspects, même s'il n'était pas satisfait de l'absence d'explication aux mensonges du syndicaliste. Qui couvrait-il ? Qui avait jeté sa mobylette dans le marais à Fédrun ? La Pie en savait-il plus qu'il ne s'en ouvrait ?

Arrêté au feu rouge du boulevard Mermoz, il dénombra les pistes possibles. Alain Méan, qui visitait en douce la veuve Janval, occupait la tête de liste des suspects. Un mobile plausible reposait sur son intimité supposée par Lefebvre avec Jeannine. Il travaillait aux Chantiers, donc proche de Janval dont il se prétendait l'ami. Avait-il ensuite saisi une occasion pour trafiquer la voiture de l'inspecteur ? Où habitait-il déjà, celui-là ? Il ne s'en souvenait plus.

Lefebvre, dans son carnet, évoquait une “allusion à la fin tragique du Dieppois”. L'image qu'il gardait du personnage après sa rencontre au Cheval Noir ne le rendait pas sympathique. Un vieillard aurait-il pu… ? Tirer un coup de fusil semblait largement à la portée d'un Briéron même très âgé, par contre comment savait-il que Janval passerait en mobylette rue Praud, quartier du Pin, pour rentrer chez lui à Errand ? D'ailleurs, qui pouvait être informé de ce détour ?

Anconi se fit klaxonner. Il redémarra, poursuivi par des appels de phare répétés. Il jura d'une formule marseillaise peu convenable.

Le mobile de Boiteux ? Cette sombre histoire de chaumière à Fédrun dont la vente n'avait pas abouti ?

Et cette affaire de bricole ? Qui avait renouvelé ces appels anonymes, comme pour lui indiquer la marche à suivre ? Janval impliqué dans une combine de bricole ? Se pourrait-il que la dénonciatrice ait également adressé le faire-part de décès à Lefebvre ? Dans quel but ? Une basse vengeance ?

« Fan de Brière ! Il y a plusieurs façons de plumer un canard », lui avait dit La Pie. Que d'embrouilles !

Il pesta à chercher une place libre dans le ridicule parking visiteur de l'hôpital. « Partout pareil ! tempêta-t-il, les concepteurs oublient toujours que les malades ont une famille ! » Finalement, il gara la BX sur un trottoir. Il leva la tête vers le ciel : encore des masses nuageuses réunissant toutes les nuances de gris ! Au moins la pluie l'épargnait, pour cette fois.

Il gagna l'entrée des urgences, la seule par laquelle il réussissait à ne pas s'égarer dans l'établissement.

Les odeurs de pharmacie l'enveloppèrent immédiatement, ces émanations qui lui évoquaient le bistouri, les pinces qui cliquettent dans les chairs et les exhalaisons putrides des abats. Un haut-le-cœur lui saisit l'estomac comme pour le retourner de l'intérieur.

— Eh ! C'est mon commissaire !

Au détour d'un couloir, le docteur Flembard, la blouse largement ouverte parlait haut avec un confrère. Ils semblaient d'accord sur les noms d'oiseau dont ils affublaient manifestement leur directeur.

Anconi les salua d'un « Bonjour, Docteurs ! » puis reçut le flot enthousiaste de l'urgentiste.

— Il a fait un procès au dirlo ! J'espère que le vôtre est moins c… que le nôtre.

— Tè, pas si sûr !

L'interlocuteur de Flembard opina, assurant sans ambages qu'ils sortaient tous du même moule.

— Vous venez voir votre inspecteur ? Cela tombe bien, c'est le radiologue qui lui a fait un scanner cet après-midi. Alors, qu'est-ce que tu en dis ?

— Bien amélioré. L'œdème a fortement régressé, il n'y a plus d'effet de masse. Reste la petite contusion frontale droite qui garde son aspect pétéchial.

Anconi se demanda s'il devait se réjouir ou non de ce descriptif mystérieux, déclamé avec un ton sérieux et appliqué.

— Bonne Mère, vous me donnez les trois sueurs !

N'avait-il pas répondu volontairement par une expression marseillaise pour répliquer au langage sibyllin du médecin ?

— Je traduis pour Mon commissaire ! C'est beaucoup mieux ! D'ailleurs, il se réveille, vous le constaterez ! Vous pourrez le garder au 36 dans vos effectifs !

Franchement, l'humour médical le dépassait.

Il trouva un inspecteur débarrassé de tous ses tuyaux. Il lui restait un masque sur le nez et quelques bouteilles de perfusion. Madame l'accueillit d'un sourire soulagé.

— Il m'a reconnu, lui chuchota-t-elle.

— Cocagne ! Croyez-vous qu'il soit possible de lui parler ?

— On m'a recommandé de ne pas le fatiguer. Mais le fait de vous voir lui fera plaisir !

Anconi comprit à demi-mot qu'il s'avérait prématuré d'interroger le blessé. Il s'approcha de lui, posa sa main sur la sienne.

— Bonjour, Petit !

Lefebvre souleva de lourdes paupières, remua un bras, déclenchant aussitôt un « Bip ! Bip ! » suraigu. Le commissaire recula, craignant d'avoir perturbé je-ne-sais-quoi.

L'inspecteur bougea les lèvres, aucun son ne sortit, mais son masque se couvrit de buée.

— Repose-toi, ne t'inquiète pas. Je m'occupe de tout.

Une infirmière entra dans la chambre, vérifia d'un œil circulaire tout son fatche de dispositif. Le malade ouvrit de nouveau les paupières, tenta de se redresser, cherchant son patron du regard.

— Mo… bi… prononça-t-il avec peine, syllabe par syllabe, en essayant d'écarter son masque avec sa langue.

— La mobylette ? Je l'ai retrouvée. Ne t'inquiète pas, je t'expliquerai.

Les paroles d'Anconi calmèrent momentanément Lefebvre, qui referma les yeux et parut s'apaiser et plonger dans un lourd sommeil. Le commissaire remarqua un ralentissement du tracé de l'écran au-dessus de l'alité. Mais rapidement une accélération survint, déclenchant une alarme.

L'infirmière fit de nouveau son apparition, vérifia les curieuses pastilles collées sur le thorax de son patient. Elle jeta un regard réprobateur vers le visiteur.

— Votre présence semble le perturber. Pendant la période de réveil, les malades se comportent souvent comme cela. Il vaudrait mieux que vous le quittiez, maintenant…

Un sourire accompagna cette mise à la porte polie.

— Je vais te laisser aussi, mon chéri, souffla madame Lefebvre en posant un baiser sur le front de son mari. Bonne nuit.

À ce moment, l'inspecteur tapota son drap pour attirer l'attention, souleva la tête et la tourna vers la porte.

— Pa… Patron ! grommela-t-il.

Anconi, déjà sur le seuil, en proie à une nausée, fit un effort pour se rapprocher. Il se pencha vers son adjoint.

— Je suis là, Petit… je t'écoute, murmura-t-il à voix basse, réfrénant tant bien que mal son malaise.

— Mor… mor…

Le commissaire se méprit sur le sens du mot.

— Bonne Mère, tu es en train de guérir, tout va bien.

— Mor… ta ! articula Lefebvre dans un souffle.

— Oui ! Oui ! Morta. Morta, je comprends. Que veux-tu dire ?

— Clef… clef… la clef !

Sa tête retomba lourdement.

XII

En ce dimanche 3 juillet, Anconi fut réveillé très tôt par des coups répétés. Il faisait encore sombre. Il crut d'abord que quelqu'un frappait à sa porte, se leva pour ouvrir. Seules brillaient dans le couloir désert les petites lumières vertes indiquant les sorties de secours. Il retourna se coucher, l'oreille aux aguets.

Le même bruit se renouvela après quelques minutes. Blam ! Blam !

La fenêtre s'ouvrait sous les assauts d'un vent violent. Il quitta de nouveau son lit. Un souffle puissant le frappa au visage, une pluie l'aspergea. Il dut forcer pour refermer, tant la tempête faisait rage. « Fan de chichourle ! » Il n'était que 6 h 30.

La veille, avant de se coucher, il avait lu et relu le carnet rouge de Lefebvre :

« *Retrouver clef armoire à morta.*

Qui a volé les objets en morta de Claude ?

Grosse pièce de morta chez Claude : jalousie ? »

Une partie de la nuit, il avait gambergé, associant ces notes avec les paroles de l'inspecteur sur son lit d'hôpital. Il s'en voulait. Obnubilé par la culpabilité supposée de Frédéric Le Corre, il avait négligé cette allusion au morta. Pas plus qu'il ne s'était préoccupé de la clef récupérée, pourtant à grand-peine, chez Delafosse. Assurément il s'agissait bien de la même ! Se tournant et se retournant sur sa couche, il avait tenté de faire le lien avec l'appel anonyme évoquant « jalousie » et « bricole ». Ne s'était-il pas fourvoyé sur la signification de ce dernier mot ? Claude Janval, passionné de bricolage ? Jalousé ? Par qui, pourquoi ?

Lorsqu'il se fut résolu à une nouvelle visite chez sa veuve dès le lendemain, un semblant de sérénité lui apporta quelques heures de sommeil tourmenté.

Dans le jour naissant, la place devant l'hôtel était balayée par les bourrasques. Un grain serré masquait toute visibilité. Il frissonna, se trouva le visage fatigué dans le miroir. Il s'expliqua le mauvais goût dans sa bouche par l'excès de cachous sucés dans la soirée du samedi.

Après le dîner, il avait rassuré Hilda, lui jurant qu'il avait la situation en main, que Lefebvre se rétablissait. Celle-ci ne fut pas totalement dupe.

— Comment vas-tu occuper ton dimanche ? avait demandé Anconi pour détourner la conversation.

— Notre petite voisine Birkin me traîne à un concert public en plein air à la Goutte d'or. Son chéri joue dans le groupe Tomixe. Du rock-reggae !

— J'espère pour vous qu'il fera meilleur qu'ici !

— Couvre-toi bien, *mijn beminde*.

Elle lui avait prodigué moult recommandations. Lui, tant bien que mal, avait montré bonne figure.

Il retrouva madame Lefebvre devant son petit-déjeuner, dans la salle du rez-de-chaussée. Le gérant le salua de loin à plusieurs reprises, multipliant les gestes de bienveillance et les allées et venues autour des tables, jusqu'à être remarqué du commissaire.

Celui-ci tarda à y répondre, feignant de ne pas l'apercevoir, puis s'en voulut de torturer cet homme et le salua le plus aimablement possible.

— Quelle tempête ! déplora l'hôtelier, j'espère que ce fichu vent ne vous a pas empêché de dormir, ajouta-t-il poliment, manifestement désireux de se faire pardonner.

— Non ! Non ! assura Anconi. Vous qui êtes d'ici, pensez-vous que ce sale temps se prolongera toute la journée ?

— Hélas, on annonce même un renforcement en soirée. Et les températures ne sont guère de saison ! Pas de chance pour le départ du Tour de France ! Un grand café, Monsieur le commissaire, comme d'habitude ?

— Tè, cela nous réchauffera.

De son côté, l'épouse de son inspecteur avait retrouvé le sourire.

— J'ai téléphoné ce matin à l'hôpital, s'empressa-t-elle de dire. Ils vont probablement le changer de service demain, si l'amélioration se poursuit. Il passerait en chirurgie.

— Bonne Mère, je suis ravi ! Il est solide comme tout, notre Petit !

Anconi dut insister pour qu'elle accepte de se laisser conduire à l'autre bout de la ville.

— Avec ces bourrasques, pas question ! En plus le dimanche il y a probablement moins de bus.

Dans la voiture, elle demanda timidement :

— Ce qu'il vous a dit hier soir à propos d'une clef... Croyez-vous qu'il délirait ?

— Au contraire. Il a retrouvé toute sa tête. Une piste que je négligeais. Brave Petit !

Madame Lefebvre arbora aussitôt un grand sourire de soulagement.

— Votre enquête progresse ?

— Malheureusement, je n'ai pas encore passé l'endroit le plus étroit ! Les langues ne se délient pas facilement, en Brière !

Il la déposa boulevard Laennec. Il la vit courir vers le parking couvert pour échapper aux intempéries. Elle se retourna pour lui adresser un petit signe avant de disparaître dans l'ombre, derrière un des multiples poteaux de soutènement du parc de stationnement presque désert en ce dimanche matin.

Il rebroussa chemin, reprit la direction de la gare et franchit les voies en direction de Nantes. Les rafales sur le pont secouèrent la BX. Les lourds nuages qui cavalaient dans un ciel tourmenté avaient parsemé la chaussée de multiples flaques d'eau. Anconi fut frappé de découvrir des centaines d'oiseaux blancs tapis dans les prairies de chaque côté de la route, pour échapper au vent du large. Les roseaux se couchaient sous les bourrasques.

À Saint-Malo-de-Guersac, il bifurqua sur sa droite, se guidant sur la flèche de l'église. Sur le parvis de l'édifice, quelques silhouettes noires s'engouffraient sous le porche en se battant avec leurs parapluies retournés. Les cloches sonnaient le rappel des paroissiens à la messe dominicale. Et si Jeannine s'y rendait ?

Anconi retrouva ce paysage qu'il connaissait bien maintenant, prairies et roselières, noyées dans ce ciel bas. Il faillit s'arrêter pont de Boisman, là où Lefebvre… Il ralentit, chassa finalement de sa pensée les élans nostalgiques. « À quoi bon ? »

Il se concentra sur ce qu'il demanderait à Jeannine Janval et surtout sur la manière dont il s'y prendrait. Il gara la Citroën devant la chaumière basse, vérifia une dernière fois la présence de la fameuse clef dans la poche de son vieux cuir. Les roses trémières avaient souffert de la tempête, les fleurs pendaient sur leur tige pliée en deux. Il ne repéra pas le break Peugeot, mais n'osa pas vérifier l'arrière de la maison.

Il frappa.

La porte s'ouvrit sur une Jeannine très étonnée de découvrir le policier.

— Adieu, madame Janval, je suis désolé de venir chez vous à l'improviste, un dimanche en surplus. Puis-je cependant entrer ? implora-t-il en montrant le ciel menaçant.

— Bonjour, Commissaire. Avez-vous arrêté celui qui… questionna-t-elle en écartant l'huis.

Elle portait une robe sobre, un bandeau dans les cheveux, son visage pâle ne montrait aucune trace de maquillage. Elle avait en main un de ces plumeaux qui servent à remuer la poussière. Elle s'excusa de sa tenue, expliquant « faire un peu de ménage pour tuer le temps » et libéra ses cheveux.

— Pas encore, admit Anconi. Toutefois, j'ai retrouvé l'ami de Claude, ce Frédéric Le Corre, Têtard. Je voulais vous l'apprendre. Mais peut-être s'est-il manifesté auprès de vous ?

— Euh ! Non. Que…

Le policier mit dans un premier temps le silence de Têtard sur le compte de la grève, de son rôle syndical. Devant l'incrédulité de Jeannine, il dut lui exposer les circonstances de sa garde à vue et sa libération.

— J'ai d'abord vu en lui le coupable idéal, sans cependant en comprendre le mobile. Sa disparition, sa mobylette retrouvée percée d'une balle et noyée dans le marais, bref… Je me suis trompé. Force est d'abandonner cette accusation, ses collègues confirment sa présence aux Chantiers au moment des faits.

— Vous me soulagez. Il aurait pu m'appeler, tout de même.

— Je ne comprends pas davantage que vous, Madame. Lorsque j'ai mis la main dessus, à son retour de Paris où il participait aux négociations avec le patronat, il a prétendu ignorer la disparition de Claude. Je sais qu'il mentait.

— Mais pourquoi ?

— Mystère. Aucun différend ne vous séparait ?

— Mais non, voyons.

— Je suppose qu'il va bientôt venir vous présenter ses condoléances.

Anconi sortit la clef de sa poche, la tendit entre pouce et index.

— Cet objet vous rappelle-t-il quelque chose ?

— Mais c'est la clef de l'armoire de Claude ! s'exclama-t-elle en tentant de s'en emparer. Il la gardait toujours sur lui, depuis qu'il avait été victime d'un vol. Expliquez-moi.

Il décrivit son passage aux pompes funèbres Delafosse, la restitution des objets personnels de son mari dans une enveloppe. Il relata aussi sa discussion avec Frédéric Le Corre au cours de laquelle celui-ci lui avait appris qu'il avait demandé à son ami de faire un crochet par La Bosse pour déposer de l'argent chez sa mère. Les cinq cents francs se trouvaient bien dans la poche de Claude, je me suis permis de les remettre à Renée.

— Mon Dieu ! Sans ce détour…

— Accepteriez-vous de m'ouvrir cette armoire ?

Elle s'enroula dans un châle, l'entraîna d'un « Venez, alors ! », et sortit par la porte de derrière. Il la suivit dans l'herbe trempée. Le commissaire nota l'absence du break 305 d'Alain Méan, le regretta presque. Au loin, des gloussements d'animaux dominèrent un instant le bruit du vent.

À l'extrémité de la levée, Anconi aperçut ce que

Lefebvre avait sans doute visité avant lui : la loge en pierre, le canal, le chaland pointu amarré dans la couline, sous un beau saule. La forte brise plissait l'eau du marais qui clapotait contre la berge. Ils entrèrent dans la construction. Le commissaire distingua les établis, les outils, les morceaux de morta. Et l'armoire.

— Essayez !

La clef s'engagea facilement dans le trou et joua dans la serrure. Clic ! Clac ! La porte du meuble s'ouvrit.

— Ce sont des objets en morta. C'est Claude qui…

Sa voix s'embruma.

Quatre étagères garnissaient l'intérieur. Dessus étaient alignées diverses réalisations, des pipes, des stylos, des couteaux en particulier, bien lustrés. Une création attira particulièrement le regard du commissaire : des pièces d'échiquier sculptées, les unes noires, les autres rouges reposant sur un plateau en marqueterie.

— Il était particulièrement fier de cette œuvre, confessa-t-elle en sortant un mouchoir. Je crois qu'elle lui avait été commandée par un cadre des Chantiers de l'Atlantique.

Anconi sursauta. La phrase anonyme « La bricole fait des jaloux » s'imposa à lui.

— Fan de bricole !

Devant le visage stupéfait de Jeannine, il se reprit.

— Magnifique ! Des heures de travail, je présume ?

— Il ne comptait pas son temps. Il venait juste de le terminer. Sans sa panne de voiture, il l'aurait même livré cette semaine.

— Il se faisait payer ? Je suppose que ces objets possèdent une grande valeur marchande ?

— Claude était un homme désintéressé, c'était juste une passion !

— Tout de même. Savez-vous à qui il destinait cette splendide réalisation ?

— Je vous l'ai dit, à un cadre. J'ignore qui, mais Alain vous l'apprendrait, lui, puisqu'ils travaillaient dans le même bureau.

Le commissaire se promit d'interroger très vite "Alain Barrière".

— Où habite-t-il, votre ami Alain Méan ?

— Fédrun.

Comme Halgand-La Pie, comme Aoustin-Boiteux.

— Aux Chantiers, tous connaissaient sans doute sa passion pour le travail du morta ? insista-t-il.

— Je l'ignore. Pourquoi me demandez-vous cela ?

Il s'ouvrit à elle de cet appel anonyme de la veille.

— Une jeune femme, vous dites ?

Son étonnement ne paraissait nullement feint.

— Voyez-vous quelqu'un qui aurait pu jalouser votre mari ? Un collègue ? Un concurrent travaillant lui aussi ce bois fossile ?

— Non. Comme je l'avais signalé à votre inspecteur, il gardait cette clef sur lui depuis un vol. On lui avait chapardé plusieurs objets. Il n'a pas porté plainte ; chez nous, cela n'est pas la coutume…

— De sorte que vous ignorez l'auteur du délit.

Elle se contenta de hocher la tête. Anconi sentit bien qu'il remuait des souvenirs pénibles. Il orienta la conversation sur la tentative d'achat d'une chaumière à Fédrun.

— À qui appartenait-elle ?

— À un grand-oncle, un Aoustin, comme moi.

— Au Boiteux ?

— Oui. Comment le savez-vous ?

Anconi commençait à s'y retrouver, dans tous ces Aoustin. Jeannine, une fille Aoustin, mariée à Claude Janval, avait donc pour grand-père un frère de Boiteux.

— Claude souhaitait acheter une maison appartenant au frère de votre grand-père, c'est-à-dire au Boiteux, c'est bien cela ?

Elle opina, ajoutant que son mari souhaitait s'implanter dans ce qu'il appelait le cœur de la Brière, qu'il affectionnait particulièrement.

— C'est pourquoi j'ai choisi de l'y enterrer.

— Oui, je comprends… Pourquoi la vente ne s'est-elle pas réalisée, précisément ?

— Boiteux n'a plus voulu s'en séparer. Ils ne sont pas très faciles, tous. Son gendre, Le Corre-Le Gaucher, a fait des histoires, s'est fâché. Je crois qu'il était jaloux de mon mari.

— Cette fâcherie était-elle récente ?

— Oui, deux semaines environ.

— Donc peu de temps avant le drame ? Pourquoi ne pas m'en avoir parlé ?

Jeannine fondit en larmes.

— Claude… sanglota-t-elle, n'avait pas insisté. Il n'en a pas fait d'histoires, « il y a d'autres maisons à Fédrun » qu'il disait. Il n'était pas à se quereller. Terminé bonsoir, il répétait.

— Madame Janval, Boiteux et son gendre Le Gaucher en voulaient donc à votre mari…

— J'peux pas croire ! On est pourtant de la même famille. C'est trop dur. Soyez gentil, laissez-moi.

— Je ne désire pas vous tourmenter, Jeannine.

— Dieux du ciel !

Anconi s'approcha d'elle, posa la main sur son épaule, lui assura que justice serait rendue. Le visage bouleversé de Jeannine traduisait autant la peur que le chagrin. Ils bouclèrent l'armoire, quittèrent la cabane, retournèrent vers la maison, silencieux.

— Merci. Merci de votre aide, Commissaire, souffla-t-elle en démêlant ses cheveux ébouriffés par les bourrasques.

Elle allait et venait dans la sombre salle à manger, déplaçant un objet pour le remettre aussitôt au même endroit, ne sachant quelle contenance adopter.

Il n'osait pas la quitter, tant l'émotion était palpable dans la pièce.

— Je vous rends la clef… murmura-t-il, ainsi que les objets personnels que les pompes funèbres m'ont restitués.

Elle glissa le tout dans le tiroir du vaisselier.

— Voulez-vous que je vous réchauffe un café ? proposa-t-elle. Avec ce temps épouvantable…

Sans attendre la réponse, elle sortit deux tasses, un sucrier, les posa sur la toile cirée et disparut dans la cuisine. Anconi restait debout, mal à l'aise. Il tentait d'imaginer lequel des deux, Boiteux ou son gendre, avait fait parler le fusil contre Claude Janval. Pour ce qu'il connaissait d'eux, il les sentait capables, l'un comme l'autre d'un tel acte. Il avait vu Louis Aoustin au Cheval Noir feignant d'épauler « Pan ! Pan ! » vers le car de tourisme garé sur la place. Quant à Roger Le Gaucher, sa violence envers son épouse autorisait toutes les suppositions. Au moins savait-il où trouver l'ivrogne, à la gendarmerie de Saint-Malo-de-Guersac.

Jeannine interrompit ses pensées en revenant avec une cafetière chromée. Elle avait mis de l'ordre dans sa coiffure. Elle servit. On n'entendait plus que le raclement des petites cuillères dans les tasses et le bruit du vent, par bouffées.

— Soyez prudent, finit-elle par souffler, le visage grave.

— Vaï ! Vous aussi, Jeannine ! Moi, je suis un policier.

— Moi, je suis une Aoustin, objecta-t-elle. Ils pourraient s'en prendre à vous, comme ils l'ont tenté pour votre inspecteur. Pardonnez-moi, je ne vous ai même pas demandé de ses nouvelles. Comment va-t-il ?

Il la rassura, livrant quelques détails sur l'amélioration de son état.

Un bruit de moteur, dehors, couvrit alors leur conversation. Anconi consulta sa montre : déjà 11 heures !

Jeannine se leva d'un bond, se hâta vers la porte, souleva le rideau.

— C'est Alain, se réjouit-elle, en ouvrant.

Méan entra. Il portait un ciré trois quarts, jaune. Ses cheveux parfaitement lissés témoignaient d'un coup de peigne très récent, compte tenu des conditions météorologiques. Il embrassa Jeannine. Son sourire séducteur disparut lorsqu'il aperçut Anconi.

— Bonjour, monsieur Méan, vous tombez bien.

Sous la surprise, son visage se figea un instant. Il rendit son salut au commissaire, puis retira son vêtement de pluie. Son veston strictement ajusté et sa chemise blanche lui conféraient des allures de dimanche.

— Vous nous apportez du nouveau ? s'enquit-il.

— Peut-être. Jeannine m'a assuré que vous seriez en mesure de m'apprendre à qui Claude destinait ce magnifique jeu d'échecs qu'il venait d'achever.

— Ah ! Vous l'avez vu ? Comment…

Elle intervint pour expliquer que le commissaire avait eu la bonté de récupérer les objets personnels aux pompes funèbres Delafosse et de les lui rapporter.

— Je comprends. Un incroyable travail d'artiste, n'est-ce pas ? Il lui avait été commandé par un cadre des Chantiers.

— En échange de quoi ? s'inquiéta abruptement Anconi. On m'a appris l'existence de la "bricole", une sorte de tolérance. Du donnant-donnant, si j'ai bien compris ?

— Pas du tout, ce ne sont pas des échanges, il n'y a pas de contrepartie.

— Je suis pourtant obligé de vous demander le nom du commanditaire. Un tel cadeau a pu déclencher des jalousies, vous me comprenez ?

Par un coup d'œil fugitif avec Jeannine, il chercha du secours.

— Si tu le connais, dis-lui, Alain.

— Je ne sais si…

— Craignez-vous pour votre vie, insista Anconi.

— Ma vie ?

Son sosie Barrière ne chantait-il pas ces deux mots ? Pourquoi, en un moment si dramatique, le commissaire sourit-il en pensant au refrain de l'ancien tube ?

— C'est Didier Legentil, un cadre d'Alsthom, qui…

— Je vous remercie, monsieur Méan. Tout le monde était-il au courant, dans l'entreprise ?

— Dans le bureau d'études de Claude Janval, peut-être.

— Frédéric Le Corre aussi ?

Alain Méan se contenta de hausser les épaules. Il ne souhaitait pas livrer d'autres informations. Craignait-il de subir le sort de Claude ou de s'attirer les foudres de sa direction ?

— Où puis-je le trouver, ce Legentil ?

— Je crois qu'il habite Saint-Nazaire, mais de là à connaître son adresse, répondit-il avec une pointe d'agacement.

— Une larme de Bénédictine dans votre tasse, Commissaire ? proposa Jeannine pour détendre l'atmosphère et minimiser la confession de son ami Alain. Elle ouvrait déjà d'autorité la porte du buffet lorsque Anconi refusa poliment.

Il se préparait à quitter la chaumière. Il projetait une visite à la gendarmerie pour cuisiner un Le Corre-Le Gaucher dégrisé. Ensuite il irait renifler à Fédrun autour de cette chaumière qui avait entraîné une discorde, et peut-être plus encore… La Pie lui en apprendrait possiblement davantage, s'il s'y prenait bien ? Malgré son désir de rencontrer au plus vite ce Didier Legentil, il devait admettre que le joueur d'échecs n'occuperait pas son bureau un dimanche.

Il attendit pour partir car le téléphone retentissait dans un coin de la pièce. Jeannine ne se hâtait pas de décrocher, comme si elle ne percevait pas la sonnerie. Que craignait-elle ?

— Allez-y, je vous en prie, je ne suis pas pressé, lui indiqua Anconi, comme s'il attribuait cette attitude à une marque de politesse.

Elle se dirigea lentement vers le combiné.

— Allô ?

— …

— Madame Janval, oui…

Elle fronça les sourcils, se tourna vers les deux hommes.

— C'est le commissariat de police de Saint-Nazaire.

On devait la mettre en attente, car elle écarta l'appareil de son oreille.

— Allô ?

Quelques instants passèrent.

— C'est pour vous, Commissaire…

Anconi s'approcha. Sans doute un évènement sérieux, craignit-il.

— Anconi au fil.

— C'est Blanchard. J'espérais vraiment vous trouver là. Ça se corse !

Une voix grave, pas du tout celle du cow-boy détendu habituellement.

— Des ennuis, Vieux ?

— Et comment ! On peut dire que vous les attirez.

— Que se passe-t-il ? Raconte.

Jeannine et Alain ne quittaient pas des yeux le commissaire. Une lourde inquiétude se lisait sur leurs traits. La bouteille de Bénédictine à double col, debout sur la toile cirée, paraissait bien incongrue.

— La gendarmerie de Montoir-de-Bretagne souhaite vous joindre de toute urgence.

— Ah ! Sans doute au sujet de Roger Le Gaucher. Hier, je te l'avais dit, j'ai dû faire appel à eux pour le coffrer. Il tapait sur sa femme, tellement il s'était empégué*. Pourvu qu'il…

— Non ! Non ! Il ne s'agit pas de lui. Cela concerne Frédéric Le Corre.

— Quoi ? Têtard ?

— Un accident ! Ils n'ont pas accepté de m'en révéler davantage, mais cela semble grave. J'espère que sa garde à vue ne l'avait pas trop secoué.

Anconi sentit l'ombre d'un reproche chez son ami Blanchard.

— Fatche ! Je les appelle fissa. Je te tiens au courant aussitôt après, ajouta-t-il pour le rassurer.

Ils raccrochèrent en même temps. Dans la salle à manger, la perplexité se partageait avec la curiosité. Tous deux parlèrent d'une même voix :

— Têtard a été arrêté ?

Sans répondre, le commissaire demanda à utiliser la ligne. Il composa le 17 pour joindre la gendarmerie de Montoir.

— Allô ? Ici le commissaire Anconi. Vous cherchez à me contacter ?

— Affirmatif. Conservez, je vous passe le chef de brigade.

« Fan de chichourle, ça ne rigole pas », pensa-t-il. Il n'eut pas le loisir de réfléchir davantage.

* Saoulé.

— Commissaire Anconi ? Capitaine Derriaux. Je me vois obligé de vous prier de passer 12, rue Jules-Verne à Montoir, pour complément d'information.

— Pourriez m'en apprendre un peu plus ? questionna Anconi, qui n'appréciait guère recevoir des ordres sans explication.

— Vous enquêtez bien, officieusement, sur les agissements du nommé Frédéric Le Corre, domicilié à Mazin, commune de Saint-Joachim, lequel individu se révèle être le fils de celui que vous nous avez confié hier ?

— Oui. Il est arrivé quelque chose ?

— Affirmatif. Il a été transporté au centre hospitalier de Saint-Nazaire avec une balle dans la cuisse. Venez avec votre arme.

Une voix neutre, monocorde, mécanique, glaçante.

XIII

Anconi présuma que les gendarmes le suspectaient. Il ne parvint pas à réprimer un juron marseillais.

— Têtard a été arrêté ? réitéra Alain, qui n'avait saisi du dialogue que les réponses du commissaire.

— Il a reçu une balle ! lâcha celui-ci laconiquement.

— Nooon ! Il est mort ?

Il attendait un « lui aussi », qui ne vint pas.

— Vaï ! Pas encore, mais il semblerait bien que la chasse soit ouverte en Brière !

Il remercia Jeannine et son ami Alain pour leur contribution.

— Si vous parveniez à me dégotter aux Chantiers l'amateur d'échecs, ce "gentil", je vous en serais reconnaissant, leur demanda-t-il. Dites-lui de m'appeler à l'Hôtel du Berry, à Saint-Nazaire.

— Bien sûr, Commissaire.

Il prit congé, les laissant pantois devant les tasses vides, les petits verres et la Bénédictine.

Pendant que la BX pompait son hydraulique, il

emplit sa paume de cachous et les absorba tous en une fois. Il parlait tout seul, agacé comme tout. « Venez avec votre arme ! Tè pardi ! Comme un vulgaire barbot du Bar du Téléphone* ? »

Il s'obligea à réfléchir à ce rebondissement, totalement inattendu. Qu'avait fait ou dit le Têtard pour devenir une cible ? Qu'imaginait le tireur : dénoncé ou trahi par lui ? « Il ne m'a pas tout raconté, ce têtard des marais ! »

Il ne décolérait pas, en voulait au monde entier, aux gendarmes, aux appelants anonymes, à tous ces Briérons qui le baladaient. Jusqu'à cette fan de tempête ! Il évita de justesse un cycliste qui zigzaguait face au vent sur la petite route.

Il s'arrêta devant le 12 de la rue Jules-Verne, qu'il repéra de loin par son drapeau tricolore qui claquait au vent. Par défi, il gara son véhicule en travers du porche d'entrée.

Dès qu'il eut décliné son identité, on le conduisit dans un bureau inoccupé. Anconi reconnut un des intervenants de la veille, au domicile des parents Le Corre.

Il fut invité à s'asseoir.

— Je vais vous demander de me confier votre arme. Les ordres ! s'excusa-t-il.

— Je n'en ai pas. Quant à mes menottes, elles se trouvent déjà ici, railla le commissaire.

* Lieu d'un sanglant règlement de comptes entre malfrats ou proxénètes, quartier du Canet à Marseille en 1978.

Il portait rarement son arme de service. Il pensa aussitôt au revolver Manurhin MR73 de Lefebvre qu'ils ne manqueraient pas de trouver dans la boîte à gants de la BX, s'ils la fouillaient ! Il regretta d'avoir abandonné la voiture au milieu du passage, dans un geste de mauvaise humeur.

— Le capitaine va vous recevoir.

— Ce sera long ? s'impatienta-t-il.

L'air gêné, le gendarme sortit de la pièce sans répondre, le laissa seul.

Dix minutes s'écoulèrent avant que le chef de brigade ne le rejoigne.

— Capitaine Derriaux. Vous comprendrez, Commissaire, que j'aie quelques questions à vous poser.

Pas franchement amical, le capitaine Derriaux.

— Pas vraiment, non. Si vous m'expliquiez ? interrogea Anconi, profondément agacé.

Ce matin, vers 10 h 30, une patrouille de gendarmerie avait repéré sur la D16, à hauteur du pont de la Miterne, commune de Saint-Joachim, une automobile mal garée sur le bas-côté. Le véhicule avait heurté un poteau électrique en ciment. Le conducteur, assis au bord de la route dans les roseaux, agitait les bras.

Il s'est avéré que le chauffeur, Frédéric Le Corre, avait été atteint par une balle de calibre douze qui avait traversé la portière, avant de transpercer la cuisse gauche et de se loger dans le tableau de bord.

Devant la perte de sang importante, les sapeurs-pompiers dépêchés sur place avaient conduit le blessé au centre hospitalier.

— Fatche ! Vous n'imaginez tout de même pas que c'est moi qui lui ai tiré dessus ? s'indigna Anconi lorsque le chef de brigade eut terminé la lecture précise de son rapport.

— Que faisiez-vous hier chez les parents de la victime ?

— Tè, une simple visite de courtoisie, répondit avec aplomb le commissaire. Je suis venu dans votre région pour assister aux obsèques d'un ami, monsieur Claude Janval. Vous voulez apprendre aussi la date de naissance de mes aïeux ?

— Connaissiez-vous Frédéric Le Corre ? poursuivit le gendarme, imperturbable.

— Je l'ai rencontré à la cérémonie d'enterrement, mentit-il effrontément.

Anconi bouillonnait. Un commissaire du Quai des Orfèvres soumis à un interrogatoire en règle par un chef de brigade et suspecté comme un mafalou ! Il pensa à son collègue parisien emprisonné à Bois-d'Arcy à la suite des ragots exploités par un fonctionnaire vindicatif.

— Compte tenu des circonstances, vous comprendrez que la gendarmerie souhaite en savoir davantage.

— Je voulais tout simplement remercier madame Le Corre pour sa présence à la cérémonie. Ce sont les usages, chez moi. Elle se trouvait seule à son domicile. Son mari est arrivé, dans un état d'ébriété avancé et a débité un concert d'insultes. Lorsqu'il a commencé à tout casser et à vouloir battre son épouse, j'ai appelé vos services. Vos hommes l'ont constaté, scanda-t-il.

— Vous vous querellez avec lui, vous le menottez et comme par hasard, le lendemain, son fils se fait tirer comme un lapin en rentrant chez lui ? Curieuse coïncidence, non ?

Anconi se leva, furieux. Le capitaine réclama du renfort.

— Asseyez-vous, Commissaire. Nous allons devoir fouiller votre voiture et pendant ce temps, vous allez me détailler votre emploi du temps de la matinée. Vos clefs !

Anconi, blême, s'exécuta. Un gendarme s'éclipsa avec le trousseau.

— Vous outrepassez vos droits ! Sachez que ce matin, après un petit-déjeuner à l'Hôtel du Berry, je suis allé voir mon inspecteur hospitalisé, ensuite j'ai rendu une dernière visite de sympathie à madame Janval avant de reprendre le train pour Paris. C'est là d'ailleurs que vous m'avez trouvé.

Derriaux, raide dans son uniforme, lissait sans cesse sa moustache. Allait-il gober son histoire ? Un comble : Anconi comptait maintenant sur l'omerta brièronne, espérant que personne ne parlerait, ni chez Le Corre, ni chez Janval, ni ailleurs. Frédéric avait-il évoqué sa nuit de garde à vue avant d'être transporté à l'hôpital ?

Le capitaine ne laissa rien paraître.

— Quel discours avez-vous tenu hier à Roger Le Corre, le père de la victime, pour qu'il se mette dans un état pareil ?

— Si vous aviez pratiqué une mesure de l'alcoolémie, vous auriez la réponse, ironisa Anconi.

— Chez nous, il s'est montré parfaitement calme. Nous l'avons d'ailleurs libéré dans la soirée, puisque aucune plainte n'avait été déposée.

« Tè, pardi ! »

Un gendarme frappa discrètement, entra dans la pièce sans attendre, déposa le coffret noir de Lefebvre sur le bureau.

— Nous l'avons trouvé dans la boîte à gants, avec les papiers du véhicule, Mon capitaine.

Ce dernier ouvrit le coffret, sortit le revolver.

— Il est à vous ?

— Mon arme de service. Vous n'en possédez pas une identique ? Comme vous le savez, elle tire du neuf, pas du douze.

Le chef de brigade vérifia le barillet, huma le canon, puis consulta les papiers.

— Je constate que la voiture ne vous appartient pas. Ce monsieur Lefebvre, qui est-ce ?

— Un complice, Capitaine… mon adjoint, à la PJ. Il me l'a prêtée pour venir aux obsèques. Souhaitez-vous le contrôler ? ricana-t-il.

— Cessez vos ironies, Commissaire. Je vous crois. J'aurais seulement apprécié davantage de collaboration entre nous.

— Vous perdez votre temps. Que puis-je vous apprendre de plus ? Arrivé depuis deux jours, je ne connais ni le pays ni ses habitants. Comment saurais-je qui a tiré sur le fils Le Corre et pourquoi ?

Somme toute, il ne mentait pas totalement.

— Comptez-vous rencontrer toutes les relations de votre ami ?

— Des plus proches seulement, tous très affectés. Vous n'y voyez rien de répréhensible, j'espère, Mon capitaine ?

— Bien sûr que non. Je me demandais si votre présence en Brière n'était pas liée à une enquête, bien que vous ne dépendiez pas de notre juridiction. De quoi est-il décédé, votre malheureux ami Deval ?

— Janval, Claude Janval. Une malencontreuse chute de mobylette.

— Sans doute est-ce survenu à Saint-Nazaire, où ce type d'accident reste très fréquent. En Brière, ce sont surtout les noyades, les crimes de sang qui nous occupent, la plupart du temps irrésolus, faute de témoins.

Le chef gendarme se montrait plus fin et plus retors que ne le laissaient paraître son abord un peu rude et sa rigidité militaire. Il ne semblait pas dupe des raisons invoquées par Anconi pour expliquer sa présence en Brière.

— À Paris, il nous arrive aussi de nous heurter bien souvent à des murs, hélas. Le métier s'avère parfois ingrat.

— Raison de plus pour nous entraider, vous ne trouvez pas ?

— Si je le pouvais…

— Vous maintenez que vous ne connaissez pas Frédéric Le Corre ? On le surnomme Têtard, au pays, syndicaliste notoire aux Chantiers. Vous le saviez ?

Anconi haussa les épaules en signe d'ignorance, proposa un de ses petits bonbons noirs, que Derriaux refusa d'un « jamais pendant le service ». L'atmosphère se détendait.

— Il est né prématurément, à la fin de la guerre, d'où son sobriquet, poursuivit le capitaine. Les vieux racontent qu'il est issu d'un mariage arrangé par son grand-père, un Aoustin plus têtu qu'une mule. Peut-être la raison pour laquelle le citoyen est demeuré célibataire. En tout cas, voilà encore une balle qui, je le crains, restera anonyme.

— Vous me voyez désolé de n'être pas en mesure d'améliorer vos statistiques. Vous n'imaginez pas un banal accident de chasse, une balle perdue ?

— On sent bien que vous ne connaissez pas le pays ! Si un détail vous revenait, ou si vous appreniez quelque chose au cours de vos visites protocolaires, je compte sur vous, naturellement. Vous pensez demeurer encore quelques jours chez nous ?

— Le temps de saluer Blanchard…

— Tenez ! Je vous rends votre arme, et vos papiers. Et vos menottes ! J'oubliais, vous êtes au mieux avec le commissaire Blanchard.

— Il y a quelques années, une enquête nous avait réunis. Depuis, nous sommes restés amis. Les occasions de se rencontrer s'avèrent trop rares.

— Peut-être nous reverrons-nous aussi ? Sinon, je vous souhaite un bon retour à Paris.

— Merci. Bonne chance tout de même dans vos investigations.

Un concours d'hypocrisie.

Sa voiture l'attendait devant l'entrée du commissariat, clefs sur le contact, moteur tournant au ralenti.

Un gendarme le salua, main au képi. « Ces pandores n'ont pas fait le rapprochement entre l'accident de Lefebvre et les papiers de voiture que je leur ai présentés ? Pas un mot non plus au sujet de la visite au garage de Saint-Joachim que je leur avais conseillée ? » Il démarra, roula au hasard, s'arrêta à la première cabine téléphonique qu'il trouva. Les cachous viendraient bientôt à lui manquer.

— Allô, Vieux ? Je quitte à l'instant la gendarmerie de Montoir. Figure-toi que notre ami Le Corre a reçu une balle en rentrant chez lui !

— Non ! Vous blaguez !

— Dieu garde ! Pas du tout ! Même calibre que dans la mobylette de Janval. Du douze !

— Mort ?

Le commissaire, volubile, détailla les faits, rapporta l'interrogatoire qu'il avait dû subir, concluant d'un tonitruant : « Ce capitaine m'a fait plus noir que la cheminée ! »

— Le c… ! Dites, Patron, vous en déduisez comme moi qu'il ne peut s'agir que du même tireur !

— Pardi ! Des copains. Reste à trouver l'ennemi commun.

— À moins que l'assassin de Janval n'ait eu vent de l'arrestation de Frédéric Le Corre. De peur qu'il ne parle trop, il supprime un témoin. Rappelez-vous que Têtard semblait vous cacher quelque chose. Voilà peut-être la raison pour laquelle il se planquait dans ses chantiers ?

— Fan de Briérons ! Il va falloir attendre pour cuisiner le blessé, maintenant. Je file sur Fédrun. Une conversation s'impose avec Boiteux. J'ai appris qu'il devait vendre une chaumière à Claude Janval. La cession a capoté deux semaines avant sa mort, Jeannine a admis qu'une fâcherie en a résulté, des jalousies sont nées, un pataquès quoi.

— Soyez prudent, Patron… Le marais engloutit les gens trop curieux !

— Mouillé pour mouillé, mieux vaut pisser dans le pantalon !

Anconi s'apprêtait à raccrocher lorsque Blanchard le retint d'un : « Attendez, conservez un instant ! »

— Un certain Legentil a appelé pour vous. Il s'est présenté comme un cadre des Chantiers, soi-disant que vous souhaitiez le contacter. Il a laissé ses coordonnées.

— Ah ! Le joueur d'échecs ! Tè, je l'avais oublié, celui-là. Je t'écoute.

Il sortit le carnet rouge de Lefebvre, inscrivit deux numéros, travail et domicile. Blanchard, pourtant perplexe, ne réclama aucune explication.

— Merci, Vieux. Une vague idée, je te dirai !

Il raccrocha puis nota aussitôt sur une page blanche : « *Boiteux : faire la lumière sur mariage arrangé entre Renée et Roger Le Corre (Le Gaucher), quid vente avortée à Janval.* »

Le vent soufflait toujours très fort, même si la pluie semblait accorder une courte trêve. Le commissaire songea au désespoir des vacanciers de ce début juillet, copieusement arrosés. Pas d'insolation sur le départ du Tour !

Il resta dans la cabine, choisit le premier numéro de Legentil. Occupait-il son bureau pendant cette grève ? Était-il solidaire des contestataires ? À la deuxième sonnerie, il entendit une voix affirmée.

— Allô ?

— Commissaire Anconi, à l'appareil. Je souhaiterais parler à monsieur Legentil.

— Il n'est pas disponible.

Un ton autoritaire, de celui qui vous rembarre.

— Pardonnez-moi, Madame, je dois…

— Mademoiselle ! C'est à quel sujet ?

Anconi retint sa colère.

— Permettez-moi d'insister. À qui ai-je l'honneur ? Je pensais me trouver au bureau de monsieur Legentil.

— Je suis sa secrétaire, mademoiselle Glotin. La personne que vous demandez se trouve en réunion.

Une réunion un dimanche ? La grève, sans doute, toujours cette grève.

— Et moi, j'appartiens à la police…

— Vous pourriez être le pape que je ne le dérangerai pas davantage.

Une femme têtue, à l'évidence. Et sans nul doute dévouée, pour protéger ainsi son patron et lui sacrifier son repos dominical.

— Rappelez plus tard ! ordonna-t-elle, d'une manière définitive.

— Tè, ce ne sera pas long, mademoiselle Glotin, tenta le commissaire, dont les nerfs se croisaient doucement sur l'estomac.

— Un chirurgien qui opère, vous le sortiriez du bloc pour l'interroger, vous ?

— L'intervention risque-t-elle de se prolonger ? osa-t-il, façon de rentrer dans le jeu.

Il devina un sourire au léger souffle qu'il perçut dans le combiné. Il poussa son avantage.

— Vous lui transmettrez simplement que l'échiquier qu'il a commandé se trouve être disponible. Il peut me joindre à ce numéro.

De nouveau, il laissa celui du commissariat de Blanchard.

— Mes hommages, Mademoiselle.

Elle resta sans voix. Avait-elle rougi ? Il l'aurait parié.

Après la douche qu'il venait de recevoir, il sortit de la cabine sous une averse. Une passante d'un certain âge, toute vêtue de noir sous un parapluie de la même couleur, l'entendit grommeler : « Elle m'aurait manqué*, cette mégère de secrétaire ! » La dame s'arrêta net, l'interpella :

— C'est t'i à moi qu'il parle, le jeune homme ?

Anconi, encore sous le coup de sa déconvenue, lâcha :

— Rassurez-vous ! Plutôt à Notre-Dame-de-la-Garde !

La femme pinça les lèvres, haussa ses maigres épaules et partit en priant le seigneur. Des cloches sonnèrent au loin. Devait-il rentrer déjeuner à l'hôtel ?

Il reprit la BX, fit demi-tour, repassa devant le bâtiment de la gendarmerie, prit la direction de la Brière profonde. Ne connaissant pas l'adresse de Boiteux, il venait de décider de se rendre chez La Pie. Lui le renseignerait. Sous un ciel noir où planaient des oiseaux blancs, il traversa la commune étalée de Saint-Malo-de-Guersac avant de retrouver le marais, ses roseaux, ses canaux. Des champs partiellement inondés par les pluies incessantes des derniers jours émergeaient des poteaux alignés. Le garage abritant la voiture de Lefebvre était désert derrière ses véhicules d'occasion exposés à la vente. À l'entrée de Saint-Joachim, il bifurqua vers Fédrun. Il reconnut facilement la chaumière de Jules Halgand au bric-à-brac qui l'entourait. Son arrivée déclencha un concert de gloussements chez les oies.

* Pour un peu, elle m'aurait manqué de respect.

La Pie émergea de sa maison, un fusil à la main. Il portait la même vareuse que l'avant-veille et mastiquait une bouchée.

— Adieu, La Pie ! s'écria Anconi.

— Ah ! "La Police".

Son visage se détendit. Il posa son arme contre le mur, à côté de la porte.

— Vous attendiez quelqu'un ? s'inquiéta le commissaire.

— Jamais trop prudent, pas vrai ?

La réponse ambiguë le décida à prolonger sa visite. Plutôt que de demander l'adresse de Boiteux, il poursuivit la conversation. Le mauvais temps y trouva bonne place, de sorte que le vieux bonhomme l'invita à entrer.

— Je vois que vous déjeuniez, je ne voudrais pas vous…

— Ta ! Ta ! Ta ! Je n'avais pas commencé. Vous dérangez pas, du reste c'est l'heure de boire un canon. À deux, on trinque, tout seul on le peut point !

L'âtre fumaillait dans la grande pièce sombre. Sur la table, une miche de pain, une assiette et un verre Duralex posé à côté d'une bouteille cinq étoiles de vin rouge.

— Avec votre accent, vous n'avez rien contre un Ricard ?

Sans attendre de réponse, La Pie ouvrit l'armoire, en sortit l'anisette dans un flacon sans étiquette et un verre à pastis. Il en versa une dose et compléta avec l'eau du robinet de l'évier. Il fit de même avec son Duralex.

— À la vôtre, La Police !

Jules Halgand prenait un plaisir évident à l'affubler de ce surnom.

— Dites-moi, poursuivit-il, personne n'est venu récupérer l'AV88. Entre nous, elle dérange pas. Avez-vous débusqué le tireur ?

— Je le pensais, mais finalement non. Il court toujours.

— Du coup, vous revenez sur Fédrun ? interrogea le vieux avec malice.

— Le centre du monde, pour les Briérons, je me trompe ? Je voudrais avoir une conversation avec votre rival, Boiteux. J'ai entendu dire qu'il avait failli vendre une de ses maisons à Claude Janval. L'affaire a capoté, entraînant des histoires. Je me demandais si…

— C'est le gendre qu'a pas voulu.

— Roger Le Corre ?

— Tout juste. Vous le connaissez ?

— Pas vraiment. On m'a rapporté qu'il buvait sec et qu'il battait sa femme.

— Il a changé d'un coup. Un brave gars, jusque y a peu. Il bossait aux Chantiers comme tout le monde, entretenait son potager comme il faut et considérait sa Renée comme il se doit. D'un jour à l'autre, il a sombré ; à présent, il tourne dans les cafés toute la journée, gaspille l'argent du ménage.

— À cause de cette vente ?

— P't'être bien.

— Depuis quand, précisément, a-t-il changé de comportement ?

— J'vous dis, c'est tout récent. Tiens, depuis les festivités du jumelage, c'était il y a quinze jours, pas plus.

— Elle lui serait revenue en héritage, cette maison. Il attendait la mort du vieux Boiteux pour y habiter ? Si le vieux la vendait, tintin pour s'y installer ?

— Moi, je crois que c'est plus compliqué. Ou plus simple, comme on veut, proféra La Pie.

Il prit un air mystérieux, proposa un autre apéritif, qu'Anconi déclina sous prétexte de devoir conduire. Le vieux s'en octroya un fond, « sous prétexte » que le dimanche autorisait un extra.

— J'allais passer au pâté de ragondin. Vous m'accompagnez ?

Si le commissaire accepta, c'est surtout parce qu'il sentait son hôte au bord des confidences.

— Vous connaissez pas cela, à Paris ! rigola le vieux en sortant la terrine de terre cuite de l'antique Frigidaire.

De son couteau de poche, il découpa deux parts, trancha la miche de pain. Installés de chaque côté de la grande table, ils tartinèrent en silence. On ne percevait plus que le bruit du vent dégringolant dans la cheminée.

— Fameux ! C'est vous qui le préparez ?

— Sûr !

Jules Halgand n'attendait-il pas que le commissaire le relance ? D'autorité, il versa un peu de vin rouge dans le verre à pastis de son visiteur, puis dans le sien.

— Mais, La Pie… Bonne Mère, vous ne voyez pas d'inconvénient à ce que je vous appelle ainsi ?

— Pas de mal, tout le monde le fait.

— À vous entendre, on imaginerait que cette vente avortée possède un lien avec l'accident de Janval ? Le Dieppois aurait pris ce refus en mauvaise part ?

— J'ai pas dit ça.

— Les histoires de famille, cela finit toujours par ressortir, insinua La Pie.

— Janval s'est pris la tête avec Le Gaucher ? Avec Renée ? Avec Boiteux ? Têtard ?

— Fausse route, La Police.

Le commissaire trempa les lèvres dans le vin rouge, pour supplanter le goût du ragondin. Non pas que le pâté fût mauvais, mais l'image de cette bestiole des marais le répugnait. Il ne pouvait s'empêcher de penser qu'il mangeait du rat.

— À mon tour de vous apprendre quelque chose, La Pie. À moins que vous ne le sachiez déjà ?

— Tchrrriii ! Tchrrriii ! L'oiseau ne connaît pas tout.

— Le fils Le Corre, Têtard, a été victime, lui aussi, d'un malheureux accident, ce matin.

— Une chute de mobylette ?

La Pie dressa le bec. Pourquoi Anconi pensa-t-il à la fable du corbeau et du renard ?

— Tè, jamais de la vie ! Non ! La sienne se trouve ici. Voiture ! Pan !

— Comment cela ? Un pneu éclaté ?

— Non pas. Pan ! Du “douze” ! Il rentrait à Mazin quand un chasseur maladroit a tiré sur sa voiture, sans doute par inadvertance.

— Après le Dieppois, Têtard, le petit-fils de Boiteux, commenta La Pie, pas plus étonné que cela. Mort ?

— Non, blessé seulement, transporté à l’hôpital. Avez-vous une hypothèse qui relie les deux évènements ? Encore cette histoire de baraque ?

— J’ai mon idée, mais pas certain. Et j’suis pas un cafard. Malin comme vous paraissez, La Police, vous allez trouver.

— Fan de Briérons ! Pendant ce temps, on laisse la chasse ouverte ?

— Il n’y aura pas d’autre victime. Je vous ressers un peu de ragondin maison ?

Anconi déclina la proposition, remercia Jules Halgand.

Malgré l’accueil que lui avait réservé le vieux, il lui en voulait de son silence. Le corbeau n’avait pas lâché son fromage.

— Je garde la mobylette ? demanda-t-il sur le pas de la porte.

— Votre pétoire, elle tire du douze ? répliqua Anconi en apercevant l’arme restée contre le mur.

La Pie éclata de rire, à s’en déclencher une toux quinteuse.

— Pas besoin, pour le ragondin. Cartouche, plomb six. Vous vérifiez ?

Le commissaire hésita, ne le fit pas. Est-ce par reconnaissance que Jules Halgand lui glissa un conseil ?

— Quand vous bavarderez avec Boiteux, tâchez de l'amener à causer du mariage de Renée avec Le Gaucher.

Tout sourire, il ajouta, en montrant du bras la bonne direction :

— Suivez la route, il habite aux Grandes Levées, passée la Maison-musée. Justement, elle expose quantité de couronnes de mariée fabriquées par nos mères. Tu sais ce qu'on dit chez nous, La Police ? « Marie-toi à ta porte avec des gens de ta sorte. » Tchrrriii ! Tchrrriii !

XIV

Dans la voiture, Anconi suça un réglisse pour remplacer le goût faisandé du ragondin. Ou plutôt pour effacer l'idée de cette bestiole, car il appréciait le pâté de La Pie. La route ondulait entre des maisons coquettes crépies de blanc. Le chaume dominait sur l'ardoise. Quelques constructions en pierre, dont il ne subsistait que les pignons, témoignaient du passé du lieu.

Il redoutait l'entrevue avec Boiteux. Leur unique rencontre, au café du Cheval Noir, avait été pour le moins tumultueuse. Il se souvenait parfaitement de ce vieil homme en bottes et casquette, moustache agressive, mimant de sa canne un tir sur un car de tourisme au cri de « sales Boches ! ». Il avait obstinément refusé d'indiquer au commissaire où trouver son petit-fils Frédéric Le Corre, le Têtard. Il haïssait "l'Étranger" et dans ses propos cette aversion s'adressait à tout ce qui n'était pas Briéron ! Accepterait-il seulement de le recevoir ?

Il ralentit son allure pour établir une stratégie. Savait-il, pour l'accident du Têtard ?

À l'endroit indiqué par La Pie, il trouva une jolie habitation en pierre couverte de paille de roseau. Une haie bien taillée la cachait partiellement de la route, laissant deviner des volets de couleur rouge brique. On sentait un excellent entretien de la propriété. Le marais, pourtant tout proche se dissimulait sous la verdure. La boîte aux lettres confirmait le nom de l'occupant : « *Aoustin Louis.* » Une main avait ajouté maladroitement « *Boiteux* ».

Ne trouvant pas de sonnette, Anconi s'avança jusqu'à l'huis, découvrit une clochette. Il tira sur la poignée, déclenchant un tintement aigrelet. Un aboiement lointain lui répondit, deux oiseaux s'envolèrent en froufroutant.

La porte s'ouvrit sur le vieil homme. Son visage ridé s'obscurcit immédiatement. Il tenta de refermer, mais le commissaire s'y attendait, bloqua le battant avec son pied.

— Je vous avais prédit que nous nous reverrions.

— Fichez-moi le camp !

— J'apporte une mauvaise nouvelle, Boiteux. Elle vous concerne. Laissez-moi entrer.

Il hésita, fronça les sourcils, se demandant s'il s'agissait d'un prétexte.

— Au sujet de votre petit-fils, Têtard.

Sur ses traits, la crainte remplaça le courroux. Il entrebâilla l'ouverture, ne put cependant pas réprimer un juron hostile.

— Qu'est-ce que vous racontez ? Si c'est une diablerie…

Il écarta le battant afin de laisser le commissaire pénétrer.

L'intérieur ressemblait étrangement à celui de La

Pie. Poutres apparentes noircies par la grande cheminée, longue table et vaisselier, un mobilier simple et fonctionnel. Dans un coin de la pièce, sur l'écran de la télévision allumée un présentateur animait le journal de TF1.

— Je préfère Jean-Pierre Pernaut, grommela-t-il.

Un chat s'éclipsa précipitamment à l'arrivée de l'intrus et se cacha sous un vieux fauteuil.

Anconi ne fut pas invité à s'asseoir, façon de prévenir qu'il n'était pas le bienvenu.

— Têtard vient de se prendre une balle, déclama-t-il calmement.

Boiteux plissa les yeux, incrédule. Le commissaire laissa un ange passer.

— C'est pas Dieu possible !

Il paraissait anéanti. Curieusement, il ne posait aucune question sur les blessures de son petit-fils.

— Chacun son tour, dirait-on, insinua le policier.

— Comment ça ?

— Tè, je répète : « Chacun son tour. » Vous ne demandez pas de nouvelles de son état ? Vous étiez déjà au courant ?

— J'ai pas le téléphone ! Quand est-ce arrivé ?

— Ce matin même. Il rentrait chez lui, à Mazin.

— Et… ils l'ont… ?

— Non. Une balle dans la cuisse, les pompiers l'ont transporté à l'hôpital. Vous dites "ils l'ont", comme si vous connaissiez l'existence de plusieurs agresseurs.

— C'est façon de parler. Nom de Dieu ! Qui a bien pu s'en prendre à lui ?

— Il ne vous a rien appris ces derniers jours ? Aviez-vous remarqué une inquiétude ?

— Vrai, avec cette grève, ça fait des lunes que j'l'ai pas causé.

Manifestement, Frédéric le Têtard n'avait pas informé le grand-père de sa garde à vue ni de la suspicion qui avait pesé sur lui. Boiteux claqua la table de sa casquette, jura.

— Encore un coup des Boches !

— Vous leur en voulez toujours, aux Allemands ? Penseriez-vous qu'ils ont tiré une dernière cartouche sur Claude Janval, puis sur votre Têtard avant de détalcr derrière la ligne Siegfried ?

— C'est façon de parler, répéta-t-il, un peu piteux.

« Fan de Boiteux, il ne feignait même pas d'ignorer l'attentat contre Claude Janval ! Il savait ! » réalisa aussitôt Anconi.

— Calibre identique, insinua-t-il à voix basse, en se penchant vers le vieux Aoustin comme pour le prendre à témoin.

— …

— Du “douze” !

Boiteux ne répliqua pas. Cherchait-il à mettre un nom sur celui qui utilisait un tel calibre ? Le connaissait-il ? Anconi le provoqua :

— Vous êtes chasseur ?

— Taisez-vous ! J'aurais canardé mon propre petit-fils ?

— Pas lui, non, bien sûr. Mais Claude Janval, pourquoi pas ? En représailles, on s'attaque à votre famille. Chez moi, on s'appelle cela la vendetta.

— Et pourquoi j'aurais fait ça, à mon âge ? Tu veux m'le dire ?

Anconi évoqua alors cette maison qu'il était prêt à céder au Dieppois.

— Que s'est-il passé pour que la transaction échoue ?

— Vendre à un naquet ? Jamais !

— Tè pardon, l'affaire semblait presque conclue, à ce que l'on raconte au pays.

— C'est mes oignons.

— Votre gendre, Le Corre-Le Gaucher, n'est pas briéron non plus. Malgré cela, vous lui avez donné en mariage votre Renée ? Deux poids deux mesures, non ?

Boiteux fixa curieusement le commissaire, d'un regard en dessous.

— J'aurais voulu vous y voir ! Avec cette foutue guerre, pas facile de trouver un bon parti pour sa fille !

Anconi choisit d'asticoter le vieux Aoustin sur le sujet, comme le lui avait suggéré La Pie, une heure auparavant.

— J'ai croisé Roger Le Corre, il ne m'a pas fait bonne impression. Violent, imbibé, il existe meilleur parti.

— Il a ses raisons !

« Fatche ! Quelles raisons ? »

— Il injuriait son épouse de la pire façon ! assura le commissaire, d'un ton indigné.

— De quoi je me mêle ? Briéron maître chez soi !

— Le couple ne s'entendait plus ? insista le policier. Que pensait votre petit-fils de la situation de ses parents ?

— Vous travaillez pour ces nouvelles agences qui arrangent des mariages ?

— Je cherche un meurtrier ! Celui qui tire sur les naquets ; d'abord Claude Janval, ensuite mon inspecteur Lefebvre, maintenant Frédéric Le Corre.

Louis Aoustin fit le tour de sa pièce en boitillant, se penchant pour regarder sous les meubles, introduisant sa canne dans le conduit de la cheminée, furetant dans les coins, l'œil amusé.

— Pas chez moi, celui que vous cherchez, se moqua-t-il insolemment.

— Si vous avez le nom de la prochaine victime, c'est le moment…

— Vaudrait mieux fureter du côté des Chantiers. Le Dieppois, peut-être qu'il trafiquait ! La bricole, vous connaissez ?

— On aurait essayé de le tuer pour ça ?

— La jalousie, Commissaire, la jalousie !

— Vaï ! En ce cas, désignez-moi donc qui était jaloux de Têtard, pour tenter de l'abattre avec du calibre douze ? Cessez de me prendre pour un béu* ! Vous essayez de m'empéguer avec vos histoires !

* Pour un imbécile. Boiteux l'aura compris, même s'il est bien loin de Marseille.

Boiteux lui montra la porte de sa canne.

— Voulez-vous que je prévienne votre fille Renée et votre gendre de ce malheureux drame de la jalousie survenu ce matin à leur fils ? proposa Anconi sans se démonter.

Le vieux secoua son bâton frénétiquement vers la sortie.

— … à moins que le téléphone briéron n'y pourvoie ?

Ils se séparèrent. Le salut du commissaire resta sans réponse. La porte claqua méchamment.

Dans la BX, le carnet rouge de Lefebvre s'enrichit de nouvelles lignes :

« *Dimanche. Visite La Pie (Jules Halgand), puis Boiteux (Louis Aoustin) :*

– Boiteux connaît manifestement la vraie nature de l'accident de Janval.

– Changement récent du comportement de Roger Le Corre. Pourquoi ?

– Qui s'est opposé à la vente d'une propriété familiale à Janval ? Boiteux ou son gendre Roger Le Corre ?

– Approfondir les conditions mariage Renée avec Roger.

– La jalousie à toutes les sauces !

– Encore la bricole ! »

Il décida de se rendre dès le lendemain à la mairie de Saint-Joachim. Il consulterait les registres de mariage. Avait-il été procédé à un contrat incluant, ou pas, cette fameuse maison de la discorde ? De son côté, Blanchard, avec un peu de chance, lui indiquerait qui avait fait imprimer le faire-part reçu par Lefebvre.

En ce début d'après-midi de dimanche, que pouvait-il envisager d'autre que de téléphoner de nouveau à ce Legentil, le joueur d'échecs ? Après tout ?

Ensuite, il rendrait visite à son inspecteur. N'avoir pas la moindre idée de l'identité de celui qui avait saboté les freins de la voiture de Lefebvre l'agaçait prodigieusement. Si le blessé se réveillait complètement, il lui décrirait son itinéraire en Brière. À partir de là…

Pour comble, sa boîte jaune et noire sonna le vide lorsqu'il la secoua. P… de sort !

Il rebroussa chemin sans réaliser qu'en poursuivant la petite route il aurait tout aussi bien pu quitter l'île de Fédrun, puisqu'elle en suivait le tour. Il s'arrêta net en apercevant le panneau « *Musée* ». Une chaumière, dans la pure tradition du lieu. Pour la première fois, le commissaire s'aperçut que toutes les constructions avaient été orientées perpendiculairement au chemin. Il fut reçu par la conservatrice du musée. Il reconnut sous des globes des parures précieuses ressemblant à celle qui trônait sur la cheminée de Renée Le Corre à La Bosse.

— Ce sont des fleurs d'oranger en tissu trempées dans la cire, Monsieur ! La mariée portait la couronne le jour de ses noces et l'exposait ensuite toute sa vie dans son intérieur, protégée sous une cloche de verre.

Constatant l'intérêt de son visiteur, Lucie Godin lui expliqua que tous les objets présentés avaient été réalisés par des mains briéronnes, à la fin du XIXe siècle et jusqu'aux années 1950. L'entreprise avait compté jusqu'à cent vingt ouvrières et exportait dans le monde entier, pour les plus grandes maisons.

— Rendez-vous compte, les bouquets des demoiselles d'honneur du mariage de la future reine Élisabeth II ont été réalisés par elles !

Le commissaire s'extasia devant la finesse des réalisations, la richesse de la collection.

— J'ai même connu, étant gamine, un des propriétaires de la fabrique, ajouta-t-elle. On l'appelait "Moyon des fleurs".

Elle riait, fière de son musée. Fière aussi, elle pouvait l'être, de l'habileté de ces femmes de Brière et de la renommée de cet artisanat. Son enthousiasme le réconcilia avec ce dimanche tempétueux.

Pas plus à Saint-Joachim qu'à Saint-Malo-de-Guersac il ne découvrit un tabac susceptible de le dépanner en cachous. Il décida de rentrer à son hôtel.

À la réception stationnait une employée qu'il ne connaissait pas. Une jeune femme vêtue d'une veste noire, passée sur un corsage blanc strict à col chinois. Elle referma en rougissant son magazine *Elle* qui, sous le titre « *Ces couples qui s'aiment chacun chez soi* » exhibait sur sa page de couverture le portrait du mannequin à la mode, Monica Belucci.

— Bonjour, Monsieur. Votre numéro de chambre ?

— Le 33, Mademoiselle, répondit-il en lui rendant son salut. S'il vous plaît, sauriez-vous m'indiquer un tabac ouvert le dimanche ?

Fumait-elle ? Sans hésitation, elle lui désigna un établissement situé au coin de la rue de la Paix et du boulevard de la République.

— Dix minutes à pied, précisa-t-elle.

Il remercia et sortit. Le vent s'engouffrait dans la grande avenue déserte. Il releva son col, pesta contre un mal de gorge débutant.

Le vieux Aoustin Boiteux s'était ouvertement moqué de lui. Que conclure de cette entrevue désagréable ? Plus de questions que de réponses. « Que de non-dits, mon bon ! »

Il acheta quatre boîtes de cachous, ingurgita deux pépites avant même de quitter la boutique.

De retour dans sa chambre, il jeta son vieux cuir sur le couvre-lit, décida de joindre Legentil à son domicile. Dès la deuxième sonnerie, un enfant répondit.

— C'est toi, Papy ?

— Non, mon petit. Je souhaiterais parler à ton papa.

— Tu es avec mon papy ?

Après quelques bruits indistincts, il perçut une voix grave d'adulte et des cris de gosses qui s'éloignaient.

— Allô, oui ? Legentil à l'appareil.

Le commissaire se présenta, s'excusa de déranger au cours d'un après-midi de dimanche.

— C'est plutôt moi qui vous dois des excuses. On m'a transmis votre message, j'aurais dû vous… Mais pourquoi m'appelez-vous ?

Anconi évoqua le jeu d'échecs en morta commandé à un de ses subordonnés. Son interlocuteur confirma.

— Je le regrette bien, déplora-t-il. Si j'avais su.

Avant de poursuivre, le policier s'assura que son correspondant avait appris la fin tragique de Janval.

— Bien sûr. J'ai même assisté aux obsèques. Un collaborateur tellement agréable.

— Pourquoi des regrets ?

— Personne n'ignorait, aux Chantiers, que Claude réalisait de beaux objets dans ce bois fossile. Lorsqu'il m'a proposé de fabriquer un jeu pour moi, j'ai souhaité le rémunérer pour ce long travail minutieux. Il n'a jamais accepté. Du coup, ne sachant comment le récompenser, je lui ai offert de récupérer du matériel pour son atelier ou d'emprunter des outils de précision. C'est de pratique courante que les ouvriers en disposent, dans la limite du raisonnable.

— Oui, la bricole.

— En effet. Je constate que vous connaissez. Cela s'est su et a déclenché des jalousies. J'ai reçu des menaces.

« Se pouvait-il que Boiteux ait raison ? »

— Dieu garde ! Des menaces ? De qui ?

— Cela a débuté par des remarques insidieuses ; dans l'atelier, on s'est mis à m'appeler “Kasparov”. J'ai d'abord cru qu'il s'agissait de plaisanteries entre ouvriers. Ensuite, certains ont commencé à contester mes ordres…

— Quand débutèrent ces premières manifestations ?

— Un mois environ.

— Longtemps après que vous avez passé commande à Janval ?

— Pardon, Commissaire ! Il ne s'agissait pas d'une commande. C'est lui qui me l'avait proposé, au mois de décembre. Aucune échéance n'avait été fixée, bien entendu.

— D'accord.

— En juin, j'ai pensé que le mouvement de protestation favorisait la remise en cause de l'autorité des cadres. Je trouvais chaque matin des tracts éparpillés sur mon bureau. Ensuite des petits mots de type « *Échec à Kasparov* » ou « *Bientôt mat* », ce genre de blagues mi-figue mi-raisin.

— Avez-vous gardé ces écrits ?

— Hélas, non. L'auteur les tapait à la machine, pour garder l'anonymat. Je les détruisais au fur et à mesure.

— En receviez-vous chaque jour ?

— Non. Deux fois par semaine, tout au plus. Ce n'était pas régulier.

— Avez-vous souffert de menaces plus précises, plus directes ?

Legentil affirma que non, mais le lendemain du décès de Claude, il trouva sous sa porte un dernier tract.

Sur son envers, des mots qui maintenant le font frémir : « *Échec et mat !* » Depuis plus rien.

— Fatche ! À qui en avez-vous parlé ?

— Au début, à personne. Un jour, je m'en suis ouvert à Claude. Je me souviens de son rire, il pensait à des jaloux, qui se lasseraient. « La bave du crapaud… » Vous connaissez le proverbe.

— À personne d'autre ?

— Non. Une fois, un de mes gars est entré dans le bureau et m'a vu déchirer un de ces tracts et le jeter à la corbeille. Je crois qu'il a pensé à une provocation d'un syndicaliste zélé.

— A-t-il pu déchiffrer ?

— Je l'ignore. Quelle importance ?

— Dans ce genre d'intimidation, il existe toujours un meneur. Les autres suivent, naïvement. Suspectez-vous quelqu'un en particulier ?

— Non, absolument pas.

Anconi remarqua que Claude Janval aurait pu s'épancher auprès de ses amis. Legentil n'en disconvint pas. Le commissaire lui demanda d'établir la liste des ouvriers travaillant sous ses ordres. Une trentaine d'individus répondaient à ce critère !

— Commissaire, vous m'inquiétez, confessa-t-il d'une voix altérée. Vous semblez attribuer une telle importance à un banal incident de bricole. Il ne paraît pas nécessaire d'envenimer l'ambiance en ce moment…

Devait-il tout lui déballer ? Si la bricole avait déclenché une série de règlements de comptes, celui ou celle qui s'en était pris à Janval puis à Lefebvre, aujourd'hui à Le Corre, attaquerait ensuite logiquement Legentil. Il jugea qu'il valait mieux le prévenir. Il détailla les circonstances du décès de Claude, l'attentat contre son inspecteur puis celui de ce matin.

Un grand silence suivit cette révélation. Il ne percevait plus dans l'écouteur que le souffle court et bruyant de son interlocuteur.

— Commissaire, vous insinuez que… quelqu'un a voulu les supprimer ?

Anconi eut pitié de cet homme en train de réaliser la gravité de sa situation. Il n'eut pas besoin de répondre directement.

— Le Corre et Janval travaillaient tous les deux dans l'atelier que vous dirigez, n'est-ce pas ? se fit-il confirmer.

— Oui… Alors, je suis en danger ? souffla le malheureux.

— Peut-être. Voilà comment nous allons procéder.

Le commissaire lui recommanda de ne pas se rendre aux Chantiers le lendemain.

— Prétextez auprès de votre hiérarchie un ennui de santé, une angine, une colique néphrétique, une mauvaise chute, que sais-je. Avec ces débrayages, nul n'en souffrira. Ne sortez pas de chez vous. Avez-vous de la famille ?

— Oui. Ma femme et mes enfants partent demain matin en vacances chez mes beaux-parents, sur l'île de Groix.

— Vaï ! Au moins une bonne nouvelle. Ne leur dites rien. Pouvez-vous me préparer la liste de vos ouvriers et collaborateurs ? Inscrivez en tête les éléments les plus proches de Claude.

— Si… si je ne me rends pas au bureau… on va comprendre que…

La frayeur de Legentil se percevait dans le ton de sa voix, ses hésitations, ses silences.

— Où habitez-vous ?

— À Saint-Nazaire. Boulevard Coty. Au neuvième étage du Building, un grand immeuble qui domine la ville, près de l'écluse d'entrée du port.

À peine eut-il livré son adresse qu'il se reprit, réalisant s'être confié à un inconnu à l'accent méridional.

Soudain méfiant :

— Qu'est-ce qui me prouve que vous êtes bien policier ?

Anconi, au dépourvu, lui recommanda de se renseigner auprès du commissariat de la ville.

— Sollicitez Blanchard, le patron, il vous confirmera. Nous travaillons de concert. D'ailleurs, je vais lui demander de faire surveiller votre cage d'escalier.

Cette proposition ne rassura que modérément son interlocuteur.

— Vous pensez vraiment que toutes ces… agressions sont liées à… une simple jalousie ? À la bricole ? Je n'aurais jamais dû accepter. Tout cela est ma faute.

— Jamais de la vie ! Bonne Mère, cessez de vous tourmenter. Préparez-moi cette liste et recontactez-moi.

Pour le conforter, Anconi lui confia le numéro de l'Hôtel du Berry.

— Merci, Monsieur le commissaire.

— Avant de vous quitter, est-ce qu'un dénommé Alain Méan fait partie de votre équipe ?

— Oui. Vous… vous le connaissez ?

— Un ami de Janval, je l'ai croisé chez sa veuve. Il semble au mieux avec elle.

— Un bon dessinateur et un excellent joueur d'échecs.

— Ah ?

— Vous le soupçonnez, lui aussi ? s'inquiéta-t-il.

— Oh pauvre ! Pas davantage qu'un autre, je cherche à comprendre les liens entre ces collègues, une jalousie, une frustration de carrière, une promotion mal vécue.

— Je ne vois rien qui…

— Je compte sur votre liste, conclut-il avant de saluer un Legentil complètement déboussolé.

Après avoir raccroché, il regretta de n'avoir pas rendu visite à cet homme à son domicile, plutôt que de l'effrayer au téléphone.

Le commissaire s'obligeait à reconnaître qu'il alignait autant de suspects que d'hypothèses. Un problème d'adultère chez Alain Méan et Jeannine, un problème d'héritage côté Aoustin-Le Corre, un problème d'adhésion au mouvement de grève, maintenant un problème de bricole entre collègues d'un bureau d'études. Si la jalousie constituait un mobile commun, il ne savait à qui l'attribuer.

Il téléphona au commissariat. Blanchard se trouvait sur le terrain.

— Qu'il me rappelle ce soir. Merci.

Pensif, il s'approcha de la fenêtre, écarta le rideau. Il pleuvait de nouveau, une fine bruine emportée par des bourrasques successives. Malgré l'heure peu avancée pour la saison, les réverbères s'allumèrent sur la place tant la luminosité était faible. Sous une aubette, un voyageur attendait son car, engoncé dans un imperméable, une petite valise à ses pieds. Un autobus jaune le déroba à sa vue, s'arrêta. Lorsqu'il redémarra, l'homme se tenait toujours au même endroit. Anconi se demanda s'il ne le surveillait pas. Il chassa cette idée saugrenue d'un : « Fan de Briérons, ils ont dû m'emmasquer* ! »

Le picotement dans le fond de sa gorge s'accentuait. Les cachous ne lui apportaient aucun soulagement. Désœuvré, il s'allongea et somnola.

Une heure plus tard, il se secoua, enfila son cuir, sortit. La jeune femme de la réception, absorbée par son magazine, ne le remarqua pas. Il plongea dans la BX pour échapper à la douche.

En cette fin d'après-midi de dimanche, le parking visiteur de l'hôpital était bien entendu bondé. Il dut

* Me jeter un mauvais sort.

patienter avant qu'une place ne se libère. Il courut vers les bâtiments. « Putain de temps ! »

Il trouva madame Lefebvre, assise sur une chaise, devant l'entrée du service, une grille de mots croisés de Bernard Larhant sur les genoux. Elle sourit en l'apercevant.

— Comment va-t-il ce soir ?

— Oh ! Bien mieux, je suis contente !

— Cocagne !

— On m'a demandé de sortir pour les soins, ce ne sera pas long. On parle de le transférer en chirurgie.

Elle referma son *Paris-Match*, dont la couverture titrait sur les marionnettes du Bébête Show de Stéphane Collaro. On y devinait Mitterrand en grenouille verte entouré d'un Raymond Barre en nounours et d'un Marchais en cochon.

— Peut-il s'exprimer, maintenant ? s'enquit Anconi, pressé de partager l'enquête avec son inspecteur.

— Il dort beaucoup, mais ils ont retiré son masque. Il garde juste une perfusion.

Le docteur Flembard apparut en coup de vent, cheveux ébouriffés, blouse ouverte.

— Oh ! Mon commissaire !

Puis, s'adressant à madame Lefebvre, il annonça que son mari allait changer de service tout de suite, d'abord parce qu'il n'avait plus besoin de ses soins, « ensuite, désolé, je manque de place ». Provisoirement il serait installé dans une chambre double.

— Un car de diabétiques a embouti un car d'hémophiles ! clama-t-il en disparaissant dans un ascenseur, blouse au vent.

Alors que les portes se refermaient sur lui, il assura qu'il « garderait un œil sur le cher inspecteur » !

Une heure plus tard, ils purent entrer dans une chambre de traumatologie. Lefebvre somnolait. Il souleva de lourdes paupières lorsqu'il entendit des paroles familières.

— Alors, Petit, comment te sens-tu ?

Dans le lit voisin, un malade sommeillait, la jambe gauche suspendue à une potence par des ficelles passées dans des poulies. La sueur lui coula dans le dos lorsqu'il découvrit les tiges métalliques brillantes dépassant de sa cuisse et les taches brunâtres sur le pansement.

Il allait détourner la tête lorsqu'il reconnut le visage de l'endormi : Frédéric Le Corre ! Têtard !

XV

Lorsque Anconi découvrit le voisin de son inspecteur, son cœur s'emballa. « Fan de pu… ! » lui échappa. Déjà la vision du barbare matériel d'orthopédie associée à la pâleur du gisant suffisait à l'impressionner au plus haut point. Reconnaître celui qu'il avait interrogé l'avant-veille le troubla encore davantage. Et en plus dans la même chambre que son inspecteur !

Lefebvre n'évoquait-il pas Têtard dans son carnet rouge ? Qu'allait-il se passer entre les deux hommes ?

Fort heureusement, Le Corre barbotait pour le moment dans un sommeil lié à la queue d'anesthésie, immobile et détendu, le souffle bruyant sous le masque à oxygène. Mais ensuite ?

Il s'était approché de son inspecteur.

— Tu es sorti d'affaire, Petit, ne t'inquiète pas, assura-t-il.

— C'est vous… Patron ?

— Oui. Tu as eu un accident de voiture. Tout va bien, maintenant.

Anconi lui avait pressé la main, sous l'œil attendri de madame Lefebvre. En retour, le malade la lui serra en fronçant les paupières en signe d'assentiment. Aussitôt ses yeux se rouvrirent et quelques mots sortirent de sa bouche :

— Jan... val ? Vous...

Anconi posa son index sur sa bouche, s'approcha de l'oreille de son inspecteur. Des odeurs de pharmacie l'étreignirent à la gorge.

— Il a été supprimé comme tu le pensais, réussit-il à dire. Le Corre pas coupable.

De nouveau les yeux du blessé se fermèrent fugitivement.

— Qui ? prononça-t-il distinctement.

Le commissaire répondit par un simple geste d'ignorance. Il se pencha au plus près, lui chuchota :

— Attention ! Frédéric Le Corre est dans le lit d'à côté. Il a eu également un accident. Fais gaffe à tes paroles ! Ce n'est pas lui le coupable, ne crains rien ! Pour l'instant, il dort.

Il répéta. Les globes oculaires de Lefebvre roulèrent dans leurs orbites. Il avait compris.

— Tu ne l'avais jamais rencontré ? s'assura Anconi, à voix presque inaudible.

L'inspecteur secoua négativement la tête, ébaucha un faible sourire complice. Il se rendormit, à moins qu'il ne cherchât à assimiler les informations délivrées.

L'arrivée de l'équipe soignante pour les soins du soir n'autorisa pas d'autres échanges. En sortant, le commissaire appliqua de nouveau un doigt sur les lèvres lorsqu'il croisa le regard de son cher subordonné.

Frédéric Le Corre commençait à s'agiter dans son lit, faisant grincer son sommier et tinter son matériel de traction.

En quittant l'hôpital, madame Lefebvre se laissa conduire par Anconi. Elle exprimait à chaque instant son soulagement dans un enthousiasme retenu. Elle remerciait pêle-mêle les infirmières, les médecins, le ciel, Anconi. Elle s'inquiéta aussi de l'avancée de l'enquête.

À la réception de l'hôtel, la jeune femme au col chinois avait disparu, remplacée par le gérant.

— Bonsoir, messieurs-dames ! Il semblerait que cela se calme, assura-t-il en montrant la couverture nuageuse qui se déchirait par endroits, faisant apparaître des parcelles déchiquetées de bleu. Dînerez-vous ici ?

Anconi se tourna vers l'épouse de son inspecteur. Celle-ci accepta, se justifiant d'un « après toutes ces émotions ! »

— Le service débute à 19 heures. Le chef propose ce soir une cassolette de la mer.

Blanchard se manifesta juste avant le dîner. Anconi le laissa dépeindre l'ambiance du départ du Tour de France sur le remblai de Pornichet. Loin du décor estival habituel, les spectateurs s'étaient emmitouflés dans des K-Way tandis que les coureurs pédalaient contre le vent. Ce prélude inhabituel contre la montre, de quelques kilomètres, remporté par l'Italien

Bontempi « ne comptait même pas pour le classement général », déplora-t-il.

— Mais je vous assomme, avec les péripéties de la Grande Boucle. Du neuf, Patron ?

Le commissaire résuma ses visites chez les vieux. Jules Halgand l'avait orienté sur des histoires de famille, côté Le Corre, tout en préservant le mystère. L'autre, Aoustin-Boiteux, plutôt mécontent de la venue d'un policier chez lui, avait sans cesse biaisé pour dénoncer à demi-mot Janval, responsable, selon lui d'un « trafic » aux Chantiers qui lui avait valu des « jalousies ».

— Ni l'un ni l'autre ne rapporte toute la vérité, conclut-il. Pourtant, il existe bien une histoire autour de la bricole concernant Janval et son supérieur.

Il rapporta sa conversation avec Legentil, le jeu d'échecs en morta proposé par Janval en échange de piètres faveurs matérielles et les intimidations anonymes qui suivirent dans l'atelier qu'il dirige.

— Manquait plus que cela ! Nourrit-il des soupçons ?

— Nani ! Par contre, il craint des représailles, à la suite de notre conversation. Je lui ai demandé de me dresser la liste de ses subordonnés. En attendant, pourrais-tu exercer une surveillance discrète de son appartement ? Il habite au Building, tu connais ?

Blanchard se fit prier, prétextant un manque d'effectif en cette période de vacances. Ses agents se trouvaient déjà mobilisés par les manifestations des grévistes qui se multipliaient dans la ville.

— Comprenez ! Les syndicats menacent de bloquer le Tour de France au pont de Saint-Nazaire, demain matin. Cela promet !

Anconi obtint de lui qu'il accomplisse tout son possible dès que les coureurs auraient franchi La Loire.

— Et vos blessés ? s'enquit Blanchard, peu désireux de devoir promettre davantage.

— Figure-toi, Vieux, qu'ils occupent maintenant la même chambre !

— Mince ! Pas de bol !

Ils s'encouragèrent mutuellement, contrariés l'un et l'autre.

Anconi composa ensuite le numéro de *Zeeland.*

— J'attendais ton appel, *mijn beminde*. Tu ne t'es pas trop ennuyé ?

— Je patauge, Hilda, je patauge.

Il raconta à son épouse ses allées et venues en Brière, les mensonges, les silences auxquels il se heurtait. Elle demanda des détails, se fit rapporter mot pour mot certains dialogues. Il s'appliqua à lui décrire précisément ses entrevues, ses hypothèses, sachant qu'elle avait prouvé bien des fois ses talents de détective.

— Bonne Mère, tu sais, ici, c'est la Brière ! Je suis un intrus ! En ma présence, les langues se taisent, les bouches se ferment, les yeux sont aveugles, les oreilles bouchées. Une véritable omerta brièronne !

— Lefebvre ?

Il la rassura :

— Il s'en tire bien… Et toi, ton concert à la Goutte d'or ?

Il perçut un soupir.

— Les Tomixe, passe encore, même si cette musique n'est pas vraiment de mon goût… Mais quel temps ! Du vent, des averses ! Notre petite voisine Birkin est si charmante ! Nous nous sommes revigorées devant un chocolat chaud, gare du Nord, avant de rentrer au sec.

— Ici, tempête toute la journée !

Ils parlèrent de petites choses, prolongeant ce moment d'intimité.

— Quand penses-tu rentrer, *mijn beminde* ?

— Je voudrais vraiment résoudre cette affaire. La vérité m'échappe encore. Fan de chichourle ! Chaque jour, un nouveau blessé. Hier Janval, puis Lefebvre, aujourd'hui Le Corre ! Qui demain ?

— Tu vas trouver ! Je réfléchissais en t'écoutant : as-tu imaginé que ce pourrait être ce Frédéric Le Corre que le meurtrier croyait viser ? De loin, il a cru le reconnaître à sa mobylette bleue, alors qu'en fait c'était Janval qui circulait dessus ?

— Boudiou ! Tu répètes, Hilda, s'il te plaît ?

— Une supposition, *mijn beminde*. Quelqu'un a décidé de se débarrasser de ton Le Corre. À toi de découvrir qui et pourquoi ? Il l'attend avec un fusil lorsque sa victime se rend chez ses parents. Tu m'as bien dit qu'il avait appelé sa mère pour l'informer qu'il passerait lui déposer un peu d'argent. Le meurtrier prend place sur le trajet, voit arriver la mobylette, pense qu'il s'agit de Le Corre. Pan !

— Cela expliquerait les autres attentats… Lefebvre aurait mis les pieds dans le plat… Résultat, le coupable essaie de s'en débarrasser. Et à la première occasion, il remet le couvert pour liquider sa cible ! Hilda, tu es une perle !

— Il te reste tout de même à découvrir celui qui en veut à ce point à Le Corre.

Le silence s'installa entre eux ; Anconi gambergeait comme un potache qui n'a pas appris sa leçon. Hilda le laissait réfléchir.

— Il y a un petit détail qui me chiffonne ! Le Corre m'a assuré qu'il avait prévenu sa mère du passage de Janval à La Bosse, le jour de l'accident, vu qu'il ne pouvait pas se déplacer lui-même en raison d'une AG des grévistes. Je l'ai vérifié. Cela ne colle pas. C'est donc bien Janval qui se trouvait visé.

Hilda ne capitula pas.

— L'assassin ne connaissait peut-être pas ce détail ! Par contre, il savait que Le Corre allait venir chez sa mère. Cela restreint tes recherches, *mijn beminde*.

Anconi, passé un bref moment d'exaltation, ne croyait plus à la méprise suggérée par son astucieuse épouse.

Il se garda cependant de la décevoir.

— Pardi ! J'ai été pressé comme un lavement ! Grâce à toi, je vais cuisiner toute cette bouillabaisse sous un jour nouveau.

Ils échangèrent quelques poutouns* avant de se souhaiter bonne nuit.

Le commissaire, plus troublé qu'il ne paraissait, descendit au restaurant. Madame Lefebvre l'attendait sagement. Il remarqua son changement de robe et son discret maquillage.

— Je vous offre l'apéritif. Il faut fêter son rétablissement !

Anconi l'imita lorsqu'elle commanda une coupe de champagne. Elle retrouvait sa joie de vivre, ne cessait de détailler de petits faits qui prouvaient que son « cher mari » récupérait tous ses esprits. « Il m'a souri », « Il vous a parfaitement reconnu », « Comme il serrait ma main ! »

Le garçon les interrompit.

— Qu'est-ce qui vous ferait plaisir ?

Ils plongèrent le regard dans le menu, madame Lefebvre émit un petit bruit de gorge en reposant sa coupe vide.

Ils choisirent le plat du jour, la “cassolette de la mer” accompagnée d'une demi-bouteille de pouilly-fumé.

Ils dînèrent dans la bonne humeur, en plaisantant. Ni l'un ni l'autre n'évoqua l'enquête. Ils terminèrent le repas avec des choux à la crème. Lorsqu'ils se séparèrent, madame Lefebvre avoua que « sa tête lui tournait un peu ».

* Baisers, en marseillais.

Anconi ne s'endormit pas tout de suite. Sa gorge le piquait désagréablement. Maintenant qu'il se trouvait seul, toute l'affaire affluait de nouveau comme une vague menaçante. Il tenta de superposer l'hypothèse d'Hilda avec ses connaissances acquises. Le Corre était-il impliqué dans cette histoire de bricole ? Alain Méan jouait-il un rôle ? Qui avait balancé la mobylette dans le marais ? Qui, aux Chantiers, était informé du détour de Claude Janval ? Et cette vente de chaumière avortée à Fédrun ? Qui l'avait mis en garde au sujet de la bricole ? Pour finir, il mélangea tout.

Il se réveilla avec le nez bouché. Il détestait le rhume, cette fichue maladie qui vous embrouille l'esprit et vous oblige à vous moucher sans cesse. Il se méprit un instant sur le sens des paroles de *Lundi au soleil* que distillait une radio dans une chambre voisine.

À la réception, madame Lefebvre avait griffonné un mot pour lui : « *Pardonnez-moi, je suis si pressée de le voir. Merci ! À ce soir.* » Surpris, il consulta sa montre : « Fichtre, déjà 9 heures ! »

Il avala un café sur le pouce, au bar de l'hôtel, puis sortit. Le réceptionniste, occupé avec des clients réglant leur facture, ne le remarqua pas. Il ne pleuvait plus ; des nuages blancs bourgeonnaient dans un ciel de traîne, poussés par un vent encore soutenu.

La BX renâcla. « Un rhume, elle aussi ? » Finalement le moteur brouta et accepta de démarrer dans un sifflement de courroie de mauvais aloi. Dès que l'arrière se fut soulevé, il prit la direction de Saint-Joachim, dans une circulation intense. Il se gara place de l'église et gagna la mairie à pied. Il pénétra entre les deux piliers de pierre qui encadraient l'entrée.

La secrétaire le reconnut, son visage se renfrogna.

— Bonjour, Mademoiselle. Je souhaiterais consulter les relevés d'anciens actes de mariage.

— Quelle année ? demanda-t-elle avec soulagement, comme si elle s'attendait à une requête impossible.

— 1940 et suivantes, s'il vous plaît.

Elle leva la tête, interloquée.

— Ils sont archivés !

— Tè, je l'imagine bien. Je regrette de vous importuner, mais c'est important. Conduisez-moi aux registres, je chercherai moi-même.

— Habituellement, il faut remplir une demande… prendre rendez-vous.

Il proposa de déranger le maire. Elle rendit les armes, se leva.

— Suivez-moi, ordonna-t-elle d'un ton revêche, en saisissant un trousseau de clefs dans un tiroir.

Elle portait une robe plissée à grosses fleurs et large ceinture de tissu, des chaussures à hauts talons. Au bout d'un couloir, elle fit jouer la serrure d'une porte portant la mention « *Conseil municipal* ». Derrière une longue table, elle désigna des rayonnages emplis de registres à couverture de cuir noir. Chaque grand livre portait un médaillon rouge où était inscrite la mention « *Mariages* » au-dessus du nombre de l'année.

— Choisissez votre année, Monsieur. Ceux que vous cherchez sont par là, indiqua-t-elle. Vous ne connaissez pas la date précise ?

— Hélas, non. Je vais me débrouiller. Merci, Mademoiselle.

— Je ferme la permanence à midi, prévint-elle sèchement en le laissant seul.

Anconi suivit du doigt la longue rangée de couvertures, remontant le cours du temps.

Il débuta par l'année 1944, se souvenant que le vieux Aoustin lui avait parlé d'une union à la fin de la guerre. Le grand recueil s'ouvrit en craquant, libérant une odeur de vieux papicr. Il commença à tourner les pages. Défilèrent sous son index des Vince, des Aoustin, des Halgand, des Moyon, des Chédotal… Mais aucun Le Corre. Pas davantage dans les deux suivantes.

Dans celui de 1947, il sursauta en tombant sur un Le Corre. Il lut dans la marge, sous l'intitulé « *Mariages* » : « *Entre Roger Joseph Le Corre et Renée Louise Aoustin.* » Sur la page, l'acte en date du « *trois novembre mille neuf cent quarante-sept* », les filiations et les dates de naissances et professions des mariés, qu'il releva :

« *Renée, née en 1928, sans profession, domiciliée à Fédrun, commune de Saint-Joachim.*

Roger, né en 1922, manœuvre, domicilié rue de la Vieille Église à Saint-Nazaire. »

Il était précisé, en bas du texte que « *les futurs époux ont déclaré, ainsi que les pères et mères des futurs, qu'il a été fait un contrat de mariage, déposé chez maître Gaultier, notaire à Pont-Château* ».

En notant ces renseignements dans le carnet rouge de Lefebvre, il réalisa que la jeune mariée n'avait que 19 ans, l'époux six de plus. Qui lui avait parlé d'un mariage arrangé ? Les paroles du vieux Aoustin lui-même orientaient vers les difficultés de trouver « un bon parti », selon ses propres dires.

En rangeant les gros livres, son regard tomba sur les tranches dorées de la collection "Naissances". Il se saisit de celui marqué 1945-1950. Il dut le feuilleter patiemment avant de découvrir l'acte de naissance de Frédéric Joseph Marie Le Corre : vingt mai mille neuf cent quarante-huit.

Il compta sur ses doigts. Novembre, décembre, janvier… Le petit était né sept mois après les noces ! « Prématuré », avait déclaré le capitaine de gendarmerie de Montoir, expliquant son surnom.

Fan de chichourle ! Renée était enceinte de deux à trois mois lorsqu'elle avait convolé ! Urgence à lui mettre la bague au doigt ! La famille n'avait-elle pas sauvé les apparences en affirmant une naissance avant terme ?

Toute la Brière avait dû comprendre !

Que contenait ce contrat de mariage ? Une séparation de biens ? Maître Gaultier avait probablement cessé d'exercer, quarante ans plus tard… Il me faudrait trouver son successeur.

Quel lien avec tous ces attentats ? Quelqu'un voulait supprimer ce Frédéric, comme le suggérait Hilda ? « Absurde, pensa-t-il, après tout ce temps. »

Il remit les ouvrages en place, regagna le secrétariat.

— Avez-vous trouvé ce que vous souhaitiez ? lui demanda-t-elle, tout en continuant à taper sur sa machine.

Elle portait maintenant des lunettes trop grandes pour elle qui lui conféraient un faux air d'Isabelle Adjani.

— Oui. Merci infiniment. Sauriez-vous me dire si Maître Gaultier tient toujours son office notarial à Pont-Château ?

Sans mot dire, les lèvres pincées, elle suspendit sa frappe et lui tendit l'annuaire des Pages jaunes du département.

Il le feuilleta, ne trouva pas le nom qu'il cherchait parmi les notaires, comme il s'y attendait.

— Puis-je encore abuser en utilisant votre téléphone ?

Elle lui tendit le combiné dans un soupir excédé.

Il appela Blanchard.

— Allô, Vieux ?

— Vous tombez bien, Patron. J'ai la réponse pour les imprimeries.

— Oh ! Parle vite !

— Le carton de faire-part provenait de l'Imprimerie moderne, à Saint-Nazaire. Une commande de dix exemplaires, le responsable se souvenait de ce faible nombre. Devinez le nom du client !

— Tu me fais couler l'eau, Vieux !

— Frédéric Le Corre.

— Fatche ! Tu me sers une calembredaine !

— Pas du tout ! Pas du tout ! Je vous assure. On se souvenait parfaitement de lui, même que le professionnel avait renâclé en raison du faible tirage. Le client avait payé en liquide et s'était déplacé lui-même. Pas de trace !

Anconi ne s'attendait nullement à cette découverte. Il imaginait plutôt Alain Méan comme commanditaire, en raison de sa proximité avec la défunte.

— Quel pastis ! Comment connaissait-il mon inspecteur qui, lui, n'en avait jamais entendu parler, et son affectation ? Invraisemblable ! Du Pagnol !

— Lefebvre vous donnera peut-être une explication logique, lorsqu'il sera revenu à lui.

— Oh ! Pauvre ! Tu oublies ses notes, son carnet rouge. Il l'aurait signalé ! Non ! Non ! Il ne l'a jamais rencontré, je te dis !

— OK ! OK ! Ne vous fâchez pas, Patron.

— Pardon, je m'emporte. Tu te rends compte, Vieux ? martela-t-il d'une voix adoucie. Ce gars invite à l'enterrement un Lefebvre qu'il ne connaît pas ! Il commande des faire-part sans rien demander à la famille. Il ne se rend pas aux obsèques. Il ne se manifeste pas auprès de la veuve. Même pas du Pagnol, du Kafka !

Dans cette affaire, chaque réponse commandait une nouvelle question.

— Au fait, j'ai placé un agent devant le domicile de Legentil, comme vous le souhaitiez. Il est sorti ce matin de bonne heure…

— Quoi ? Malgré mes recommandations !

— … pour téléphoner d'une cabine. Il est rentré aussitôt après. Il se retournait sans cesse, paraissait inquiet. Voulez-vous que j'établisse une requête auprès des PTT ?

Profondément intrigué, Anconi accepta immédiatement. Pourquoi ne pas téléphoner de chez lui ? Se défiait-il d'un témoin ? Craignait-il que sa ligne ne soit l'objet d'une écoute ?

— Je m'en occupe, assura Blanchard. Oh ! Une seconde…

Anconi perçut dans le combiné des coups frappés à une porte, puis des conversations assourdies. Il hésita à raccrocher, resta en attente. La voix de son collègue s'éclaircit brièvement pour un « Conserve, surtout, conserve ! » précipité. Puis de nouveau des propos inintelligibles, de ceux qui parviennent d'un appareil en partie masqué par une main ou un foulard.

La secrétaire de mairie continuait à taper à la machine. Le commissaire était certain qu'elle épiait sa conversation. Avec ses grosses montures sur le nez, ses ongles longs et peints qui claquetaient sur les touches, elle se donnait vraiment des allures d'actrice de cinéma. Enfin Blanchard reprit le fil.

— Excusez-moi, Patron. Je viens d'apprendre par l'hôpital que l'épouse de votre inspecteur cherche à vous joindre.

— Dieu garde ? Lefebvre ? Une complication ?

— Non ! Non ! Son voisin. Elle a affirmé que vous comprendriez.

— Que nenni ! Que se passe-t-il ?

— Je l'ignore, Patron, elle aurait seulement répété plusieurs fois : « Il délire ! Prévenez le commissaire Anconi ! » Ce sont ses termes exacts.

— Mais qui délire, Vieux ? Lefebvre ?

— Je ne crois pas. Le compagnon de chambre, plutôt.

— Fan de p… ! Le Corre ?

La secrétaire sursauta.

— Ah ! OK ! s'exclama Blanchard, retrouvant sa bonne humeur habituelle. Je vous laisse la rappeler. Tenez-moi au courant. Un excellent polar, votre histoire !

Il raccrocha. Sans doute riait-il maintenant, en secouant la tête et en réajustant son éternel foulard autour du cou. Anconi remercia la demoiselle, qui le considéra de bas en haut d'un air indigné. Lui en voulait-elle pour son juron ?

Il quitta la mairie et pressa le pas vers la place de l'Église. En ce lundi, il ne croisa personne dans la grande rue rendue déserte par la fermeture des commerces. À La Renommée, des stores rouge et blanc masquaient la devanture de la boucherie-charcuterie. Des clients trinquaient-ils au Cheval Noir ?

Il pénétra dans la cabine qu'il connaissait, composa le numéro du centre hospitalier. Il dut subir la mélodie lancinante censée faire patienter l'appelant. Qui avait choisi une musique aussi exaspérante ?

Enfin il fut mis en relation avec le standard. Il demanda la traumatologie.

— Bonjour, Madame. Pourriez-vous me passer la chambre 210, s'il vous plaît ?

— Quel nom ?

— Lefebvre. Son épouse est à son chevet.

— Vous êtes de la famille ?

— Un ami.

— Je suis l'aide-soignante. Je vois avec l'infirmière. Conservez !

Cette expression locale le faisait toujours sourire. Pour lui, ce verbe s'appliquait plutôt à des légumes ou à des anchois en boîte ! Un grand « Clang ! » témoigna du choc d'un combiné que l'on posait sans précaution sur une surface dure. L'attente s'éternisa, meublée par un léger grésillement.

La voix féminine s'imposa de nouveau.

— Vous êtes toujours là ? Conservez, je vous la passe.

Une série de déclics aboutit à une sonnerie de ligne occupée. « Tuuut ! Tuuut ! Tuuut ! »

— Fatche !

Il dut recommencer tout le processus et débuter par la litanie insidieuse de départ. Les cachous défilaient.

— Je suis confuse, nous avons été coupés. Conservez !

— Merci. Je suis désolé de…

« Clic ! » Puis la voix de madame Lefebvre.

— C'est vous, Commissaire ? Mon mari insistait… Il m'a fait comprendre…

— Oui ! Oui ! Que lui arrive-t-il ?

Elle expliqua, par bribes, que depuis ce matin, son voisin de chambre s'agitait sur son lit et répétait sans cesse des mots angoissés.

— Il délire. Un vrai cauchemar. Le pauvre.

— Qu'exprime-t-il ?

— Il profère toujours les mêmes choses. Le médecin est passé, il a diagnostiqué une embolie graisseuse liée à sa fracture de fémur. Il a prescrit des calmants. Ils lui ont remis un masque à oxygène sur le nez. Il vient de partir pour des examens, un scanner si j'ai bien compris.

— Vous souvenez-vous de ce qu'il disait ?

— Oh ! Oui ! Il a crié « Au secours ! » à de nombreuses reprises, « Non ! » comme s'il craignait une agression. Mais le plus curieux, c'est qu'il réclamait « Maman ! » d'une voix aiguë.

— Maman ?

— Oui, c'est curieux dans la bouche d'un homme de son âge ! Un autre mot revenait sans cesse, mais je peux me tromper : « Fridrich ! » ou quelque chose de ce genre.

XVI

Anconi resta un long moment dans la cabine téléphonique. Fridrich ?

Il rejoignit le parking, perplexe. Il s'assit sur le muret de pierre, face au monument aux morts. Égaré par les inepties que Frédéric Le Corre délivrait, il parcourut machinalement la liste des hommes tombés entre 1914 et 1918. Les Aoustin se succédaient, partageant la stèle avec des Halgand, des Mahé, des Moyon, des Vince…

Troublé, il gagna le Cheval Noir, entra. Les rares consommateurs le dévisagèrent, baissèrent aussitôt la voix. Il n'en reconnut aucun. Une jeune serveuse lui sourit.

Il commanda un café au bar. Fridrich, Fridrich, Friedrich ?

— Connaissez-vous un Friedrich, dans le coin, Mademoiselle ?

Elle fronça les sourcils, fit une moue dubitative.

— Ce n'est pas trop un prénom d'ici, remarqua-t-elle.

— Un surnom comme tout le monde en Brière ?

Plutôt que de répondre, elle s'adressa à l'un des clients.

— Dites, monsieur Vince, un Friedrich, en Brière ?

Elle avait interpellé le plus âgé. Un homme aux cheveux rares et blancs, au faciès rougeaud et rigolard, habillé dans des surplus américains et chaussé de bottes. Il griffonnait des grilles de Loto, attablé devant un verre de digestif.

Il s'esclaffa, prit à témoin les autres clients.

— Les fridolins, ils ont déguerpi depuis quarante ans ! Ah ! Ah ! Peut-être qu'il en reste un ou deux noyés dans la Grande Curée avec leur barda !

Il avait parlé haut, déclenchant une cascade de rires approbateurs.

Anconi s'approcha de lui.

— Bonjour, monsieur Vince. Sans vous offenser, vous avez connu cette époque ?

— Vrai ! Les salauds ! Il a fallu qu'ils nous collent une batterie antiaérienne à Saint-Malo. Certains d'entre nous ont été réquisitionnés pour la construction. Mais on leur en a fait voir ! Moi, je me souviens…

Une fois branché, le vieux devint intarissable.

— … il fallait trancher la tourbe pour eux, au trou du *wolm**, la transformer en briquettes. Même les femmes devaient manier la houlette pour eux. On s'arrangeait pour leur refiler la feuillette, la mauvaise qualité !

* Mot allemand signifiant « loup », lieu dénommé ainsi pendant l'occupation allemande.

Son auditoire, attentif, l'encourageait.

— Vous rappelez-vous d'un Friedrich ?

— J'ai oublié les prénoms. On leur jouait des tours pendables, aux frisés ! Il était interdit d'écouter Radio-Londres, « Po-po-po-pom ! », ni même posséder une TSF. Alors on partait dans le marais planquer les radios. On s'arrangeait pour qu'ils tombent dans les copis*, quand ils nous poursuivaient pour les réquisitionner. Sûr, les anguilles se sont régalées, à bouffer du Boche ! Ah ! Ah ! Ah !

Le vieux Vince ne s'arrêtait plus d'évoquer ses souvenirs.

— Pourtant y avait de braves gars, parmi eux aussi. Après la reddition de la poche, certains sont restés un couple d'années comme prisonniers de guerre. Ils bossaient dans les commerces ou auprès de certains artisans : un chez mon père, d'autres, je m'en souviens, chez les Curet, à la charcuterie Charon, à Saint-Malo, chez Boiteux aussi.

— Boiteux ? Celui de Fédrun ?

— Comme je te le dis. Demande-lui, il doit s'en souvenir.

— Le prénom de Friedrich vous évoque quelque chose ? insista Anconi, sans grande conviction.

— C'est loin, tout ça, va.

Il leva son verre.

— *Nach Berlin !* qu'ils braillaient en 1914. Sales guerres !

* Ancien trou d'extraction de la tourbe, augmentant à cet endroit la profondeur de l'eau.

À la table voisine, un homme jeune, en bleu de travail, l'interrompit :

— Fini, tout ça ! Les Allemands sont nos amis, maintenant. Notre président a même serré la louche à Kohl ! C'est dire.

La serveuse, venue remplir les verres, ajouta qu'un jumelage existait entre Pont-Château et une ville allemande.

— Qu'ils rappliquent pas chez moi ! brailla Vince.

Nul ne put renseigner Anconi sur un Friedrich quelconque.

Il retint la référence au Boiteux. Il ne se voyait pourtant pas l'interroger derechef. Son image lui revint, lors de leur première rencontre, justement au Cheval Noir. Il s'en était pris, lui aussi, aux Boches, faisant mine de tirer sur un autocar de touristes allemands. Mais n'était-ce pas un sport typiquement français que de se moquer des habitants d'outre-Rhin ? Du moins chez les plus âgés d'entre eux ; il venait d'en recevoir une démonstration dans la salle du café.

Lorsqu'il sortit de l'établissement, Vince le salua en levant son verre à son intention.

Il rejoignit la Citroën, indécis. Malgré l'heure il n'avait pas faim, en raison de son rhume. Le cachou, dans sa bouche, perdait tout son goût. Il se dirigea vers La Bosse, quitta dès que possible la D50 pour serpenter au plus près du marais. Il remarqua pour la première fois que, dans ce coin de Brière, l'ardoise couvrait toutes les habitations et non le chaume. Des constructions nouvelles surgissaient de part et d'autre de la route. Le vent encore fort ployait les tiges des rares iris encore fleuris, couchait l'herbe.

Devant la maison des Le Corre, un seul vélo s'appuyait à la façade. Une bicyclette de femme, ce qui le soulagea. Dans la cour, du linge séchait sur un fil, tirant sur ses épingles.

Il frappa, attendit.

Elle portait toujours cette blouse, comme lors de sa précédente visite, l'avant-veille. Avec ses cheveux ramassés sous un fichu, elle ressemblait à ces femmes russes d'autrefois. Anconi lui trouva le visage fatigué, des cernes sous les yeux. Son regard ne montrait pas la même énergie.

— Que voulez-vous ? demanda-t-elle d'un air las.

— Je passais par là. Il me faut vous poser encore quelques questions. Ce qui arrive à Frédéric m'y oblige, vous le comprenez ?

Elle écarta la porte, s'effaça. Aucune odeur de cuisine ne flottait dans l'intérieur silencieux.

— Votre mari est absent ?

— Oui.

— Vous savez ce qui s'est passé, n'est-ce pas ?

— Les gendarmes, ils sont déjà venus m'interroger. J'sais rien de plus. Vous apportez toujours le malheur.

— Je cherche le coupable. Vous ne souhaitez pas le connaître ?

— J'veux seulement qu'il s'en tire, mon gars. Avec tout le mal qu'il se donne pour le syndicat, voilà comment on l'récompense.

— Quelqu'un distribue la souffrance. D'abord Janval, maintenant Frédéric, sans oublier mon inspecteur.

Elle se signa en hâte sans répondre. Craignait-elle pour sa vie ?

— Samedi, nous avons évoqué votre père. Saviez-vous qu'il avait refusé de céder une de ses propriétés à Claude Janval ?

— C'est pas vos affaires.

— Vous en aviez donc connaissance. Cette maison vous reviendra en personne, après sa disparition puisque vous et votre époux êtes mariés sous contrat.

— Mon père voulait pas vendre au Dieppois, un étranger. Quel rapport avec l'accident d'hier ?

Anconi remarqua que le globe renfermant la couronne de fleurs d'oranger ne se trouvait plus sur le manteau de la cheminée.

— Votre fils a été opéré. À son réveil, ce matin il criait votre nom et curieusement répétait celui d'un certain Friedrich.

Renée pâlit, son visage se ferma.

— Ce prénom vous évoque-t-il quelqu'un ? insista Anconi.

— Non. Un camarade de travail, faut croire. Les Chantiers embauchent beaucoup d'étrangers, en ce moment.

— Il semblait très effrayé en le prononçant, comme s'il le craignait.

— L'anesthésie lui donne le délire ; tous ces médicaments le rendent sûrement malade. Vous l'avez vu ?

Il se garda de dévoiler la présence de l'inspecteur dans la même chambre que son fils.

— Non. Pas ce matin. J'ai seulement demandé de ses nouvelles, les infirmières m'ont signalé son agitation et ce prénom, Friedrich, qui semblait le terrifier.

Madame Le Corre déplaçait des objets, rangeait les chaises sous la table, allait et venait dans la pièce pour se donner contenance. Le commissaire fit cesser la gestuelle sans brusquerie, lui prit la main, énonça doucement :

— Si j'insiste, Renée, ce Friedrich… Il pourrait s'agir du tireur. Bonne Mère, on a cherché à le tuer, votre fils, vous en convenez. N'importe quel renseignement contribuerait à ce que nous arrêtions ce fou.

— Je sais pas comment vous aider, Commissaire.

Anconi tenta une dernière carte.

— J'ai appris que, pendant la guerre, votre père a accueilli un prisonnier allemand. Comment s'appelait-il, vous en souvenez-vous ?

Elle leva les yeux au ciel, se prit la tête entre les mains, blêmit, resta un moment silencieuse.

— C'est loin tout ça. Et puis mon Têtard était point né, comment il craindrait un homme qu'il a point connu ?

— Au cas où cela vous reviendrait, n'hésitez pas à m'en faire part. Vous n'avez donc aucune idée de qui a tenté d'assassiner votre Frédéric ?

Elle exécuta un nouveau signe de croix, « Qu'il se rétablisse au plus vite ». Une larme lui vint aux yeux, qu'elle essuya furtivement.

Anconi s'en voulut de martyriser cette femme fatiguée. Pourtant il osa cette remarque :

— Je ne vois plus cette magnifique couronne de fleurs que vous conserviez sous un globe, sur la cheminée.

Elle se mit à pleurer, secouée par des sanglots.

— Je l'ai déplacée… pour nettoyer le verre. Partez, Monsieur, ça vaudra mieux.

Le commissaire imagina plutôt que le mari avait brisé la relique dans une crise de violence. Pauvre Renée ! Il la quitta en lui serrant une main entre les deux siennes. Elle se tamponna les yeux et réussit à montrer un maigre sourire.

Elle referma la porte derrière lui, sans bruit. Il devina qu'elle laissait éclater son chagrin. « Cette femme cache un secret », pensa-t-il. N'en était-il pas de même de tous les Briérons qu'il croisait ?

Il tenta de faire le point, les informations s'entassaient pêle-mêle dans son cerveau : Frédéric Le Corre avait commandé quelques faire-part pour en adresser un à Lefebvre. Victime d'une tentative de meurtre, il cauchemardait sur un certain Friedrich, un prénom inusité en Brière. Sa mère, Renée, ignorait ou feignait d'ignorer de qui il s'agissait, comme bien d'autres. Elle s'était mariée avec Roger Le Corre après-guerre, sous contrat, ce qui sous-entendait une séparation de biens. Pas fou, Boiteux ! Dans ce cas, pourquoi cette fâcherie de Roger en voyant la maison de son beau-père passer aux mains de Janval ? Parce qu'il espérait y habiter ? Pour la faire vendre par Renée afin d'améliorer ses fins de mois ?

« La terre va me manquer aux pieds ! »

Empêtré dans cet imbroglio, l'appel de Blanchard lui revint en mémoire. Que manigançait de son côté Legentil pour sortir de son domicile malgré les menaces qui pesaient sur lui ?

Il retourna à Saint-Joachim pour téléphoner, croquant des cachous à la chaîne, sans les sucer.

— Allô ? Monsieur Legentil ? Commissaire Anconi.

— Ou… oui, lui répondit-on d'une voix hésitante.

— Juste une question : qui appeliez-vous ce matin d'une cabine publique proche de chez vous ?

— Mais…

— Votre ligne n'est pourtant pas en dérangement. Nous étions convenus que vous resteriez tranquillement dans votre appartement.

— Vous me surveillez ?

L'inquiétude perçait dans le ton.

— Tè, pardon, je vous protège ! Un agent demeure en faction devant le Building, comme nous l'avions décidé hier soir.

— …

— Alors ?

— Je ne voulais pas que mon épouse s'alarme, admit-il.

— Je croyais qu'elle partait pour l'île de Groix avec les enfants ? rétorqua le commissaire, agacé.

— Elle vient de s'en aller, leur bateau quittait Lorient seulement à… 17 h 30.

— Fan de chichourle ! Pourquoi Anconi, il se décarcasse ? Vous vous en rendez compte ? À qui aviez-vous besoin de téléphoner si tôt ?

— Cette histoire de bricole me tourneboulait… J'ai reçu un appel ce matin… Quelques mots… « T'es mat, Kasparov ! » J'ai pris peur ! Je n'ai rien confié à ma femme.

— L'idée ne vous est pas venue de contacter la police, plutôt que de risquer de sortir et de recevoir une balle ?

— Je n'ai pas réfléchi.

— Avez-vous reconnu la voix, dans le téléphone ?

— Non. Un homme je crois, mais le son semblait assourdi, lointain.

— Il n'a rien dit d'autre ? Pas d'accent ? Du bruit autour ?

— Non. Non. On a raccroché aussitôt.

— Quelle heure était-il ?

— Vers 10 heures. Je suis sorti tout de suite, au prétexte d'acheter des cigarettes.

Legentil avoua que, mort de peur, il avait dévalé les escaliers de l'immeuble pour gagner la cabine voisine et appeler Alain Méan. Anconi bondit, lâcha sa boîte jaune et noire qui se répandit à ses pieds.

— Que le diable me patafiole ! Pourquoi lui ? suffoqua-t-il.

— Parce qu'il était très proche de Claude Janval… et autant de son épouse. Je voulais qu'il se débarrasse de ce foutu jeu d'échecs.

En clair, le commissaire comprit que Legentil désirait soustraire toutes les preuves d'un trafic dans lequel il trempait. Mais il peinait à imaginer des conséquences aussi dramatiques à une "bricole" intéressant quelques morceaux de métal ou autres et un jeu d'échecs, fut-il en morta. Le qualificatif "or noir" à propos de cette matière fossile lui revint en mémoire, sans le convaincre qu'il puisse devenir un mobile de meurtre.

Il retint aussi que les relations supposées entre Méan et Jeannine réapparaissaient dans le scénario. L'amant qui tue le mari, un dénouement vieux comme le monde !

— Pourquoi ne pas le demander directement à madame Janval ?

— Je craignais qu'elle ne refuse. Un tel souvenir… et puis je ne connaissais que Claude.

— Vous avez risqué gros, Kasparov !

Il regretta aussitôt sa galéjade. Il tenta de se rattraper d'un « Excusez-moi, je prends tout cela très au sérieux ! » puis demanda :

— Vous deviez établir la liste des ouvriers travaillant sous vos ordres…

— Oui. Elle totalise trente-trois noms. Je vous les dicte ?

— Attendez ! Comprend-elle un Friedrich ?

— Friedrich ? En effet, Friedrich Schneider. Un nouveau, originaire de Potsdam où il exerçait le métier de traceur là-bas, dans une usine métallurgique, je crois.

— Fatche ! Il “bricole”, lui aussi ?

— Pas à ma connaissance. Un grand blond très rigoureux. Il vient d’un pays où l’on applique les consignes. Dans l’équipe, il bat le record des heures supplémentaires.

— Où puis-je le trouver ? Savez-vous où il habite ?

Anconi trépignait dans son cagibi.

— Il appartient au clan des non-grévistes. « En Allemagne, on discute avant d’arrêter travail » l’ai-je entendu dire sèchement à des collègues. De sorte que depuis le début du mouvement, il est contraint de rester chez lui. Il me semble me souvenir qu’il demeure à Pont-Château, dont sa femme est originaire. C’est pourquoi il a quitté l’Allemagne.

— Joue-t-il aux échecs ?

— Vraiment, je l’ignore totalement. Mais pourquoi ? Vous croyez que…

Legentil paniquait de nouveau.

— Connaissez-vous son adresse ?

— Non. Mais j’ai moyen de vous la transmettre. Un coup de fil au service du personnel. Vous pensez que c’est lui qui se trouve derrière tout cela ?

Le commissaire admit ses incertitudes. Pour le rassurer, il évoqua des vérifications nécessaires, « on ne sait jamais, suivre toutes les pistes », etc.

— Je vous rappelle dans dix minutes ! Et Bonne Mère, ne sortez plus de chez vous !

Il raccrocha, poussa de l'épaule les portes battantes de la cabine. Il étouffait. Le goût du réglisse l'envahit quelques secondes lorsqu'il se moucha, avant de se dissiper. Pu… de rhume !

Il attendit, tenta d'organiser toute l'histoire autour de cet ouvrier allemand immigré. Avait-il subi des rebuffades de la part de ses camarades ? Il avait oublié de demander l'âge de ce Friedrich. Friedrich comment, déjà ?

Il n'osait pas s'éloigner. Il ramassa sa boîte de cachous. Au moins ne pleuvait-il plus, constata-t-il. Quatorze heures sonnaient en face. Personne n'entrait ni ne sortait du Cheval Noir. Quelques voitures passèrent devant lui. Il consultait sans cesse sa montre. Aurait-il dû se rendre au Building, rencontrer ce joueur d'échecs ?

Lorsque les cloches marquèrent le quart d'heure, il n'y tint plus et composa le numéro de Legentil. Il se réjouit de constater que la tonalité correspondait à une ligne libre. On décrocha à la deuxième sonnerie.

— Anconi. Je ne vous rappelle pas trop tôt ?

— Non. Voilà. En réalité, Friedrich Schneider n'habite plus à Pont-Château, mais à Saint-Malo-de-Guersac, rue de la Ganache, au 110. Pourquoi vous intéressez-vous à cet employé en particulier ?

— Une simple vérification, je vous l'ai dit. Ne vous inquiétez pas. Quel âge a-t-il, ce Friedrich ?

— La quarantaine environ.

— Un téléphone est-il inscrit dans son dossier ?

— Non, je regrette. Peut-être ses camarades le connaissent-ils… Avec tout ce que vous me racontez, je n'ose contacter aucun d'entre eux.

— Merci, monsieur Legentil. Je vous tiendrai au courant. Vous ne risquez rien chez vous, ajouta-t-il. À la respiration bruyante de son interlocuteur, il présagea que ses paroles ne lui apportèrent aucun réconfort.

Avant de raccrocher, il demanda le numéro de téléphone d'Alain Méan. Cette démarche accentua la panique de son correspondant :

— Je vais avoir des ennuis à cause de cet échiquier de malheur ?

Anconi le rassura par un pieux mensonge.

— Mais non, Bonne Mère. Je souhaite seulement savoir s'il connaît ce Friedrich.

Il quitta la cabine, éternua deux fois, se hâta vers le parking. Dans la BX, il déplia la carte, chercha l'adresse de Schneider. Sous le mot « *Guersac* », il trouva « *La Ganache* ». Son cœur s'accéléra lorsqu'il constata que l'endroit se situait à proximité du lieu où Janval…

— Fatche ! Et pas bien éloigné de La Bosse !

Il sortit de Saint-Joachim, suivit cette D50 qui unissait ces îles et ses Briérons. Il refit le chemin Pandille, Aignac, Rozé. Approchait-il de la vérité ? À

La Croix, il tourna à gauche alors que se profilaient au loin les grands pylônes des lignes haute tension. Il retrouva les paysages du marais. Çà et là un vieux corps de ferme, un hangar couvert de tôle rouillée, un cheval dans son enclos, quelques vaches partageant leurs vastes étendues de pâture avec des aigrettes.

Les habitations s'espaçaient lorsqu'il parvint au numéro indiqué. Une maison ancienne rénovée. Une voiture stationnait sous un auvent. Deux noms figuraient sur la boîte aux lettres : « *Moyon-Schneider.* » En l'absence de sonnette, il écarta la barrière, frappa à la porte protégée par une marquise en verre.

Un homme lui ouvrit. Grand, blond, les yeux bleus, une caricature d'Allemand.

— Monsieur Friedrich Schneider ?

— Exact. Vous perdu ?

Sa façon de prononcer les "v" comme des "f" renforçait la première impression.

— Nullement. Pardonnez le dérangement, monsieur Legentil a eu la "gentillesse" de me confier vos coordonnées.

— *Ach so !** Mon chef ?

— Je suis policier, j'enquête sur la disparition de Claude Janval, un collègue à vous, n'est-ce pas ?

— Exact. Pauvre Claude. Pas chance. Que je puis faire à vous ?

Anconi chercha les formules les plus simples.

* Interjection allemande signifiant « Oh, je vois ! ».

— Voilà. Votre camarade Frédéric Le Corre a été victime d'une… agression. Il est à l'hôpital, blessé. Il crie sans cesse votre prénom !

— Le "Kohr" ? Je connais pas. Moi nouveau.

Il expliqua laborieusement qu'il avait rencontré sa future épouse en Allemagne, l'avait suivie en France quand le travail avait manqué pour lui à Potsdam. Son arrivée récente justifiait sa mauvaise maîtrise du français, dont il s'excusait. Il exprima à sa manière son étonnement.

— Vous trompez de personne ! conclut-il. Suis désolé.

Ses paroles revêtaient indéniablement un accent de vérité. Il tombait de la lune, souriant au visiteur.

— Autres Friedrich ? demanda Anconi.

— Non. Vous savez Pont-Château échange avec Allemagne ? Partis hier.

Devant le visage interrogateur du commissaire, il prononça péniblement le mot « jumelage », suivi d'un second, incompréhensible.

« Encore ce jumelage ! »

— Ma femme née Pont-Château. Échange avec « Nassau An der Lahn », dit-il en se serrant les deux mains puis en écrivant du doigt sur le battant de la porte.

Un sourire franc éclaira le visage de Friedrich Schneider.

On en avait déjà parlé à Anconi. Il revit le patron du Cheval Noir évoquer ce lien entre Pont-Château et une ville allemande dont il ignorait le nom.

Anconi comprit que Friedrich avait rencontré une délégation d'Allemands venus visiter la Brière, tout récemment. Il manifestait son plaisir d'avoir retrouvé des compatriotes à cette occasion.

— Y avait-il un Friedrich parmi eux ?

— Oui. Deux. Prénom fréquent ! ajouta-t-il en riant.

L'homme disparut à l'intérieur de la maison, revint avec un papier et un crayon. Il écrivit distinctement : « *Nassau An der Lahn* », puis « *Rheinland* », en répétant la phonétique comme un professeur attentif. Il lui confia le texte.

Anconi le remercia, s'excusa de sa méprise. Un peu perplexe, il serra la main de cet homme qui, à l'évidence, ne participait nullement à l'affaire. Dans la BX, il relut le nom de la commune, revit l'autocar flambant neuf immatriculé en Allemagne qui avait stationné place de l'Église et déclenché une colère de Boiteux au café.

Comment expliquer le lien entre trois tentatives de meurtre, dont une réussie, et la présence d'un Allemand de Nassau en voyage de jumelage, un certain Friedrich dont le nom effrayait tant Frédéric Le Corre ?

Le fil semblait bien mince. Il se vit mal dans le rôle d'Ariane. Il roula vers Rozé, vers la cabine téléphonique la plus proche qu'il connut, s'y précipita.

— Le Quai ?

Schultz n'était pas de service. Dommage. Il demanda L'Araignée, l'archiviste du 36.

— Bonjour, Monsieur le commissaire.

Il vouait à son supérieur une admiration sans bornes, ne pouvait se résoudre à l'appeler Patron, comme tous les autres. Trop familier.

— J'ai une mission pour toi, Vieux. Tu t'aideras de Schultz pour contacter l'Allemagne.

Anconi imagina le bonhomme attraper le crayon de bois qu'il gardait toujours derrière l'oreille, ajuster ses lunettes cerclées.

— Bien sûr, Monsieur le commissaire.

— Tous les deux, vous allez solliciter le bourgmestre de la ville de Nassau An der Lahn. Je veux la liste de tous les habitants qui ont participé récemment au voyage de jumelage entre sa ville et Pont-Château en Loire-Atlantique.

Anconi aurait pu interroger le maire de la localité pontchâtelaine, mais il souhaitait rester discret.

— Nassau en Rhénanie, pas aux Bahamas, c'est bien noté, Mons…

— Appelle-moi donc Patron, Vieux, l'interrompit Anconi. Je cherche un Friedrich Quelque chose. Laisse un mot à l'Hôtel du Berry lorsque tu auras le renseignement.

— Vous semblez enrhumé, Monsi… Patron. Je m'en occupe immédiatement !

XVII

Anconi, désœuvré, décida de joindre Alain Méan. Il laissa sonner, personne ne répondit. Il composa plusieurs fois le numéro, en vain.

« Fan de chichourle ! Il est encore fourré chez la veuve Janval ! »

Il hésitait entre un coup de fil et une nouvelle visite chez elle, à Errand.

Une salve d'éternuements interrompit sa réflexion.

Méan obéissait-il simplement aux injonctions de Legentil, et se trouvait-il seulement chez elle pour faire disparaître l'échiquier, comme son supérieur le lui avait conseillé ? Son nom revenait sans cesse dans l'histoire. En supposant que lui et Jeannine soient amants, le commissaire jugeait plausible son mobile pour supprimer Claude Janval, un rival. Se débarrasser de Lefebvre, aussi, ce dernier ayant deviné leurs relations. Mais pourquoi tuer Le Corre ? Qu'avait fait ce dernier entre sa sortie du commissariat et l'attentat dont il avait été victime ? Une visite chez Jeannine ? Les avait-il surpris ?

Quel rôle jouait Le Corre dans cette affaire de bricole ? Pourquoi avait-il adressé un faire-part de décès à Lefebvre ? Bonne Mère, quand aurait-il l'occasion de l'interroger ?

S'agissait-il de deux affaires distinctes ?

Ces cachous qui avaient perdu leur goût ne l'aidaient pas ! Totalement égaré, il fit quelques pas, dépassa les volets clos du Café du Pont, s'accouda à la balustrade de l'écluse. L'eau calme entre les parois de pierre de taille, les chalands tranquilles, les berges touffues du Brivet, tout ce paysage respirait la sérénité. Le secret aussi, pourtant, dans cette mystérieuse Brière.

De nouveaux éternuements le secouèrent. Il pesta, remonta le col de son cuir, regagna la BX, se résolut à prendre la route d'Errand. Il trouva le break beige de Méan stationné devant la chaumière des Janval. Lorsqu'il s'approcha de la porte, des éclats de voix lui parvinrent. Il colla son oreille au battant.

— Jamais ! Jamais ! criait une femme.

Il reconnut Jeannine. La réponse de Méan, plus sourde, n'était pas audible. Il retint une nouvelle crise de sternutation, étouffant à grand-peine dans son coude deux accès répétés.

— Par Dieu ! Ne me demande pas cela ! intima la voix, suppliante.

Avaient-ils décelé le bruit de son arrivée ? Le silence s'installa momentanément à l'intérieur. Des paroles amorties reprirent bientôt, un long monologue dont le commissaire ne comprit que quelques mots saisis au vol, “plus sûr”, “raisonnable”. Lorsqu'il perçut celui de “police”, il frappa, soudain inquiet.

Madame Janval lui ouvrit. Les joues rouges, les cheveux défaits, elle dissimulait mal une émotion intense.

— Oh ! Commissaire ?

— Pardonnez-moi, je suis à la recherche de votre ami… Alain. Je crois avoir reconnu sa voiture, dehors.

Elle hésita, recula. Il sembla au policier qu'elle rougissait, mais peut-être ne s'agissait-il que d'un effet de lumière.

— Oui. Vous nous apportez du nouveau ?

— Non. Une simple vérification. Puis-je entrer ?

Elle écarta la porte à regret, s'effaça. Alain Méan, assis derrière la grande table, examinait des papiers étalés. Il portait un chandail à col roulé vert aux motifs en losanges orangés. Il lâcha son crayon, se leva précipitamment. Une calculette trônait au milieu des dossiers.

— Bonjour, Commissaire. J'aidais Jeannine… Toutes ces démarches…

À quoi l'obligeait-il avant son arrivée pour qu'elle se défende aussi vigoureusement ?

— Nous apportez-vous des nouvelles de Frédéric ? Comment va-t-il ? poursuivit-il, mal à l'aise.

— Dieu garde, ce matin il délirait. Une complication liée à sa fracture, d'après les médecins. Justement, il répète sans cesse un prénom, Friedrich. Le connaissez-vous ?

Ils secouèrent la tête d'un bel ensemble, tous les deux.

— Aux Chantiers ?

Jeannine se tourna vers Alain. Il réfléchit, se frottant le menton de sa main.

— Il y a bien ce nouveau…

— Schneider, oui. Il ne s'agit pas de lui. Personne d'autre ?

— À ma connaissance, non. J'ai appris que vous aviez contacté Legentil. Il semble complètement paniqué. Il m'a demandé de…

— En effet. Une histoire de bricole le tarabuste. Il reçoit des menaces au bureau. Vous le saviez ?

— Une mauvaise blague. La grève échauffe les esprits, l'encadrement est dans le collimateur. Certains reprochent à Legentil de ne pas soutenir suffisamment ses employés et de frayer avec la direction. Pas méchant… l'un d'entre nous a proposé de le surnommer Kasparov, en raison de son goût pour les échecs…

Il souriait jaune en racontant.

— … et de sa commande d'un jeu complet en morta auprès de Claude, le coupa Anconi. Qui a eu cette idée subtile de ce sobriquet ?

Jeannine s'éloigna dans la pièce pour se tamponner les paupières. Elle se retourna brusquement et, les yeux emplis de larmes, s'écria :

— Sans cette plaisanterie stupide, rien ne serait arrivé !

Alain Méan n'en menait pas large. Il tripotait nerveusement son crayon sans répondre. Il ressemblait au potache pris en faute.

— Bonne Mère, que signifie ? s'inquiéta le commissaire. Sous-entendez-vous que c'est en raison de cette mascarade que votre mari a été…

— Il n'avait aucun ennemi, avant cette cabale imbécile au bureau. Vous ne trouvez pas la coïncidence troublante ? D'ailleurs Legentil craint pour sa vie, c'est pourquoi il a demandé à Alain de détruire ce jeu de malheur.

— Vous m'assuriez pourtant n'avoir aucun soupçon, madame Janval, objecta Anconi.

Elle désignait maintenant clairement Méan avec les yeux de la colère, criant et pleurant à la fois. Le mot “police”, surpris à son arrivée, prenait toute sa signification. Ne le menaçait-elle pas de prévenir les autorités ?

— Que j'ai été naïve ! gémit-elle, complètement abattue.

— Qu'en pensez-vous, monsieur Méan ?

Le commissaire, perplexe, venait de lui découvrir une deuxième raison de se débarrasser de Janval. Il réalisa que Lefebvre revenait d'Errand lorsque sa voiture quitta la route au pont de Boisman.

— Tout cela est absurde.

— Tè pardon, pas tant que cela. Êtes-vous à l'origine de cette campagne d'hostilité à l'égard de Legentil ?

— Je ne pensais pas à mal. Une blague, je vous assure.

— Étiez-vous jaloux de Claude, monsieur Méan ?

Jeannine sanglotait. Elle sursauta à la question.

Le sourire séducteur de Méan laissa place à la crainte. Il se dressa derrière la table, blanc comme un cierge de Pâques.

— J'hallucine ! Vous ne me soupçonnez tout de même pas ?

— Pitié ! Tu aurais fait cela ? intervint Jeannine, défaite.

La scène tournait au drame antique.

Anconi précisa sa pensée, méthodiquement. Suggestif plutôt qu'affirmatif, il employa le conditionnel. Il évoqua d'abord la proximité entre Alain et Jeannine, utilisant à dessein le terme d'intimité, raison de supprimer un mari encombrant, puis la nécessité de se débarrasser d'un inspecteur bien importun en sabotant sa voiture.

— Reste Frédéric Le Corre qui, ayant tout deviné, craignait de constituer la prochaine victime et n'osait plus sortir des Chantiers, même pour les obsèques d'un bon camarade. J'ai compris pourquoi il a fait imprimer des faire-part et en a envoyé un à mon inspecteur Lefebvre : Claude lui avait parlé d'un ami policier à Paris, il a trouvé ce moyen pour déclencher une enquête, sachant bien qu'en Brière elle n'aboutirait pas.

— Tu ne le crois tout de même pas, Jeannine. Tu me connais !

Jeannine pleurait doucement, maintenant, tassée sur sa chaise, muette.

— C'est vous, monsieur Méan, qui m'avez orienté vers la bricole et Legentil en chargeant quelqu'un de m'adresser ce message anonyme – “la bricole fait des jaloux” –, pour égarer et détourner mes recherches. Malin, votre chef, en me confiant qu'il vous demandait de détruire le fameux jeu d'échecs, vous désignait à moi.

Méan lâcha son crayon, frappa la table du poing, pointa le visiteur de son index.

— Vous me servez un mauvais polar ! Maigret s'enlise, Commissaire, Maigret s'envase, Maigret s'embourbe ! Vous n'avez pas la première preuve de ce que vous avancez !

— Fatche ! Calmez-vous ! Maigret va vérifier votre emploi du temps, il n'apprécie pas que l'on s'en prenne à ses inspecteurs ! Vous arrivez ici ce matin à 11 heures, j'étais présent. Lorsque je vous apprends l'attentat dont a été victime votre ami Le Corre, vous vous empressez de demander : « Mort ? » Cela m'a choqué. Tout autre se serait enquis de ses blessures, aurait manifesté de l'empathie. Vous, non. Vous souhaitiez seulement vérifier l'efficacité de votre tir.

— Je ne possède pas de fusil, rétorqua Méan, buté.

— Vous êtes bien unique dans ce cas en Brière. Rien de plus facile que de se débarrasser d'une arme, le marais engloutit tout… et ne parle pas ! Comme pour la mobylette de Frédéric ! Plouf ! D'ailleurs, j'ai constaté des traces de boue sur votre véhicule, comme si vous aviez longuement cherché un endroit propice pour la jeter à l'eau.

— Pourquoi vous acharnez-vous sur moi ? Vous pensez vraiment que j'oserais me présenter chez Jeannine si j'avais trucidé son mari ?

— Tè, rien de mieux pour paraître innocent.

Jeannine observait la scène, incrédule. Son regard mouillé errait de l'un à l'autre, comme si elle cherchait qui croire.

— Vous me prenez pour "le tueur de la pleine lune"* ?

— Que faisiez-vous hier matin, avant de frapper ici à 11 heures ?

— J'étais chez moi.

— Seul ?

— Oui.

— Quelqu'un peut-il en témoigner ?

— Mis à part mon chat… railla-t-il, soudain plus sûr de lui.

— Tè, continuez et je vous tourne la tête devant derrière !

Le commissaire expliqua lentement, pesant chaque mot, que la situation exigeait le plus grand sérieux.

Un meurtre et deux tentatives, dont l'une portant sur un inspecteur de police…

— L'après-midi du lundi 27 juin, où vous trouviez-vous ? enchaîna-t-il. Réfléchissez bien.

— Le jour où…

* Allusion au meurtrier en série Roberto Succo, décédé en mai 1988.

— Exact. Il y a une semaine, au moment où la mobylette de Janval a reçu un calibre douze qui l'a déséquilibré… et tué.

Méan s'assit, se prit la tête dans les mains. Soudain, son visage s'éclaircit comme s'il venait de résoudre la quadrature du cercle.

— L'AG, j'étais à l'AG aux Chantiers ! s'exclama-t-il victorieusement. Je m'en souviens, maintenant. On votait pour la reconduction de la grève. Demandez à Frédéric Le Corre…

— Dans son état, je doute qu'il me réponde. Vous allez devoir me trouver un autre témoin.

Méan attrapa le crayon, approcha une feuille de papier vierge et y inscrivit une liste de noms, sans réfléchir. Il la tendit au commissaire. Jeannine sembla brusquement soulagée d'un grand poids.

— Pas de Friedrich ?

— Schneider ne participe pas au mouvement.

— Je vais devoir vérifier tous ces noms, vous le comprenez. Vous restez dans l'immédiat à la disposition de la justice.

L'accusé certifia qu'il se sentait chez lui en Brière, sans intention d'en partir. Jeannine hésitait sur l'attitude à adopter. Elle rassembla les papiers épars sur la table, les empila sans précaution.

— Par Dieu, laissez-moi, tous les deux, souffla-t-elle avec lassitude. Je suis épuisée.

— Tu verras, le commissaire fait fausse route, assura Alain Méan. Je regrette maintenant d'avoir malmené Legentil mais pour le reste, même si les apparences sont contre moi, mon innocence éclatera.

Il endossa son K-Way et quitta la chaumière sans oser manifester ses sentiments. Il salua Anconi de la tête. Le silence s'installa dans la pièce.

— Je déplore les tourments que je vous impose, Jeannine.

— Croyez-vous vraiment à sa culpabilité, Commissaire ? Jamais je n'aurais imaginé cela de la part d'un ami…

Il jugea le moment mal choisi pour tenter d'établir leurs relations réelles. Il lui adressa un bonsoir bienveillant.

Le break Peugeot beige disparaissait dans un virage sous un ciel nuageux. De lourds cumulus survolaient Errand et s'enfuyaient vers l'est. Le commissaire se moucha, déclencha une toux douloureuse. Il se prit à rêver des calanques de son pays, de ces étés de son enfance, frissonna. « Sale affaire et sale temps », maugréa-t-il en s'affalant sur le siège de la BX. À peine installé, une courte averse noya le pare-brise.

Découragé, il parcourait le relevé des témoins proposé par Alain Méan : sept noms ! « Retourner aux Chantiers en catimini ? Oh là là, qué pastis ! » Il ne se voyait pas reprendre son déguisement. Il regretta l'absence de Bolz, dont l'aide précieuse lui manquait.

Combien de jours lui faudrait-il attendre avant que Le Corre ne lui explique pourquoi ce Friedrich le tourmentait ? Cet inconnu ne trouvait pas encore sa place dans le scénario accusateur qu'il venait si brillamment d'exposer devant Jeannine Janval.

Il prit la route de Saint-Nazaire, rentra directement à son hôtel, s'allongea sur son lit, la tête gonflée comme une calebasse. Il s'endormit lourdement, deux réglisses sous la langue, la liste entre les doigts.

Le téléphone le réveilla. Depuis quand sonnait-il ? Il décrocha maladroitement.

— Ou… oui ?

— Ça n'a pas l'air de gazer, Patron !

Blanchard. Il consulta sa montre : 19 heures !

— Un “rhube”, juste un rhube, je me reposais un peu, Vieux.

— Désolé d'interrompre votre sommeil, je reçois à l'instant un appel de la gendarmerie de Montoir-de-Bretagne, j'ai pensé que cela vous intéresserait.

— Vaï ! Derriaux ?

— Oui. Il vous transmet que la R5 louée par Lefebvre a entièrement brûlé.

— Fan de putain ! Quand ?

Le commissaire se dressa sur son lit.

Le feu s'était déclaré après la fermeture du garage, vers 18 heures, le capitaine se trouvait encore sur place, mandé par le propriétaire. L'incendie a intéressé quelques voitures accidentées stockées derrière le bâtiment, dont celle de l'inspecteur. Le patron avait fait le rapprochement avec la visite d'Anconi et préféré en référer aux gendarmes, avant de contacter son assurance.

— Il est persuadé du caractère criminel du sinistre !

— Pardi, et moi donc ! Aucun témoin, naturellement ?

— Bien entendu. Tous les employés avaient déjà quitté les lieux. Le capitaine ouvre une enquête pour incendie volontaire. Il m'a demandé de bien vouloir vous en faire part, tout en soulignant avec un brin d'ironie que vous découvririez probablement le coupable avant lui.

— Le meurtrier est aux abois, le gendarme le sait, s'enflamma Anconi.

Aussitôt, il imagina Alain Méan, pris de panique après sa visite, fonçant vers le garage pour effacer les preuves. « Et moi, pauvre, qui n'avais même pas relevé les empreintes ! » se fustigea-t-il.

— Avez-vous progressé grâce à ce monsieur Legentil ? rebondit son correspondant.

— Possible. Pour cela il me faudrait interroger sept gars des Chantiers de l'Atlantique. Pourrais-tu m'y aider ? Je n'ose pas retourner là-bas.

Blanchard rigola en se rappelant l'incursion d'Anconi sur le site, en tenue de parfait métallo.

— Que voulez-vous leur demander ?

— Seulement de confirmer l'alibi d'Alain Méan qui prétend avoir assisté à une AG lundi dernier pendant que Janval se faisait descendre. Attention ! Je crains que les soi-disant témoins qu'il m'a indiqués ne soient de mèche avec lui. Ils travaillent tous dans le même bureau.

— OK ! Je suis libéré du Tour de France qui a enfin franchi la Loire au compte-gouttes. Les grévistes avaient organisé ce matin un barrage filtrant au pont, vous auriez vu la pagaille ! Ouf ! J'envoie un agent qui a ses entrées chez Alsthom. Dictez-moi la liste.

Le commissaire l'avait conservée dans sa main et toute froissée, pendant son somme.

— Et votre Le Corre ? s'enquit Blanchard.

— Bonne Mère, ce matin il déraillait complètement, braillant des « Friedrich ! » en faisant le tavan et le cabridan* sur son lit d'hôpital.

— Aïe, aïe, aïe ! Bon, je vous rappelle dès que j'ai recueilli leurs témoignages. Rien d'autre à leur demander ?

— Non. Juste l'emploi du temps d'Alain Méan le 27 juin. Merci, Vieux, tu me soulages d'un grand poids !

Anconi raccrocha, tout à fait réveillé et ravi de déléguer sa corvée. Il réalisa que, probablement, il “brûlait” vu que le saboteur de la R5 de Lefebvre avait tenté de dissimuler les preuves de son forfait.

Au robinet de la salle de bains, il remplit son verre à dents pour y diluer un comprimé d'aspirine effervescent. Si l'irritation de sa gorge s'atténuait, une sensation de tête pleine et de nez bouché la remplaçait.

Il fila ensuite à l'hôpital. Madame Lefebvre

* Parler et gesticuler en même temps, comme le taon et le frelon. Vieille expression marseillaise.

l'attendait, tricotant près de son mari. Personne n'occupait le lit voisin. Son inspecteur l'accueillit d'une voix faible et enrouée :

— Bonjour Patron.

— Vaï ! Quel plaisir, Petit, de te voir bien comme tout !

— Désolé… pour le dérangement, s'érailla-t-il péniblement.

— Pas un cheveu de ma tête n'a pensé t'abandonner. L'enquête progresse, Le Corre est innocent. Comme toi, je suspecte Alain Méan. Il a saboté ta voiture, ce qui a provoqué ton accident. Amour et jalousie, *Dallas* en Brière !

Un sourire satisfait lui répondit. Le commissaire passa l'incendie de la R5 sous silence, dans l'intention d'éviter de trop fortes émotions à son adjoint.

— Friedrich, ce prénom t'évoque-t-il quelqu'un ?

— Le… Le Corre, prononça-t-il en montrant de son bras valide le lit voisin.

— Oui, je sais, il n'arrêtait pas de le crier. Au cours de tes investigations, en as-tu entendu parler ?

Il secoua la tête négativement, les yeux remplis de questions.

— Ne t'inquiète pas, assura Anconi. J'en apprendrai bientôt davantage sur lui. Prends soin de toi, pour l'instant.

En rentrant de l'hôpital, madame Lefebvre osa interroger le commissaire sur l'évolution de son enquête.

— Vous pensez que c'est lui ?

Il comprit à demi-mot qu'elle évoquait Alain Méan.

— Bonne Mère, je me demande seulement s'il n'existe pas deux histoires dans l'histoire…

Elle n'insista pas. Ils dînèrent comme d'habitude au restaurant du Berry, sans plus parler de l'affaire.

Anconi, sur son lit, dilapida une boîte de mouchoirs jetables. Hilda s'inquiéta en entendant sa voix de rogomme. « Fais attention à toi, ne prends pas froid, couvre-toi bien. » Il dévia la conversation vers ce fichu mois de juillet pluvieux. Avant de lui souhaiter le bonsoir, il promit de quitter bientôt la Brière.

Son rhume l'empêcha de gamberger. Il rechercha sans cesse une position confortable, se tournant d'un côté à l'autre, débouchant ses narines successivement. Il sombra dans un sommeil lourd, émettant des ronflements de sonneurs entrecoupés de sifflements et d'indescriptibles borborygmes.

Au réveil, passé le premier quart d'heure à se désencombrer, il se sentit un peu mieux, même s'il tirait encore du château. Tandis qu'il se rasait, son minuscule poste de radio promettait une amélioration des conditions météorologiques. Europe matin, par la voix d'André Dumas rappelait les manifestations de colère des grévistes des Chantiers au passage du Tour sur le pont de Saint-Nazaire. Alain Duhamel, dans son éditorial passa au scalpel l'accord parlementaire intervenu concernant l'administration de la Nouvelle-Calédonie après les violences des mois précédents à Ouvéa.

Il n'était pas 8 heures quand L'Araignée se manifesta.

— Bonjour, Monsieur le commissaire, j'espère qu'il n'est pas trop tôt pour…

— Mais non, Vieux !

— Comme la chose paraissait urgente, j'ai rapidement déployé ma toile, commença-t-il avec un petit rire pointu.

De l'humour de la part de l'archiviste ? Bon signe.

— Alors, ce Friedrich ?

— Ainsi que vous me l'aviez demandé, j'ai contacté, grâce à Schultz, le bourgmestre de Nassau An der Lahn. Il existe depuis 1975, vous le savez, un jumelage entre cette ville et Pont-Château. Cette année, comme d'habitude, une délégation rhénane a fait le déplacement, entre le vendredi 24 juin et le samedi 2 juillet. J'ai imaginé une histoire un peu bancale. Je me suis présenté comme un employé de mairie pontchâtelain, expliquant que l'un des voyageurs avait oublié dans une boutique un livre dédicacé par un auteur local. Je vous l'avoue, j'ai improvisé un titre à la hâte, *Quiproquo en Brière*, et un autographe « *À Friedrich, en souvenir de… etc.* »

Le rire d'Anconi encouragea L'Araignée.

— Évidemment, j'ai joué celui qui souhaitait retourner l'ouvrage en Allemagne. Bref, Monsieur le commissaire, deux Friedrich ont participé à l'échange : Friedrich Trautmann et Friedrich Bruchhäuser.

L'archiviste marqua un silence.

— As-tu obtenu leurs coordonnées ?

— Mieux que cela, Monsi…

Le commissaire, sur les charbons ardents, coupa fébrilement L'Araignée :

— Vaï, cesse de me donner du “Monsieur” !

— Pardon, je n'y parviens jamais…

— Bon ! Bon ! Continue, Vieux. Tu me fais tourner la bile.

— Oui ! Oui ! Figurez-vous que le bourgmestre m'a appris que Friedrich Bruchhäuser, c'était lui-même ! Il n'a pas oublié de livre ! Imaginez mon embarras et celui de mon interprète. J'ai cru que tout allait capoter.

— Tu es en train de m'avouer que tu…

— Une histoire de fous, Mons… Patron ! Tenez-vous bien, l'autre Friedrich, Trautmann, n'est pas rentré avec le groupe ! Il séjourne encore en France !

— Fatche !

L'archiviste ajouta, en ajustant ses lunettes de fer, tout heureux de l'effet produit :

— Pour un peu, Patron, il partagerait le même hôtel que vous !

Il riait, comme rarement. Anconi, de son côté, venait de changer de coupable.

XVIII

L'Araignée garda pourtant le meilleur pour la fin : Friedrich Trautmann parlait très correctement la langue de Molière, en raison de sa participation à l'occupation française sous l'uniforme de la *Wehrmacht*, entre 1943 et 1945.

— Comment le retrouver ? s'inquiéta Anconi, réfléchissant à haute voix.

— J'y viens, Mons… Patron.

— J'ai demandé au bourgmestre s'il savait où séjournait Friedrich Trautmann. L'ignorant, il m'a confié les coordonnées du voyagiste dans la mesure où Trautmann était le dernier à descendre du car.

L'image du bus allemand s'arrêtant devant l'église de Saint-Joachim s'imposa à Anconi. Il revit aussi le geste hostile de Boiteux en direction du véhicule : Pan ! Pan !

— Schultz le contacte en ce moment même. Il se tient près de moi. Rassurez-vous, Patron, notre directeur ignore tout de nos recherches !

Le portrait d'Arnaud-Fontaine s'afficha brièvement à lui, les sourcils relevés en chapeau chinois, tripotant nerveusement son coupe-papier en écaille et prononçant sa phrase fétiche tellement pusillanime : « Pas de vagues, Anconi ! Pas de vagues ! »

Anconi perçut une conversation en allemand, n'y comprit goutte.

— Alors, Schultz ? demandait l'archiviste. Sa voix s'éloigna de l'appareil puis reprit son timbre normal. Bon, d'après le voyagiste, le chauffeur déposait toujours Friedrich Trautmann sur le parking de l'église de Saint-Joachim, au retour des excursions. Il s'en souvenait parfaitement, car ce touriste parlait couramment français et acceptait de lui acheter chaque jour ses cigarettes. Les autres résidaient tous à Pont-Château, selon lui.

— Je vous embrasse, mes petits. Grâce à vous, on va le coincer.

— Si vous avez encore besoin de nos services, Patron… proposa L'Araignée en forçant la note sur le dernier mot.

Le commissaire termina de se préparer. Il tentait de reconstruire l'histoire à la lumière de ces révélations. Il butait sur plusieurs obstacles. Comment ce Friedrich circulait-il pour commettre ses forfaits ? Comment s'était-il procuré un fusil ? Comment connaissait-il les déplacements de Janval, de Lefebvre, de Le Corre ? Même si ce dernier criait son nom avec frayeur, quel mobile animait cet Allemand venu de Nassau An der Lahn ? Une vengeance tardive ?

Son enthousiasme s'effondra aussi vite qu'il avait gonflé, comme le soufflé au gouda d'Hilda lorsqu'il s'attardait avec ses inspecteurs au téléphone.

Il descendit à la salle à manger pour le petit-déjeuner, s'assit en face d'une madame Lefebvre qui avait recouvré sa joie de vivre. Elle devisait gaiement avec le serveur, parlait de la pluie et surtout du beau temps réapparu.

— Votre rhume s'améliore ?

Tiens, il l'avait presque oublié.

— Pas encore un climat de juillet, remarqua le garçon en montrant un ciel largement dégagé, mais au moins le soleil est "rendu de r'tour"*. Un grand café, monsieur Anconi ?

L'épouse de son inspecteur attaquait son deuxième croissant lorsqu'il se décida :

— Vous souvenez-vous de ce voisin de chambre qui criait « Friedrich ! » ?

Il détailla, sans attendre, le résultat des investigations de L'Araignée.

— Vous pensez que c'est lui ? Mais pourquoi ?

— Mystère ! Je le vois mal débarquer de son pays, se procurer un fusil et tirer à hue et à dia. Comment mettre la main sur ce Friedrich Trautmann ?

— S'il se faisait toujours déposer le soir au même endroit, c'est qu'il logeait non loin. Chez un complice ?

— Fatche ! Je suis le ravi de la crèche** ! Le Cheval Noir ! Mais c'est bien sûr ! Ils font hôtel ! Comment n'y ai-je pas pensé alors que j'ai interrogé la serveuse et les clients ?

---

* Formule très nazairienne pour exprimer le fait de revenir.

** Naïf, vieille expression marseillaise.

Aussitôt il revit Aoustin-Boiteux, minant de tirer sur le car allemand, maugréant contre les « Boches ». Qui lui avait fait remarquer qu'il employait, comme beaucoup, un prisonnier de guerre ? Se pouvait-il qu'il s'agisse de Friedrich Trautmann, revenu se venger de mauvais traitements ? Dans ce cas, Boiteux eut été la première victime ; les autres, trop jeunes, n'étaient même pas nés à l'époque !

Il se leva, contourna la table, « permettez que je vous embrasse, madame Lefebvre ? ».

— Je vous dépose à l'hôpital ? proposa-t-il, sa tasse à peine vide.

Tout sourire, elle déclina l'offre, « maintenant qu'il va mieux… ». Surtout elle avait perçu une grande hâte chez le commissaire.

Quelques flaques d'eau sur le trottoir témoignaient des pluies récentes, mais le soleil brillait entre de gros nuages duveteux. En enfilant son vieux cuir, il se précipita vers la BX, s'impatienta de sa lenteur à se soulever.

Passée la ligne haute tension, le marais lui parut bien différent de celui des jours précédents. Une beauté tranquille se dégageait de tous ces verts, celui des roseaux, des prairies, des bouquets d'ormes et de saules. Les canaux invitaient à une promenade en chaland, dans la profondeur infinie du paysage. « Hilda aimerait peindre la Brière. »

Il s'arrêta sur le parking de l'église, entra au Cheval Noir. « Cling ! » Une salle vide l'accueillit. Personne derrière le bar. Une odeur mêlée de tabac froid et de boissons alcoolisées. Un peu de sciure sur le carrelage.

— Vous louez des chambres ? demanda le commissaire lorsque le gérant apparut, ceint d'un tablier de cuir, un casier de bouteilles vides à bout de bras.

Il reconnut le client.

— Exceptionnellement. Je prends soixante-dix francs pour la nuit. On ne fait pas restaurant. Ce serait pour combien de temps ?

— Ce n'est pas pour moi. Abriteriez-vous actuellement un locataire du nom de Trautmann ?

Devant le mouvement de recul de l'hôtelier, il sortit sa carte de police. Le visage de l'homme se ferma.

— Friedrich Trautmann. Je dois le rencontrer, insista Anconi en agitant son insigne.

— Je ne veux pas de scandale dans mon établissement.

— Tè, si vous abritez un assassin, je ne réponds pas de votre réputation.

Le cafetier regarda le commissaire par en dessous, hésita, puis alla vérifier à la porte que personne ne se dirigeait vers le débit de boissons. Il confia au policier qu'il hébergeait ce “monsieur étranger” depuis une quinzaine de jours, en toute discrétion, car sa clientèle âgée n'appréciait pas les Allemands.

— Il a tué quelqu'un ? s'inquiéta-t-il. Pourtant il me faisait bon effet. Premier étage, chambre 2. Passez par la porte latérale, dans la ruelle. Par Dieu, procédez en douceur !

Anconi sortit, suivit le chemin conseillé, gravit un escalier qui sentait le renfermé, frappa au numéro indiqué.

— Oui. Qui est-ce ?

Un léger accent, une voix grave.

— Commissaire Anconi. Ouvrez-moi, je vous prie.

La porte s'écarta sur un homme d'un certain âge, regard clair dans un visage rond, cheveux blancs coiffés en arrière découvrant un large front. Ses gros yeux dégageaient une impression de perpétuel étonnement.

— Monsieur Trautmann ? Friedrich Trautmann ?

— Oui.

— Vous devinez pourquoi je viens vous voir, n'est-ce pas ?

Il ne nia pas, écarta plus franchement le battant pour le laisser entrer. La tapisserie défraîchie de la petite chambre, à grosses fleurs, s'harmonisait avec un mobilier simple et démodé. Le bois de lit intégrait deux tables de nuit symétriques sur lesquelles reposaient deux minuscules lampes à abat-jour rose et un combiné téléphonique orange. Une table et sa chaise complétaient l'ameublement. Au fond de la pièce, un renfoncement accueillait un lavabo.

— Comment m'avez-vous trouvé ? demanda-t-il dans un français presque parfait.

— Grâce à un certain Frédéric Le Corre. Il a été blessé par balle, avant-hier... Êtes-vous au courant ? Sur son lit d'hôpital, il crie votre nom. Vous le connaissez ?

— Oui, concéda-t-il. Est-ce grave ?

— Non, ces jours ne sont pas en danger. Vous ne semblez pas surpris !

Il s'assit sur le couvre-lit, invita Anconi à prendre place sur la chaise, en s'excusant de l'inconfort du lieu. Il examinait le commissaire de son regard globuleux. Aucune peur ne se lisait sur ses traits.

— Tout est ma faute.

— Pourquoi êtes-vous resté à Saint-Joachim, au lieu de rentrer avec les autres à Nassau. Janval, cela ne vous suffisait pas ?

— Une déplorable confusion.

— Comment cela, une confusion ? Expliquez-vous. Pourquoi vous en prendre à Claude Janval ?

— Je n'ai rien fait à cet homme.

— Pardon, excusez, vous disiez à l'instant que tout était votre faute !

— D'une certaine manière, oui. C'est une longue histoire. Une malheureuse histoire.

Anconi absorba quelques cachous pour se calmer, se moucha posément sans quitter Trautmann des yeux.

— Je vous écoute…

— En 1943, j'ai été affecté au 705e bataillon de la Flak*, comme servant à la batterie “Albatros”, à Saint-Malo-de-Guersac…

— Fatche !

Justement là où Janval avait perdu la vie !

* Équivalent allemand de la DCA, Défense contre avion.

— … j'y suis resté jusqu'à la reddition de la forteresse, nous disions la *Festung*. Les raids sur Saint-Nazaire se multipliaient, nous avions ordre d'abattre un maximum de bombardiers B24 américains lorsqu'ils survolaient le marais en repartant après avoir lâché leur cargaison. J'occupais le poste de téléphoniste dans l'encuvement numéro 4, puis celui de chargeur dans le numéro 3. À la fin, j'étais posté dans un tobrouk*, derrière un canon. Au loin, on distinguait le vrombissement des avions, le bruit des explosions et les colonnes de fumée au-dessus de la ville. Nous n'en menions pas large.

Friedrich interrompit son récit, très ému. Anconi, impatient, peinait à voir en lui un coupable. Mais quel rôle jouait-il donc dans cette succession d'agressions, car toutes s'étaient produites pendant son séjour ?

— Vous étiez déjà revenu sur les lieux des combats ?

— Je n'osais pas.

— Pourquoi cette année, quarante-trois ans après la guerre ?

— À cause du jumelage. J'habitais à Coblence pendant mon activité. Pour la retraite, j'ai choisi une plus petite ville, Nassau. Lorsque j'ai appris l'échange avec Pont-Château… je me suis inscrit pour le voyage.

* Petit bunker en béton, ouvert et accueillant une mitrailleuse servie par un ou deux soldats.

— À quelle date êtes-vous arrivé en France ? questionna sèchement le commissaire.

— Le 24 juin, avec le groupe.

— Ensuite ?

Trautmann se tassa. Son regard erra, éperdu, puis se fixa sur un horizon invisible, bien au-delà des murs de cette chambre vieillotte.

— Je voulais revoir cette femme, murmura-t-il d'une voix sourde.

Anconi, sans comprendre, laissa passer un ange.

— Je ne me le pardonnerai jamais, reprit l'Allemand, pâle comme un suaire.

Le commissaire, profondément troublé, encouragea les confidences.

— Quelle femme ? demanda-t-il doucement.

Il proposa un cachou à Trautmann. Celui-ci ne perçut pas le geste, ses gros yeux embués perlaient d'une douleur lointaine. Après quelques minutes silencieuses, il se reprit, s'excusa maladroitement.

— Après la reddition du *Festung* en mai 1944, je me suis retrouvé prisonnier des Américains, comme l'ensemble du bataillon de l'Albatros. Certains sont partis dans des camps, moi j'ai choisi de travailler chez l'habitant, comme le proposaient les autorités françaises. J'ai été placé auprès de Louis Aoustin, comme homme à tout faire…

— Boiteux ? s'exclama le commissaire.

— Oui, admit-il. Il s'est montré très dur, il me haïssait. Il exploitait la tourbe, ou plutôt je maniais les outils et la brouette pour lui. Il vivait avec sa fille, qui m'aidait aux travaux en me portant à manger. Nous sommes tombés amoureux. J'avais 22 ans, elle 18 en 1946. Nous étions fous. Nous nous fichions de cette guerre.

— Renée ?

Il hocha longuement la tête.

— À l'automne 1947, Boiteux nous surprit. Il passa sa colère sur sa fille. Il la battit, l'enferma dans une chaumière qu'il possédait à Fédrun. Il me chassa de sa maison, me dénonça aux autorités militaires. On m'envoya au camp de Verdun, le 1102, près de Rennes, avant d'être transféré plus tard à Coblence sous l'autorité des Américains. Je n'ai jamais revu Renée.

— Jusqu'à cette année…

— J'ai saisi l'occasion de ce voyage de jumelage pour la rechercher. J'ignorais si elle séjournait toujours en Brière et si son père vivait encore. Sa mère, je ne l'avais jamais connue, je la savais morte depuis plusieurs années. Profitant des excursions, j'ai interrogé les habitants de Fédrun. Finalement, c'est en ravitaillant le chauffeur du car en tabac que j'ai appris que Renée résidait dans le quartier de La Bosse. Alors…

Il s'interrompit, de nouveau étreint par l'émotion. Le commissaire le laissa reprendre pied, cherchant le lien entre l'assassinat de Janval et cet homme étouffé de chagrin.

— … vous savez, reprit-il, lorsque j'ai réalisé qu'elle vivait au Pin, si près du lieu où était installée la batterie dans laquelle j'avais servi pendant le conflit, j'y ai vu un signe du destin. Elle ne m'avait pas oublié… Pardonnez-moi, je n'essaie pas de me disculper.

— Continuez, monsieur Trautmann, prenez votre temps.

— J'y suis allé… Malgré les années écoulées, en dépit de nos rides, nous nous sommes reconnus au premier instant. Passée la joie des retrouvailles, nous nous sommes raconté nos vies. Moi, resté célibataire, elle mariée de force par son père à un naquet pour qui elle n'éprouvait rien.

— Je le connais. Roger Le Corre, dit Le Gaucher. Une brute.

— Ne le condamnez pas. Avant ma venue, il se comportait correctement avec elle, même si l'amour manquait.

— Bonne Mère, que s'est-il donc passé ?

— Le Gaucher est rentré alors que Renée me montrait de vieilles photographies qu'elle avait conservées. On m'y voyait en sa compagnie, souriants, heureux.

— Tè, quelle importance, après toutes ces années ?

— Je sais que vous lui avez rendu visite, vous aussi, dans le cadre de votre enquête. Peut-être aviez-vous remarqué, sur son buffet, quelques clichés encadrés.

— Oui, souffla le commissaire, qui s'en souvenait parfaitement, Renée avec un bambin emmailloté dans les bras. Le Gaucher s'en était emparé et l'avait jeté à terre dans sa rage imbibée.

— Le bébé… le bébé… Frédéric est notre fils.

Un grand silence suivit cette révélation. Anconi revécut la scène, Le Gaucher injuriant sa femme, celle-ci cachant subrepticement la photo. Les initiales, au dos du cliché, « *F. T.* », revêtaient brutalement leur vraie signification : non pas "Frédéric Têtard" comme il l'avait imaginé, mais "Frédéric Trautmann".

— Je compatis, monsieur Trautmann. Mais Claude Janval demeure étranger à votre histoire.

— Hélas, non. Je vais en terminer et ensuite vous ferez de moi ce que vous voudrez. Le Gaucher a vite compris que celui qu'il prenait pour son fils se trouvait être celui d'un autre, le mien. Il m'a jeté dehors. Mais Renée a tenu à informer son enfant. Dès lors tout a basculé dans le drame. Frédéric, qui ne s'entendait pas avec celui qu'il considérait comme son père, a exigé de changer de nom pour adopter celui de Trautmann. J'ai tenté en vain de le dissuader. Fou de colère, Le Gaucher s'enivrait chaque jour et menaçait de supprimer Têtard. Renée vivait l'enfer, nous nous appelions chaque jour, profitant des absences de son mari.

— Mais Janval ?

— Un abominable quiproquo, Commissaire. Le Gaucher a surpris la conversation téléphonique de Renée avec son fils, ce fameux lundi 27 juin, au cours de laquelle il la prévenait qu'il lui apporterait un peu d'argent dans l'après-midi. Il a guetté la mobylette qu'il connaissait bien, a cru tirer sur Frédéric en l'apercevant. Mais sur l'engin, Janval remplaçait son ami accaparé par la grève, le syndicat, une réunion me semble-t-il…

— Fan de putain ! Et moi qui cherchais les figues dans le mauvais chaland !

Friedrich, épuisé par sa confession, dévisageait le commissaire de ses gros yeux étonnés.

— Que comptez-vous faire ? Sans moi, rien ne serait…

— Boiteux, que sait-il ? l'interrompit Anconi.

— Il n'ignorait rien de la liaison de sa fille Renée avec un prisonnier allemand ni de ses conséquences. Il l'a mariée au plus vite avec un gars de la ville, surtout pas un Briéron, pour éviter le scandale. Imaginez ! Sa fille avec un “Boche” ! Nous étions si jeunes, si confiants en notre avenir.

— Vaï, j'entends bien. Comment se comporte-t-il maintenant avec son gendre, un assassin qui a tenté de supprimer son petit-fils. Car c'est Le Gaucher qui a tiré sur Têtard avant-hier, bien entendu.

— Je n'en suis pas aussi certain que vous…

— Dieu garde ! Boiteux ?

— Le vieux soutient son gendre, Monsieur, il le soutient. Il renie la fille et son enfant. Question d'honneur. Laver l'affront.

Trautmann, soudain, quittait ses souvenirs. Ne se trouvait-il pas le mieux placé pour comprendre les drames qu'il avait, sans le vouloir, provoqués ?

Tout s'éclaira pour le commissaire : Janval, Lefebvre, Le Corre. Comment Hilda avait-elle deviné, avec si peu d'indices, que l'agresseur s'était trompé de cible ?

— Comptiez-vous prolonger votre séjour en France ? s'inquiéta soudain Anconi en décrochant le combiné orange.

Après quelques grésillements, il entendit la voix du gérant. Il lui demanda de joindre la gendarmerie de Montoir.

— Vous m'arrêtez ? questionna Trautman, résigné. Il se leva lentement, gagna le placard, en sortit un sac de voyage en cuir fauve. Les épaules basses, il saisissait déjà son linge. Le commissaire suspendit son geste :

— Vaï ! La guerre est terminée depuis longtemps, cher Monsieur.

L'attente se prolongeait au téléphone, Anconi glissa paisiblement, à l'intention de l'Allemand :

— Bonne Mère, elle devait vous aimer fort, Renée, pour choisir un tel prénom à votre enfant : Friedrich, en français, se traduit par Frédéric, non ?

Enfin, après un déclic : « Gendarmerie de Montoir, brigadier… »

— Anconi, à l'appareil. Passez-moi le capitaine Derriaux, je vous prie.

— À quel sujet ? Le cap…

— Au sujet d'une affaire pour laquelle votre chef pourrait obtenir une promotion !

Le regard de Trautmann s'agrandit encore. Anconi lui adressa un clin d'œil amusé.

— Capitaine ?

— Oui. Vous vous moquez de mes hommes !

— Tè pardon, pas le moins du monde. Vous qui rêviez d'aboutir dans une de vos enquêtes criminelles, je crois que vous êtes enfin entendu. En parlant par respect, et je m'en voudrais de vous donner un ordre, il ne vous reste plus qu'à arrêter l'agresseur de mon inspecteur et le meurtrier de Claude Janval.

— Quoi ?

— Vous le connaissez déjà, vous l'avez abrité quelques heures dans vos locaux, samedi dernier.

— …

— Vous vous trouvez mal, Mon capitaine ?

Trautmann, complètement ébahi, contemplait ce curieux commissaire qui dévorait à la chaîne de petits bonbons noirs.

— Je ne vous laisse pas languir davantage. Il s'agit de Roger Le Corre. J'ai un témoin qui vous aidera à déficeler l'affaire. Bien entendu, je reste également à votre disposition.

— …

— Tant que vous y serez, arrêtez donc le beau-père, Boiteux, il se pourrait qu'il ne soit pas "étranger" à l'histoire. Je pèse mes mots, ajouta-t-il en adressant un sourire complice à Friedrich Trautmann.

— Concernant le jeune Frédéric Le Corre, vous allez aussi me dire que vous savez qui a fait le coup ?

— En effet, Capitaine. Son père ! Enfin celui que l'on pensait être son père…

— …

— Il vous expliquera.

Le commissaire évita soigneusement de préciser qui était-ce “il”. Dans la chambrette numéro 2 du Cheval Noir, personne ne crut nécessaire de commenter. Douze sons de cloche sonnèrent midi à l'église de Saint-Joachim. Anconi s'empara du sac de voyage de Friedrich, l'enferma dans le placard dont il referma ostensiblement la porte.

— Tè, j'ai dans l'idée que vous n'allez pas en avoir besoin immédiatement. Si nous déjeunions ensemble ? Du pâté de ragondin, vous vous souvenez ? Je connais une bonne adresse.

Trautmann sourit pour la première fois. Des images se succédèrent derrière ses gros yeux, comme dans un film défilant en accéléré : la batterie de l'Albatros, l'amour de Renée, sa jeunesse et toutes ces années perdues.

— Ensuite, je vous conduirai à l'hôpital. Qu'en dites-vous ?

La Pie posa son fusil contre le mur lorsqu'il aperçut ses deux visiteurs.

Il ne sembla pas étonné de découvrir celui qui accompagnait le commissaire.

— C'est y que vous auriez fait bonne pêche ? demanda-t-il en rigolant. Entrez ! Vous n'avez pas oublié le pastis, bien sûr, poursuivit-il en s'adressant à Anconi.

— Auriez-vous encore de votre excellent pâté ? s'exclama ce dernier.

— Tchrrriii ! Tchrrriii !

Devant les trois verres Duralex vides, La Pie eut cette étonnante question :

— *Warum mein vater ?* Vous connaissez ?

Pas plus que Trautmann, le commissaire n'avait jamais entendu cette chanson oubliée de Gérard Lenorman.

Ils écoutèrent la voix encore claire de ce vieux Briéron espiègle entonner :

« *En février 1945, je suis né*

Petit village de province, libéré… »*

Comme le chanteur, Frédéric Le Corre était né d'un père allemand…

---

* *Pourquoi mon père*, Gérard Lenorman, 1981.

ÉPILOGUE

Lorsque les gendarmes arrivèrent à La Bosse, Roger Le Corre ne s'y trouvait pas. Renée était seule. Elle ignorait où vagabondait son mari, « sans doute dans un bar ». On découvrit deux jours plus tard le chaland du fugitif sur le Brivet, vide, coincé dans les roseaux, au pont de la Rue. Jamais on ne retrouva le corps de Roger Le Gaucher.

Boiteux fut appréhendé chez lui à Fédrun. Il nia toute participation aux drames qui endeuillaient la Brière. Il rejeta la faute sur son naquet de gendre, rendu fou par la boisson, qui n'était plus là pour se défendre.

Pourtant, La Pie, interrogé plus tard comme témoin, laissa entendre à demi-mot qu'il avait « p't'ête ben » aperçu deux hommes, un soir de juillet à la tombée de la nuit, transporter une mobylette sur un chaland et s'éloigner vers la Grande Curée. « Bien en peine de reconnaître celui qui maniait la pigouille, vu qu'il faisait bien sombre ! »

Aoustin-Boiteux, interrogé sur ce point, prétendit

qu'il transportait ses bosselles, comme d'habitude, et non « autre chose ». Quant à la date, « sa mémoire défaillante l'avait mangée », d'autant qu'il se rendait « tous les jours » sur ses lieux de pêche, « alors va savoir ! ». Rien ne put être retenu contre lui.

Pour finir, Boiteux se fâcha avec sa fille Renée, répétant à qui voulait l'entendre : « Marie-toi à ta porte avec des gens de ta sorte. » Il s'éteignit l'année suivante, évidemment de mort naturelle.

Si nul n'apprit qui s'était débarrassé de la mobylette dans le marais, chacun se plut à penser qu'il s'agissait du Gaucher aidé du Boiteux. Il en fut de même pour l'incendie de la voiture de Lefebvre.

Alain Méan vint spontanément déclarer à la gendarmerie que, lors de la visite de Lefebvre chez la veuve Janval, il avait été surpris de voir Le Gaucher rôder à vélo autour de la chaumière d'Errand. Il affirma d'abord « n'y avoir pas pris cas à ce moment-là », avant d'avouer qu'il avait ensuite préféré se taire, par peur de représailles. Quant à l'appel anonyme, c'était lui, persuadé que le jeu d'échecs en morta expliquait la mort de Janval. Il avait soudoyé une jeune collègue, lui demandant de transmettre à Anconi le message « La bricole fait des jaloux », « histoire d'orienter les recherches du commissaire dans la bonne direction ». Anconi intima Alain Méan de présenter ses excuses à Legentil, qui renonça à porter plainte à la suite des brimades dont Méan avait été l'initiateur.

Anconi n'eut pas à expliquer le dénouement à son inspecteur. Au cours d'une visite à l'hôpital, il trouva Frédéric, "rendu de retour" dans la même chambre que Lefebvre, raconter toute son histoire. Sa mère lui avait avoué que Le Gaucher avait surpris l'appel téléphonique l'informant de sa venue le lundi du décès de Janval. Il avait pris son fusil et s'était absenté, peu avant l'heure convenue. Frédéric avoua qu'il avait très vite compris la méprise. Aussi avait-il tenté d'impliquer, par l'envoi d'un avis d'obsèques, un policier qu'il savait ami de Janval, afin de déclencher une enquête.

— Si je ne lui avais pas prêté ma Motobécane…

Il culpabilisait méchamment d'avoir entretenu le quiproquo en restant caché.

L'inspecteur Lefebvre ne voulut pas quitter la Brière sans une dernière visite à l'épouse de son ami Janval.

Il se rendit à Errand en fumant ostensiblement la pipe en morta qu'elle lui avait offerte. Il n'y rencontra pas Alain Méan.

Friedrich Trautmann ne retourna pas à Nassau And der Lahn. Il s'installa en Brière, mais attendit la disparition du vieux Louis pour rejoindre son amour de jeunesse à La Bosse. Il hérita bien entendu du surnom "Prussien", mais ne s'en offusqua pas. Frédéric adopta le nom de son vrai père, Trautmann. Chacun, en Brière, continua cependant de l'appeler "Têtard".

Le commissaire rapporta à Hilda une gravure originale d'Émile Gautier, figurant un vieil homme s'éloignant dans la brume sur son chaland au milieu des roseaux, arc-bouté sur sa perche.

Une fois de plus la Brière se refermait sur ses secrets, fidèle à la tradition de ses habitants : « Briéron maître chez soi ! »

FIN

Pornichet, mai 2022

125, Vieille Route de Rosporden - 29000 Quimper
E-mail : contact@editionsalainbargain.fr
Site Internet : www.editionsalainbargain.fr

Dépôt légal n° 1 - 3e trimestre 2022
ISBN 978-2-35550-837-0 - ISSN 1281-7813
N° d'impression : 206645
Imprimé en France